Inavouable révélation

*

Le choix du Dr Thayer

JENNIFER TAYLOR

Inavouable révélation

Traduction française de
GENEVIÈVE BLATTMANN

BLANCHE

HARLEQUIN

Collection : Blanche

Titre original :
THE GREEK DOCTOR'S SECRET SON

Ce roman a déjà été publié en 2016

HARPERCOLLINS FRANCE
83-85, boulevard Vincent-Auriol, 75646 PARIS CEDEX 13
Service Lectrices — Tél. : 01 45 82 47 47 - www.harlequin.fr
ISBN 978-2-2804-6183-2 — ISSN 0223-5056

Composé et édité par HarperCollins France. Achevé d'imprimer en mai 2021.
par CPI Black Print - Barcelone - Espagne
Dépôt légal : juin 2021.

FSC
www.fsc.org
MIXTE
Papier issu de sources responsables
FSC® C159065

Pour limiter l'empreinte environnementale de ses livres, HarperCollins France s'engage à n'utiliser que du papier fabriqué à partir de bois provenant de forêts gérées durablement et de manière responsable.

1.

En se glissant avec son fils Jacob dans la queue pour le ferry qui devait les conduire à Constantis, la petite île grecque où ils passeraient les vacances, Amy Prentice sentit pointer son anxiété.

Tout avait paru si facile, ce matin, quand ils s'étaient mis en route ! De chez elle, en Angleterre, l'idée lui avait paru excellente : une fois sur l'île, elle révélerait à Jacob que son père était grec. Mais maintenant, elle doutait. Elle craignait d'ouvrir la boîte de Pandore.

Et si une complication surgissait ? Quelque chose qu'elle n'aurait pu prévoir ? Si elle ne se montrait pas très prudente, elle pourrait très bien créer plus de problèmes qu'elle n'en réglerait…

A huit ans, Jacob en savait très peu sur son père, à part qu'il était médecin et qu'il travaillait aux Etats-Unis — ce qui expliquait qu'il ne l'ait jamais vu. Il avait tout accepté sans poser de questions, du moins jusqu'à ce que les autres enfants de sa classe commencent à le chahuter un peu. Même si une partie d'entre eux venait de familles monoparentales, au moins gardaient-ils le contact avec leur parent absent. Jacob, lui, n'avait encore jamais rencontré son père — ce dont elle était totalement responsable.

Neuf ans plus tôt, Nicolaus Leonides, n'avait pas fait mystère de son manque d'intérêt pour l'enfant qu'elle portait, et elle n'avait aucune raison de penser qu'il avait changé d'avis entre-temps. Surtout avec tout ce qu'elle avait pu lire à son sujet !

Nico avait atteint tous les buts qu'il s'était fixés, notamment celui de devenir un chirurgien esthétique mondialement réputé. Son nom était désormais synonyme de perfection, et seuls des gens très fortunés pouvaient s'offrir les soins qu'il dispensait dans son cabinet californien. Alors, non, même si elle avait eu l'intention de le contacter — ce qui n'était pas le cas — , les problèmes de Jacob ne l'intéresseraient sûrement pas. Séjourner sur cette île où Nico avait passé presque toutes ses vacances durant son enfance et son adolescence était simplement une façon de donner à Jacob une notion de son héritage paternel.

Pourtant, elle se sentait soudain incertaine, et même anxieuse.

Elle marqua une pause, la lourde valise à la main, envisageant pour la centième fois le pour et le contre.

Jacob, qui s'était déjà engagé sur la passerelle, se rendit alors compte qu'elle ne l'avait pas suivi.

— Grouille-toi, m'man ! On va rater le ferry si tu te dépêches pas !

Son excitation la fit sourire.

Ce voyage donnait un coup de fouet bienvenu à son moral. En temps qu'infirmière en chef de l'unité d'évaluation médicale de l'hôpital de Dalverston, elle était soumise à des horaires très exigeants. Ces vacances, même courtes, seraient l'occasion de rattraper toutes ces heures qu'elle ne pouvait pas consacrer à son fils.

Prenant une profonde inspiration, elle souleva sa valise pour gravir la passerelle.

Les dés étaient jetés. Si sa décision devait être source de problèmes, eh bien, elle les réglerait du mieux qu'elle pourrait. Et puis, il n'y avait aucune raison qu'ils tombent sur Nico. Il était à des milliers de kilomètres d'ici, sûrement occupé à remplir toujours plus ses coffres-forts débordants.

Lorsque Nico se présenta à l'embarquement, les derniers passagers étaient déjà à bord, et le ferry se préparait à appareiller.

Skata ! S'il le manquait, il serait coincé ici jusqu'au lendemain, ce qu'il ne pouvait pas se permettre. Pas avec tous les patients déjà inscrits pour la matinée sur son carnet de rendez-vous.

Il s'élança et sauta sur la passerelle juste au moment où l'équipage s'apprêtait à la remonter, en adressant un sourire d'excuse au vieux marin qui fronçait les sourcils dans sa direction.

Il était malgré tout heureux de constater qu'il était encore en assez bonne forme pour ce genre d'exercice. Trois ans plus tôt, lorsqu'il avait fait son infarctus, il avait vraiment cru devoir se résigner à une existence sédentaire. Il lui avait fallu de longs mois pour s'accoutumer à l'idée de sa propre mortalité, mais il s'était finalement aperçu que la possibilité d'apprécier la vie lui était toujours offerte. L'essentiel était de ne pas prendre de risques inutiles.

Ouvrir son cabinet en Californie et attirer une nombreuse patientèle avait été jusque-là une véritable raison d'être, et il avait dû pour cela travailler dix-huit heures par jour et passer sur le Net le peu de temps libre qu'il lui restait. Son cardiologue lui avait dit sans détour qu'il ne pouvait pas continuer sur ce rythme. Du moins, pas s'il voulait éviter une nouvelle crise cardiaque. Aussi avait-il réorganisé son mode de vie, en commençant par le plus gros problème auquel il était confronté — le stress.

Il avait donc vendu son cabinet pour revenir en Grèce et avait pris une année sabbatique afin d'envisager ce qu'il souhaitait faire du reste de sa vie.

Cela n'avait pas été aisé. S'engager dans une autre voie que celle à laquelle il avait consacré presque vingt années lui apparaissait impossible. Jusqu'au jour où il s'était rendu sur Constantis, cette île minuscule où sa sœur et lui séjournaient autrefois avec leurs grands-parents pour les vacances.

Là, il s'était découvert une puissante envie de s'y installer.

Comme à l'époque, il n'y existait aucun service médical. Pour se faire soigner, il fallait se rendre sur le continent…

Il avait contacté l'IKA, l'organisme de sécurité sociale grecque, qui avait accueilli avec un enthousiasme mesuré son projet d'ouvrir une clinique offrant des soins élémentaires ainsi qu'une unité d'hospitalisation d'une dizaine de lits. Ce n'est qu'au terme de longues négociations qu'il avait enfin reçu le feu vert. Et, surtout, sans doute, grâce à sa proposition de financer lui-même le coût de la construction.

Depuis son ouverture, douze mois plus tôt, la clinique Ariana Leonides ne désemplissait pas.

Il remonta le pont du bateau, souriant en passant à plusieurs connaissances.

Même s'il avait une dizaine d'assistants dans sa clinique, il était bien connu des insulaires — une facette de son job qu'il appréciait. En Californie, il avait toujours su que les invitations pour les cocktails ou les soirées qu'il recevait n'étaient dues qu'à son statut social…

Des cris et une soudaine agitation attirèrent son attention sur un groupe de personnes agglutinées contre la rambarde.

Vite, il se fraya un passage parmi elles.

Une fille était allongée sur le pont, inconsciente. A sa tenue — un short en jean et un débardeur —, il était évident que c'était une touriste. Un jeune homme était agenouillé près d'elle, l'air paniqué.

— Je ne comprends pas ce qu'il s'est passé, dit celui-ci d'une voix angoissée. Elle était en train de prendre des photos avec son smartphone, et elle… Elle s'est effondrée !

Nico saisit le poignet de la jeune fille et constata l'extrême rapidité de son pouls.

— Ça lui arrive souvent de s'évanouir ?

— J'en sais rien, moi. On s'est rencontrés y a deux jours !

— Je vois. Comment s'appelle-t-elle ?

— Jane, répondit le garçon. Et elle est australienne, c'est tout ce que je sais. On n'a pas eu le temps de se dire grand-chose. On a juste fait la bringue ensemble.

« La bringue… » Autrement dit, ils avaient sans doute bien bu et peut-être même pris de la drogue. Il avait déjà eu affaire à plusieurs cas de ce genre. Le plus difficile, alors, était de le faire avouer à ces jeunes, afin de leur prescrire un traitement approprié.

Se redressant, il entraîna le jeune homme à l'écart.

— A-t-elle pris quelque chose ? Je suis médecin. Vous devez me dire si elle s'est droguée, sinon je ne pourrai rien pour elle.

— Non ! Ce n'est pas ça du tout !

Le jeune homme avait beau protester, il mentait, c'était évident.

— Ecoutez-moi bien, insista Nico d'un ton plus dur. Je me fiche de ce que *vous*, vous pouvez avoir avalé. Ce qui m'importe, c'est elle. Si elle a pris de la drogue, j'ai besoin de savoir quoi. Sans traitement adéquat, elle pourrait en mourir. Est-ce que vous comprenez ce que je vous dis ?

— Mais puisque je vous dis que je la connais pas ! s'écria le gars, qui, brusquement, tourna les talons pour se fondre dans la foule des curieux et disparut.

Pestant entre ses dents, Nico s'agenouilla de nouveau près de Jane.

Elle était brûlante, et sa respiration superficielle appuyait la théorie de l'overdose. Le problème était de savoir de quelle drogue il s'agissait.

Partant de l'hypothèse qu'elle avait absorbé un stupéfiant, il la fit rouler sur le côté de crainte qu'elle ne vomisse.

— Ma mère, elle est infirmière, dit une petite voix à côté de lui. Je peux aller la chercher, si vous voulez.

Une assistante lui serait précieuse en effet, surtout si le cœur de Jane lâchait.

Relevant la tête, il rencontra le regard d'un gamin de sept ou huit ans avec des cheveux châtains et des yeux bruns. Curieusement, son visage lui parut familier.

Il lui sourit.

— Ce serait bien, oui. Je crois que je vais avoir besoin d'aide.

Le garçon partit aussitôt en courant.

Nico reporta son attention sur la fille, dont il contrôla une fois de plus le pouls et la respiration. Il n'y avait aucune amélioration, mais au moins l'état de Jane n'avait pas empiré.

— Jacob m'a dit que vous aviez besoin d'aide ?

La voix claire couvrit une seconde le bruit ambiant, et il eut l'étrange sensation que son cœur, brusquement, cessait de battre.

Amy ? Ici ? Non, ce n'était pas possible.

Pourtant, alors qu'il fixait la silhouette fine qui se découpait en contre-jour devant lui, il sut que si. C'était bien elle que le destin venait de remettre sur son chemin…

— *Toi ?*

Il eut l'impression qu'elle avait crié. Mais non, elle avait à peine murmuré, il le savait.

Il se redressa, s'efforçant de mettre de l'ordre dans ses pensées.

Il y avait peu de choses de son passé qu'il regrettait, pour la bonne raison qu'il s'était toujours focalisé sur l'avenir et sur la carrière qu'il s'était promis d'embrasser. Chacune de ses décisions avait été mûrement réfléchie — sauf une : jamais il n'avait eu l'intention de la mettre enceinte.

Son regard glissa sur ses cheveux châtains mi-longs et les courbes gracieuses de son corps avant de rencontrer ses yeux verts.

Le temps semblait n'avoir eu aucune prise sur elle. Pourtant, presque neuf ans s'étaient écoulés. Incroyable.

— Amy…

Après toutes ces années, son nom franchit ses lèvres avec un naturel qui le surprit.

— Tu as une idée de ce qu'il lui arrive ?

La question lui fit brutalement reprendre pied dans la réalité : le moment serait très mal choisi pour égrener ses regrets sur ce qu'il s'était passé entre Amy Prentice et lui.

Il se pencha de nouveau sur la fille, s'obligeant à ne pas déborder de son rôle de médecin.

— Je penche pour une overdose, répondit-il, soulagé de constater qu'il pouvait encore fonctionner en mode professionnel. Tiens, tu pourrais regarder dans son sac à dos ? On trouvera peut-être un indice qui permette de savoir ce qu'elle a pu prendre.

— D'accord.

Amy s'agenouilla afin d'ouvrir le sac, faisant de son mieux pour calmer le tremblement de ses mains.

Le choc de cette rencontre avec Nico ne favorisait certes pas le calme exigé dans ce genre de circonstance. Surtout pour Jacob. Il n'était pas question que son fils apprenne que cet homme était son père !

Aussi, se concentra-t-elle sur le sac de la fille où elle découvrit, sous les habituels articles indispensables pour tout vacancier, une petite bouteille en verre qu'elle montra à Nico.

— Sauf erreur de ma part, c'est du GBL. Le flacon est à moitié vide, mais on ne peut pas deviner ce qu'elle a ingurgité aujourd'hui.

— C'est sûr. Mais, au moins, on sait à quoi on a affaire. Ce qui ne garantit pas que nous pourrons l'aider.

Amy acquiesça en soupirant.

Le gamma-butyrolactone était devenu très populaire chez les étudiants. Une simple petite dose provoquait un puissant effet sédatif, et si on le mélangeait avec de l'alcool, il devenait potentiellement très dangereux. Il menait alors le plus souvent à l'inconscience, voire à la mort. Pour avoir une chance de s'en sortir, cette fille devait immédiatement recevoir le traitement nécessaire.

— C'est quoi, ça, maman ? C'est un remède pour guérir ?

Elle s'efforça de sourire.

Jacob n'avait que huit ans, et elle s'efforçait de le protéger de ce genre de chose. Du moins, aussi longtemps que ce serait possible. Elle s'apprêtait à lui expliquer qu'il n'y avait rien de grave lorsque Nico la devança.

— Non, ce n'est pas un remède. C'est quelque chose qu'elle n'aurait pas dû avaler.

— C'est de la drogue, alors ? insista Jacob. On en a parlé à l'école. Pourquoi y a plein de gens qui veulent en prendre, si ça rend malade ?

— Je suis comme toi, mon bonhomme. Moi non plus, je ne comprends pas…

Devant le sourire que Nico adressa à Jacob, elle sentit la peur lui étreindre le cœur.

La ressemblance entre eux était si forte qu'il lui parut incroyable que Nico ne la remarque pas. Si Jacob était châtain comme elle, il avait en revanche la peau légèrement olivâtre de son père, ainsi que ses yeux bruns. Et le même nez bien droit.

Elle dut résister à l'envie de le cacher derrière elle afin que Nico ne devine pas qu'il s'agissait de son fils. Un fils que, après tout, il ne méritait pas. Pas après ce qu'il lui avait dit lorsqu'elle avait subi cette fausse couche.

« C'est mieux comme ça », avait-il répondu quand elle le lui avait révélé. Ils n'avaient jamais envisagé d'avoir un enfant, et, pour lui, le fait qu'elle l'ait naturellement perdu avait tout simplifié.

Même si elle avait pu constater qu'il n'avait pas sauté de joie à l'annonce de sa grossesse, elle n'en avait pas moins été profondément blessée.

Ils s'étaient rencontrés à l'hôpital où elle achevait son programme de maîtrise en sciences infirmières. Elle était en dernière année tandis que Nico était là dans le cadre d'un programme d'échanges. L'hôpital était réputé pour son excellence dans le domaine de la chirurgie esthétique, et il y avait accepté un poste de consultant. C'est au cours d'une collecte de fonds qu'ils s'étaient connus. Elle avait renversé par inadvertance du café sur sa veste. Si elle en avait été mortifiée, Nico avait pris au contraire sa maladresse avec une bonne humeur surprenante. Il avait même insisté pour aller lui chercher un autre café. Ils avaient sympathisé, et quelques jours après, il l'avait invitée à dîner.

Deux mois plus tard, elle était éperdument amoureuse de lui. Elle pensait — ou du moins elle l'espérait vivement — qu'il éprouvait les mêmes sentiments à son égard. Cependant, sa réaction à sa grossesse puis à sa fausse couche s'était chargée de lui ouvrir les yeux : en fait, elle n'avait été pour Nico ni plus ni moins qu'un agréable interlude pendant qu'il était à Londres. Jamais il n'avait eu l'intention de donner un caractère officiel à leur liaison !

Elle avait mis alors un terme à leur relation. Devant le peu de cas qu'il en faisait, elle n'aurait pas supporté de continuer à le voir. Et c'est aussi la raison pour laquelle elle ne lui avait rien dit en découvrant deux mois plus tard qu'elle était toujours enceinte. Elle avait en fait porté des jumeaux et n'avait expulsé que l'un d'entre eux.

A ce moment-là, Nico, ayant achevé son séjour dans le cadre du programme d'échanges, était reparti s'installer à Los Angeles afin de perfectionner ses compétences. Elle aurait pu le retrouver, mais à quoi bon ? Il avait été très clair : il ne voulait ni d'elle ni de leur enfant.

Et il n'y avait aucune raison qu'il ait changé d'avis depuis.

Elle avait réussi tant bien que mal à surmonter cette épreuve, mais il n'était pas question que Jacob connaisse lui aussi la douleur de l'abandon. Autrement dit, elle allait devoir se montrer très prudente, garder la tête froide.

Pas de panique. Avant tout, elle devait s'assurer que Nico ne découvre jamais que Jacob était son fils.

2.

Nico avait averti la clinique, si bien qu'une ambulance les attendait à leur arrivée dans le petit port pittoresque de Constantis. Il supervisa le transfert lui-même afin d'être certain que la fille soit hospitalisée aussi vite que possible. Elle n'avait toujours pas repris conscience, et plus la syncope se prolongeait, plus elle courait le risque de ne jamais se réveiller.

L'ambulance venait de s'éloigner, et il se dirigeait vers le parking pour récupérer sa voiture, quand il aperçut Amy et le garçon en train de débarquer.

Il ne pouvait décemment pas partir sans la saluer. Il se devait au moins de la remercier de l'aide qu'elle lui avait apportée. Qu'il le veuille ou non, ils étaient loin d'être des étrangers l'un pour l'autre. Des années s'étaient écoulées depuis, mais le souvenir du plaisir qu'il avait connu dans ses bras était toujours là, bien présent. Amy avait été la seule à ouvrir en lui des endroits restés jusqu'alors fermés à toutes les autres…

De fugaces images de ce qu'ils avaient vécu tous les deux à Londres s'imposèrent dans son esprit, avec une force telle qu'il en fut brièvement déstabilisé.

Ça ne lui arrivait pour ainsi dire jamais. Il avait appris très tôt à réprimer ses émotions. Se sentir dépassé était pour lui une expérience très désagréable, aussi fit-il de son mieux pour se ressaisir.

Peut-être Amy avait-elle réveillé des sentiments qu'il

avait oubliés, mais tout ça, c'était du passé. Beaucoup d'eau avait coulé sous les ponts depuis.

Son regard revint malgré lui sur le garçon.

Quel âge pouvait-il avoir ?

Sept ans. Huit, peut-être… En attendant, il était la preuve qu'Amy n'avait pas été longue à se remettre de son départ.

Cette pensée l'accompagna alors qu'il se dirigeait vers eux en se forçant à sourire.

Curieusement, l'idée qu'elle l'ait remplacé aussi vite le dérangeait. Il se rappela sa détresse lorsqu'elle avait fait cette fausse couche. Avait-elle alors ressenti le besoin de les remplacer, lui et cet enfant qu'elle avait perdu ? D'une certaine manière, c'était compréhensible, et pourtant il avait du mal à y croire. Pour autant qu'il sache, Amy n'était pas du genre à passer sans états d'âme des bras d'un homme à ceux d'un autre.

— Merci de ton aide, dit-il d'un ton professionnel afin de reprendre ses distances.

Son regard tomba sur sa valise.

— A priori, tu as l'intention de rester quelque temps sur l'île ?

— Exactement. Nous serons à la pension Marina, à deux pas de la plage. Et nous sommes très impatients d'aller nous baigner. Hein, Jacob ?

Elle sourit au garçon, mais il crut saisir une fugace expression de peur dans son regard.

— Je suis sûr que vous passerez un bon séjour, répondit-il poliment tout en s'interrogeant sur la raison de son attitude. Ma sœur et moi sommes très souvent venus en vacances ici avec nos grands-parents.

— Et toi ? Tu es aussi en vacances en ce moment ?

— Oh non. J'habite ici, maintenant. J'ai ouvert ma propre clinique sur l'île depuis un an.

— C'est vrai ?

— Eh oui. C'est un endroit fantastique, et j'estime que j'ai une chance incroyable.

— C'est certain. Mais tu ne me feras pas croire que c'est ta seule raison d'être venu exercer ici. Je présume que c'est aussi l'endroit idéal pour profiter du lucratif marché européen. Il y a une demande très forte en Europe pour la chirurgie esthétique, et la Grèce est plus proche que les Etats-Unis.

— La clinique Ariana Leonides ne propose pas de chirurgie esthétique. Son objectif premier est de procurer des soins de santé primaires à la population locale et aux touristes…

Amy le fixait, bouche bée.

Visiblement, elle était surprise. Et, sans savoir pourquoi, il eut besoin de mettre les choses bien au clair.

— Il y a aussi une unité d'hospitalisation de dix lits pour les cas de chirurgie mineure.

— Oh. Je n'avais pas pensé que…

Elle haussa les épaules.

— Ce n'est pas du tout ce que j'aurais imaginé. Mais j'ai des excuses. Après tout, il y a très longtemps que nous nous sommes perdus de vue, tous les deux. Et je me doute que ta vie a dû connaître quelques bouleversements.

— Comme la tienne, je suppose.

— Oui. C'est vrai.

Une fois de plus, il saisit cet éclair de peur dans son regard. Il faillit lui demander ce qu'il l'inquiétait ainsi, mais elle se pencha pour saisir sa valise.

— Bien, je ne veux pas te retarder, Nico, tu dois être pressé d'aller auprès de ta patiente. Ça m'a fait plaisir de te revoir. Je te souhaite bonne chance.

Tournant les talons, elle se dirigea vers les taxis.

Il n'y en avait que trois sur l'île, mais il y en avait un de libre. Il la regarda tendre sa valise à Aristote, le conducteur, afin qu'il la range dans le coffre, avant de pousser gentiment son fils sur la banquette arrière.

Le taxi s'éloigna ensuite dans un nuage de gaz d'échappement, et il resta là à le suivre des yeux, regrettant de ne pas lui avoir proposé de la revoir.

Il se sentait comme démuni.

« Démuni » ! Le terme ne lui convenait vraiment pas. Il avait tout ce qu'il souhaitait, tout ce dont il avait besoin. Et il avait depuis longtemps pris la résolution de s'accrocher à son statut de célibataire. A cet égard, il tenait trop de son père pour prendre le risque de « se mettre la corde autour du cou », comme celui-ci le lui avait seriné toute sa vie. Son infarctus l'avait contraint à faire malgré lui de grands changements dans sa vie, mais sur le fond il était toujours le même. On n'échappe pas à ses gènes, après tout.

Alors, connaître une aventure, quelle qu'elle soit, avec Amy, c'était hors de question — à supposer qu'elle y soit prête elle-même, ce dont il doutait fortement. Quant à fonder une famille, il n'en avait pas davantage l'intention. Il refusait de soumettre un enfant au genre d'éducation qu'il avait reçue, d'où sa réaction lorsqu'Amy lui avait annoncé qu'elle était enceinte : il s'était aussitôt projeté dans sa propre enfance, revivant ce qu'il avait connu en grandissant dans l'ombre de son père, un homme révéré encore aujourd'hui dans le monde des affaires, mais que peu de gens connaissaient réellement.

Christos Leonides était un homme froid, impitoyable, qui avait toujours fait passer ses intérêts professionnels avant sa femme et ses enfants. Bien que sa sœur Electra et lui-même n'aient jamais eu à se plaindre de maltraitances physiques, tous deux portaient encore à ce jour les cicatrices émotionnelles de l'indifférence paternelle. Leur mère avait fait de son mieux pour la compenser, mais cette froideur les avait traumatisés. Surtout lui. Si Electra semblait avoir réussi à tourner la page sur ces années difficiles en créant sa propre famille, lui-même n'était toujours pas parvenu à surmonter son angoisse de devenir un jour comme son père. Aussi avait-il purement et simplement écarté l'idée d'avoir une descendance.

Toutefois, même si cela l'avait soulagé qu'Amy ait fait une fausse couche, il devait reconnaître que la perte de leur enfant avait été malgré tout douloureuse. Il avait caché ses sentiments sous une fausse indifférence, ce qui, il en avait conscience, avait profondément blessé Amy. Elle avait vécu une des pires expériences que peut traverser une femme, et l'attitude distante qu'il avait alors affectée n'avait fait que l'enfoncer un peu plus dans le désarroi.

C'est avec le cœur lourd qu'il se dirigea vers la clinique.

Il y avait peu de choses qu'il regrettait dans sa vie, mais cela en était assurément une.

Amy termina de déballer sa valise, et lorsque son regard erra sur la pièce aux murs blanchis à la chaux, elle sentit que sa tension l'avait un peu quittée.

Rencontrer Nico avait été un vrai choc, mais elle s'en était finalement sortie plutôt mieux que toutes ces fois où elle avait imaginé la scène. D'ailleurs, son cœur battait à peine plus vite qu'à son habitude, ce qui était bien la preuve qu'elle n'éprouvait plus rien pour lui. N'est-ce pas ?

— On peut aller à la plage, maman ?

— Pourquoi pas ? Nous pourrons même nous baigner. Tu n'as qu'à te changer.

— Oui !

Jacob fonça vers l'armoire où elle venait de ranger ses affaires et en sortit son maillot. Moins de deux minutes plus tard, après s'être déshabillé et l'avoir enfilé, il se précipita vers la porte.

— Hé ! Une minute, jeune homme, protesta-t-elle en s'avançant vers lui, le tube de crème solaire à la main. Et on ne boude pas ! Je t'ai déjà expliqué qu'il faisait bien plus chaud ici que chez nous et qu'il est très important que tu te protèges la peau avant de sortir. Pas question que tu prennes des coups de soleil.

— Je parie qu'il en met pas, lui, de la crème, marmonna Jacob en plissant le nez alors qu'elle lui en appliquait sur le visage.

— De qui parles-tu ?

— Du monsieur qui était sur le ferry. Le docteur. Celui que tu as appelé Nico.

Soudain, il fronça les sourcils en inclinant la tête.

— Mais comment que tu savais, son nom, d'abord ? Et puis, il savait le tien, aussi. Pourquoi ?

— Je… euh… Nous nous sommes déjà rencontrés, il y a longtemps.

Elle revissa le bouchon sur le tube, les doigts un peu tremblants.

Elle aurait dû se douter que ces détails n'échapperaient pas à Jacob, qui avait manifesté très tôt un sens aigu de l'observation.

— Où ça ? demanda-t-il, les yeux brillant de curiosité. C'est où que tu l'as rencontré ? Tu m'as dit que t'étais jamais venue ici.

— Et c'est vrai, répondit-elle en affectant de s'assurer qu'elle avait tout ce qu'il fallait dans le sac de plage.

Serviettes, lunettes de soleil, bouteille d'eau…

— Alors, c'est où ? A l'hôpital ? Il travaillait à Dalverston, lui aussi ?

— Non. Nous nous sommes connus à Londres, quand je faisais mes études d'infirmière.

— A Londres ? C'est là que t'as rencontré mon papa, aussi, hein ? Il le connaît, tu crois ? insista Jacob avec une excitation croissante. Peut-être qu'il a des photos de lui et qu'il sait où il habite. On lui demandera, hein, maman ? Dis, on lui demandera ? S'il te plaît !

— Jacob, arrête. Nico… Enfin, je veux dire, cet homme ne sait rien sur ton père.

D'une certaine manière, ce n'était pas tout à fait faux. Nico n'avait aucun moyen de savoir que Jacob était son fils. Mais elle n'en devait pas moins déformer la vérité, ce dont elle avait horreur.

— Allez, assez de questions pour l'instant. On va se baigner, d'accord ? Le dernier dans l'eau a perdu !

Relevant aussitôt le défi, Jacob fila vers la terrasse qui menait au jardin.

Elle le suivit plus posément.

Il avait commencé à poser beaucoup de questions lorsque les autres enfants s'étaient mis à le chahuter. Quoi d'étonnant ? Il connaissait si peu de son père. Il n'avait même jamais vu de photo de lui.

Tout ça à cause d'elle. Elle avait délibérément tenté d'effacer cette période de sa vie, trop éprouvante pour elle. Mais elle ne pourrait pas éternellement éluder la curiosité légitime de Jacob. Qu'elle le veuille ou non, il lui faudrait un jour lui parler de Nico. C'était d'ailleurs la raison pour laquelle elle l'avait amené ici, à Constantis. Lui donner une notion de sa véritable identité serait un premier pas, le reste viendrait ensuite. Toutefois, à présent que Nico était déjà entré en scène, les choses risquaient de se précipiter.

Ne devrait-elle pas dès maintenant révéler à Jacob qui était Nico, et expliquer ensuite à Nico qu'il était son père ?

Non ! Hors de question de dire quoi que ce soit à Jacob tant qu'elle ignorerait la réaction de Nico lorsqu'il apprendrait qu'il avait un fils. Elle refusait de prendre le risque de blesser l'enfant si Nico devait le rejeter.

Une éventualité qu'elle ne pouvait malheureusement pas exclure.

— On va la garder ici pour la nuit. Il faudra peut-être la transférer demain sur le continent, mais ce serait trop dangereux de la déplacer maintenant. Tu peux la surveiller ?

Elle a repris conscience, d'accord, mais elle n'est pas encore sortie d'affaire.

Sophia acquiesça avec son sérieux habituel.

Infirmière intérimaire, Sophia Papadopolous avait à de nombreuses reprises prouvé ses compétences au sein de l'unité d'hospitalisation, et il envisageait de lui offrir un poste permanent. Après un long séjour en Italie, elle était revenue à Constantis à la suite d'un chagrin d'amour. Lui-même était de retour à cause de sa santé. Chacun avait ses raisons de vivre sur cette île…

Et Amy ? Etait-elle ici pour de simples vacances, ou avait-elle une autre motivation ? Elle avait eu l'air sincère en apprenant qu'il s'était installé ici. Mais alors, pourquoi avoir choisi spécifiquement cet endroit ? Ce n'était pas les lieux de villégiature qui manquaient en Grèce, et de bien plus attirants que Constantis…

S'efforçant de chasser cette question perturbante de son esprit, il se rendit dans son bureau pour appeler l'ambassade australienne d'Athènes.

Il avait trouvé le passeport de Jane dans une poche de son sac à dos et put donc communiquer ses coordonnées à une secrétaire, qui promit d'avertir les parents de la jeune fille.

D'après son passeport, Jane Chivers n'avait que dix-huit ans, et, bien qu'elle soit majeure, il supposait que sa famille voudrait savoir ce qui était arrivé. A leur place, en tout cas, c'est ce qu'il souhaiterait…

Une pensée étrange, songea-t-il en raccrochant. Etait-ce la rencontre avec Amy et son fils qui la lui avait soufflée ? Que se serait-il passé si elle n'avait pas perdu leur enfant ?

Conscient qu'il touchait là un point très sensible, il jugea plus prudent de ne pas s'engager sur ce terrain. Il s'assura que tout était en ordre à la clinique avant de rentrer chez lui.

Il y avait eu une consultation prénatale dans l'après-midi. Elena Delmartes, un de leurs médecins les plus expérimentés, s'en était chargée.

Visiblement, les femmes appréciaient de ne pas avoir à se rendre sur le continent pour leur suivi prénatal. Même si la plupart préféraient encore accoucher chez elles, elles honoraient régulièrement les visites de contrôle. Ce système fonctionnait très bien. D'après ses dossiers, très peu de femmes manquaient leurs rendez-vous à la clinique, ce qui n'avait pas été le cas à l'époque où elles devaient pour cela prendre le ferry. De plus, les bébés avaient de meilleures chances de naître en bonne santé sur l'île.

Comme toujours, il prit plaisir à rouler tranquillement sur la petite route qui le ramenait chez lui.

Sitôt qu'il avait obtenu le feu vert pour sa clinique, il s'était mis en quête d'une habitation. Ignorant les luxueuses villas érigées le long de la côte, il avait entrepris de chercher dans les villages nichés au pied des montagnes, et il était tombé sur une ancienne ferme inhabitée pour laquelle il avait eu un coup de foudre instantané. Il avait toutefois dû attendre des mois que tous les membres de la famille des propriétaires donnent leur accord pour vendre leur part, et il n'avait pu s'y installer enfin qu'un an plus tôt.

Il y avait encore beaucoup à faire, mais il prenait chaque jour un peu plus de plaisir à aménager la propriété et à lui redonner meilleure mine. C'était un peu comme lui faire subir une chirurgie esthétique qui lui redonnait un bon coup de jeune…

Après s'être garé dans la cour, il resta un instant assis à respirer l'air pur et chargé de l'odeur des vignes qui poussaient alentour.

La récolte de raisin serait très bonne, cette année. Et s'il faisait son propre vin ?

Pourquoi pas ?

Il ferma les yeux une seconde, s'imaginant en train de siroter un verre de sa récolte avec une femme assise près de lui.

Elle aurait des reflets roux dans les cheveux, des yeux verts plissés par le soleil, et un sourire…

Qu'est-ce que c'était que ces bêtises ?

Il réagit aussitôt en se dirigeant vers la maison, où il s'immergea dans sa routine du soir : douche, changement de tenue, préparation du dîner.

Mais il avait beau faire, il ne pouvait pas effacer de son esprit cette Amy qui lui avait souri avec une telle chaleur dans le regard.

D'accord, il y avait longtemps qu'il ne l'avait pas vue, mais ça ne suffisait pas à expliquer ce qu'il ressentait. Surtout qu'il n'avait eu aucun mal à la faire apparaître. Et à présent que son image était dans sa tête, ce serait difficile de l'en déloger.

3.

— *Efharisto.* Merci. C'était excellent.

Amy accompagna ses remerciements d'un grand sourire alors que Jacob et elle quittaient la table.

Le petit déjeuner avait été très simple, mais vraiment délicieux : yaourt épais agrémenté de miel et de figues fraîches, suivi d'une sélection de minigâteaux. Elle se félicitait d'avoir choisi cette pension familiale. Jacob y gagnerait une meilleure idée du mode de vie grec qu'il ne l'aurait eue en séjournant dans un grand hôtel. Cela lui permettrait de mieux comprendre son héritage paternel — du moins, elle l'espérait.

Toutefois, alors qu'elle le suivait hors de la grande salle à manger, elle en doutait.

A quoi bon, si elle ne lui révélait pas que Nico était son père ? Jacob aurait besoin de preuves tangibles de l'existence de celui-ci : des photos, des rencontres. Pour l'instant, son père n'était qu'une silhouette impalpable dans son imagination, ce qui ne suffisait pas à le prémunir contre les moqueries dont il avait récemment fait l'objet. Il lui fallait des preuves qu'il avait bel et bien un père.

Décidément, la seule façon de les lui fournir serait de révéler la vérité à Nico.

Tout à ses pensées, elle s'aperçut à peine qu'ils étaient déjà arrivés à la plage. Bien que l'heure soit matinale, le soleil était très chaud, aussi sa première tâche fut-elle, comme toujours, d'enduire Jacob de crème solaire. Elle avait vu trop de personnes sérieusement brûlées pour négliger cette précaution. Puis, après s'être assurée qu'il jouait tranquillement dans l'eau peu profonde avec d'autres enfants, elle sortit son livre du sac.

Il s'agissait du dernier roman de son auteur favori, mais elle ne parvenait pas à se concentrer. La question qui se posait à elle tournait en boucle dans sa tête. Devait-elle révéler à Nico qui était Jacob ?

Tout dépendrait de sa réaction, qu'elle ne pouvait bien évidemment pas anticiper. Si Nico devait avoir la même attitude que lorsqu'elle avait perdu le jumeau de Jacob, sans doute serait-il préférable qu'elle garde son secret pour elle.

Elle vit à peine le temps passer. Après que Jacob l'eut réquisitionnée pour construire un château, elle dut le convaincre qu'il était temps de se mettre à l'abri du soleil. Et comme il était presque midi, elle décida de l'emmener déjeuner.

Après avoir enfilé des T-shirts secs, ils contournèrent le promontoire et découvrirent une petite *taverna* avec une terrasse ombragée donnant sur le port. Et tous deux purent bientôt déguster leur sandwich-salade en observant l'animation des bateaux de pêche déchargeant leurs prises du matin.

Quand Nico surgit au pied des quelques marches de la terrasse, elle faillit s'étrangler sur sa bouchée. Et en jetant un œil autour d'elle, elle remarqua qu'elle n'était pas la seule femme à noter son arrivée avec intérêt.

A en juger par son costume et sa chemise blanche ouverte au col qui mettait en valeur son teint hâlé, il venait directement de sa clinique.

Malgré elle, elle compara l'homme qu'elle avait sous les yeux à cet instant à celui qu'elle avait connu neuf ans plus tôt.

Il était indéniablement plus mince. Plus imposant, aussi. Même s'il avait toujours eu cette présence dominatrice, elle apparaissait plus puissante encore aujourd'hui.

Ce n'était pas pour la rassurer, car une fois qu'il saurait

pour Jacob, elle avait conscience que la situation ne lui appartiendrait plus. Connaissant Nico, il se pourrait qu'il veuille tout prendre en charge, ce qu'elle refusait absolument. Comment être sûre qu'il ferait de Jacob sa priorité ? Quelle garantie aurait-elle que son fils ne souffrirait pas de ce changement dans son existence ? C'était surtout cela qui l'angoissait. La réaction de Jacob passait avant les conséquences du retour de Nico dans sa propre vie.

Nico se figea une seconde en apercevant Amy assise à la terrasse, et il fut même tenté de tourner les talons.

Sauf que ce serait un peu trop révélateur. Souhaitait-il vraiment lui donner le sentiment qu'il était gêné de la revoir ?

Non, évidemment.

Il s'arrêta donc près de sa table, avec un sourire qu'il espéra naturel.

— Bonjour. Je vois que vous avez découvert ma « cantine » préférée, tous les deux !

— J'ignorais totalement que tu y venais, rétorqua un peu vivement Amy.

— Je m'en doute. C'est une simple coïncidence, bien sûr.

Il était évident qu'il avait touché un point sensible, mais lequel ? Il n'en avait aucune idée. Toutefois, il ne tenait pas à creuser la question, sous peine de se retrouver entraîné dans une situation qu'il regretterait ensuite. Il lui fallait au contraire se montrer distant. Amy Prentice et lui avaient eu une liaison. Il ne lui avait fait aucune promesse, ne lui avait pas demandé plus qu'elle n'avait été prête à donner. Si elle n'était pas tombée enceinte, sans doute ne se serait-il même pas souvenu de son nom.

Encore que… Etait-ce bien sûr ?

La question, insistante, exigeait une réponse.

Il refusa de s'y attarder. Ce ne serait qu'une perte de temps.

Pourtant, même s'il n'avait pas pensé à Amy depuis longtemps, il était conscient que, quelque part au plus profond de lui, elle avait toujours occupé une parcelle de son esprit. Qu'il le veuille ou non, avant cette fausse couche, elle avait marqué d'une pierre blanche cette période de son existence. Autrement dit, elle avait une certaine emprise sur lui — ce qui lui était très désagréable. Il avait toujours fait en sorte de vivre sa vie comme il l'entendait, sans avoir de comptes à rendre à personne.

— Tu passes de bonnes vacances, ici ? s'enquit-il en tirant une chaise.

Il aurait pu aller s'asseoir ailleurs, bien sûr, mais il ne voulait pas non plus accorder plus d'importance que cela à leur rencontre.

— Nous ne sommes arrivés qu'hier, répondit-elle en se tournant vers son fils. Et, jusque-là, nous sommes enchantés. N'est-ce pas, Jacob ?

— Mmh mmh, fit le gamin, la bouche pleine, en hochant la tête.

Ce qui le fit rire.

— Je prends ça pour un oui. Apparemment, tu as un sacré appétit.

— Il peut, oui ! dit Amy en piquant une olive du bout de sa fourchette. Nous nous sommes bien baignés avant de faire un château de sable.

Nico dut détourner les yeux devant le désir inattendu qu'il ressentit en voyant ses lèvres pleines se refermer sur l'olive. Il s'empressa d'attraper le menu et fit mine de l'étudier.

A quoi bon repenser à tous ces baisers qu'ils avaient échangés ? Il n'y avait aucune chance pour qu'il ait l'occasion de renouveler l'expérience. Ainsi qu'il l'avait déjà découvert, Amy Prentice avait le pouvoir de bouleverser sa vie. Or, ce n'était absolument pas ce qu'il souhaitait. Il ne devait pas perdre de vue que, s'il était venu s'installer à Constantis, c'était pour sa santé. Et pour fuir le stress.

— Docteur Leonides ! Je suis si heureuse de vous voir ici !

Maria Michaelis, qui gérait le café avec Stavros, son mari, le salua avec chaleur alors qu'elle venait prendre sa commande.

Maria avait figuré parmi ses premiers patients lorsqu'il avait ouvert sa clinique. Diabétique, elle avait affronté de nombreux problèmes, dont le plus sérieux était de ne pouvoir tomber enceinte. Toutefois, après qu'il lui avait ajusté son traitement, cela s'était arrangé. Le seul ennui, c'était qu'elle le considérait désormais comme un véritable thaumaturge.

Il se leva pour l'embrasser.

— *Kalimera*, Maria. Comment allez-vous ?

— Je me porte comme un charme, docteur ! s'exclama-t-elle en tapotant son ventre rebondi. Ce petit-là m'aide à croquer la vie à pleines dents !

— N'en faites pas trop non plus, l'admonesta-t-il d'un air faussement sévère, avant de s'adresser à Amy. Maria est enceinte de sept mois de son premier enfant, et je dois sans cesse lui conseiller de ralentir le rythme.

— Toutes mes félicitations.

Comme Amy souriait à Maria, il la trouva plus belle que jamais. Avec ses cheveux châtains relevés en queue-de-cheval et son visage dénué de tout maquillage, elle avait tout au plus l'air d'être la grande sœur du garçon assis à son côté.

Une fois de plus, alors qu'il se tournait vers Jacob, il eut l'impression étrange de l'avoir déjà vu.

Avait-il rencontré son père ? Serait-ce quelqu'un avec qui il avait travaillé à Londres ?

Soudain, il avait envie d'en savoir plus sur celui qui l'avait supplanté dans le cœur d'Amy et lui avait fait cet enfant.

Il devrait attendre d'être seul avec Amy pour avoir des réponses à ses questions…

L'idée de se retrouver en tête à tête avec elle éveilla en lui un désir qu'il fut prompt à étouffer. Ce serait trop dangereux de se laisser entraîner sur ce terrain glissant.

Il se força à reporter son attention sur la conversation.

— Vous savez déjà si c'est un garçon ou une fille ? A moins que vous ne préfériez garder le suspense jusqu'au bout ?

— Je voulais attendre, mais Stavros n'a rien voulu savoir ! répondit Maria en riant. On a attendu si longtemps pour avoir cet enfant… C'est un garçon, et on va l'appeler Nicolaus, comme le docteur. Parce que, sans lui, on n'aurait jamais eu la chance de devenir des parents. Le Dr Leonides est le magicien qui nous a aidés à réaliser notre vœu le plus cher !

Perplexe, Amy sourit poliment alors que Nico balayait ces compliments d'une plaisanterie.

Jamais elle ne l'avait vu entretenir des relations aussi amicales avec ses patients. Ce qui était de toute évidence le cas entre cette femme et lui. Qu'avait-il bien pu se passer pour qu'il modifie à ce point le regard qu'il portait sur la vie ?

Tandis qu'il passait sa commande, elle étudia son profil à la dérobée.

Lorsqu'elle l'avait connu, il était tellement centré sur son besoin de réussir, de prouver son mérite dans tous les domaines… Mais elle savait intuitivement que ce n'était plus le cas. S'il était toujours le même ou presque en apparence, il semblait avoir radicalement changé. Assurément, elle ne l'avait pas connu aussi bien qu'elle l'avait cru… Et cela la troublait plus qu'elle ne l'aurait voulu.

Lorsque la serveuse déposa son assiette devant Nico, Jacob et elle avaient terminé de déjeuner, et Amy fit signe à Maria de lui apporter la note.

Nico secoua la tête.

— Laisse-moi vous l'offrir.

— Pas question, se récria-t-elle en ouvrant son sac. Combien vous dois-je, Maria ?

Celle-ci, indécise, promena son regard de l'un à l'autre, et Nico reposa ses couverts en soupirant.

— Comme tu veux, Amy. Si tu tiens à tout prix à payer, vas-y. Je n'ai aucune envie de me disputer avec toi.

Elle se sentit devenir pivoine. Consciente que son refus devait paraître puéril, elle remit son porte-monnaie dans son sac avec une assurance qu'elle était loin d'éprouver.

— Alors, merci, Nico. C'est très gentil à toi. N'est-ce pas, Jacob ?

Celui-ci acquiesça d'un air distrait. Il était clair qu'il s'ennuyait et qu'il avait juste envie de s'en aller.

Maria se pencha alors vers Nico pour lui dire à l'oreille quelques mots, qui, certainement, le contrarièrent.

Avait-elle remarqué la ressemblance entre Nico et Jacob ? Lui en avait-elle fait la remarque ?

Peut-être Amy dramatisait-elle, mais quelque chose dans le regard de Nico qui fixait à présent Jacob l'alarma. Soudain, elle éprouva le besoin de partir.

Prenant son fils par la main, elle se dirigea vers les marches, et ce n'est qu'à contrecœur qu'elle se retourna en entendant Nico l'appeler.

— Oui ? Qu'y a-t-il ?

— Je suppose que tu seras soulagée d'apprendre que la fille que nous avons soignée sur le ferry a repris conscience.

Il s'était exprimé sur un ton détaché, mais son regard passa de nouveau avec insistance d'elle à Jacob.

— Oh ! tant mieux, répondit-elle, le ventre crispé.

Elle lança un furtif regard à son fils et sentit sa gorge se nouer.

Elle avait eu beau prendre toutes les précautions pour le protéger du soleil, sa peau avait déjà commencé à prendre une belle teinte dorée, ce qui accentuait encore davantage sa ressemblance avec Nico. Il faudrait vraiment être atteint de myopie prononcée pour ne pas remarquer que Jacob avait la même couleur d'yeux que son père et que son nez était l'exacte réplique du sien.

Le cœur affolé, elle marmonna un rapide au revoir et descendit les marches de la terrasse en entraînant Jacob.

Bien sûr, si Nico lui posait la question, elle pourrait nier. Mais à quoi bon ? Il avait déjà des doutes. Tout ce qu'il restait à faire maintenant, c'était restreindre les dégâts que cette révélation provoquerait.

Quoi qu'il arrive, sa priorité était de protéger Jacob. Quitte, pour cela, à quitter l'île.

Après le déjeuner, Nico retourna à la clinique alors qu'il avait eu l'intention de prendre son après-midi. Aucune opération n'était programmée, et il avait prévu de s'accorder un peu de détente bien méritée, mais rencontrer Amy avait soulevé en lui trop de questions, et il savait qu'il ne connaîtrait pas la paix tant qu'il n'aurait pas de réponses.

L'une d'elles, surtout, se répétait avec insistance : était-il possible que le fils d'Amy soit le sien ?

Il gagna directement son bureau et s'installa dans son fauteuil pour tenter de mettre un peu d'ordre dans son esprit.

Bon. Il était resté sur le fait qu'Amy avait fait une fausse couche et avait ainsi perdu l'enfant qu'ils avaient conçu ensemble. Elle était alors enceinte de six semaines environ. Elle avait refusé de se rendre ensuite à l'hôpital sous prétexte que ces avortements spontanés étaient très courants et que de toute façon ils ne pourraient rien faire de plus. Pourtant, lorsque Maria lui avait demandé si Jacob était de sa famille, force lui avait été de reconnaître en son for intérieur la nette ressemblance entre ce gamin et lui.

Les yeux fermés, il revit le visage du garçon.

Un regard d'un brun profond, comme les siens, et la forme du nez typique des Leonides. Les trois fils de sa sœur Electra avaient hérité du même. Electra et lui avaient d'ailleurs souvent plaisanté sur cette « marque de fabrique » qui signait indéniablement leur héritage…

Donc, oui, tout portait à croire que Jacob était son fils. Mais comment était-ce possible ? Amy lui aurait-elle délibérément menti ? Aurait-elle prétexté un avortement spontané afin de l'écarter ? Aurait-elle, à l'extrême, prévu dès le début d'avoir un bébé et de l'élever sans lui ?

Il fronça les sourcils, perplexe.

Certaines femmes préfèrent élever leur enfant sans l'intervention du père, mais pas Amy. Non, ça ne lui correspondait pas. Elle avait été trop honnête, trop transparente pour se livrer à ce genre de manigances. Du moins était-ce ce qu'il avait cru à l'époque…

Et soudain il sentit monter en lui une bouffée de colère.

En fait, que savait-il d'elle *vraiment* ? Pas grand-chose. Il ignorait de quoi elle était capable. Il l'avait jugée gentille, douce et incapable de duperie, mais peut-être s'était-il fait berner depuis le départ. Qui sait s'il n'avait pas été à ses yeux qu'un simple donneur de sperme ?

L'idée qu'elle ait pu l'utiliser avant de le rejeter le révoltait.

Brusquement, il repoussa son fauteuil et se leva pour se diriger d'un pas rageur vers la porte.

Il était grand temps qu'il aille demander quelques explications à Amy !

Amy sortait de la douche quand elle entendit un coup à la porte de la chambre. Jacob jouait avec sa console sur le lit, mais elle préféra s'envelopper d'une grande serviette et aller ouvrir elle-même.

C'était Helena, qui gérait la pension familiale avec son mari Philo.

Devant sa tenue, celle-ci lui adressa un sourire d'excuse.

— *Kalispera.* Désolée de vous déranger au mauvais moment, mais quelqu'un demande à vous voir.

Amy sentit son cœur s'accélérer sous le coup de l'appréhension.

Qui, à part Nico, pourrait lui rendre visite ? Mais elle n'était pas certaine d'être encore prête à l'affronter. Pas avant d'avoir bien préparé ce qu'elle allait lui dire.

— Oh ! Merci, Helena. Mais je ne peux pas vraiment le recevoir comme ça…

— Pas de souci, la rassura aussitôt Helena. J'ai installé le docteur dans le salon avec un verre d'orangeade. Il n'y a personne d'autre, alors vous pourrez y rester pour bavarder tranquillement, ajouta-t-elle avant de tourner les talons.

Amy regarda s'éloigner la bonne dame dans le couloir en se mordillant les lèvres.

Quel autre choix avait-elle que de rejoindre Nico ? Le connaissant, il serait capable de venir la trouver ici même si elle ne se montrait pas. Or, il n'était pas question de prendre le risque que Jacob surprenne leur conversation.

Elle enfila en hâte une robe en cotonnade d'un vert pâle très doux qui lui allait bien et appliqua une touche de rouge corail sur ses lèvres pour compenser sa pâleur. Quant à ses cheveux, comme elle n'avait pas le temps de les sécher, elle les rassembla encore humides sur sa nuque et les attacha avec un clip argenté.

C'était sans doute stupide de faire autant d'efforts, mais c'était pour elle une façon de sentir qu'elle contrôlait la situation.

— Il faut que j'aille voir quelqu'un, dit-elle à Jacob en glissant ses pieds dans les sandales dorées.

Les talons lui offraient trois centimètres de plus, qui seraient les bienvenus face au mètre quatre-vingt-trois de Nico.

— Je serai dans le salon si tu as besoin de moi. Mais je n'y resterai pas longtemps, alors autant que tu restes ici à jouer, d'accord ?

— D'accord, répéta son fils sans la regarder, trop absorbé par son jeu pour se soucier de son absence.

Toutefois elle n'aimait pas le laisser seul, aussi annoncerait-elle d'entrée de jeu à Nico qu'elle n'avait pas l'intention de s'attarder. Quoi qu'il soit venu lui dire, il devrait se montrer bref et concis.

Prenant une forte inspiration, elle poussa la porte du salon.

Nico se tenait devant la fenêtre, il se retourna à son entrée. Comme il était à contre-jour, elle ne pouvait pas distinguer son expression.

Elle s'en sentit désavantagée. Ce qu'elle compensa aussitôt en prenant les devants.

— Helena m'a dit que tu souhaitais me parler ? Il vaudrait mieux que ce ne soit pas long, car j'ai dû laisser Jacob seul.

— Je comprends, répondit Nico, la tête légèrement inclinée alors qu'il emprisonnait son regard dans le sien. Je veux juste une réponse toute simple à une question simple : Jacob est-il mon fils ?

4.

Plusieurs tentatives d'explication se bousculèrent dans la tête d'Amy, mais elle savait qu'aucune d'elles ne satisferait Nico. D'autant plus qu'il avait de toute évidence déjà deviné la vérité.

— Oui.

Il ferma les yeux une brève seconde puis s'avança vers elle. Incertaine, elle attendit, mais il passa près d'elle et continua vers la porte, avant de sortir sans avoir dit un mot.

Elle se laissa tomber dans un fauteuil, vidée de toute énergie.

Et, maintenant ? Qu'avait-il l'intention de faire ? Avoir un fils ne comptait-il pas, pour lui ? Du moins pas suffisamment pour vouloir en savoir davantage ?

Non, visiblement, connaître son fils n'intéressait pas plus Nicolaus Leonides aujourd'hui qu'il y a neuf ans.

Des larmes lui montèrent aux yeux — de déception pour Jacob et de désillusion pour elle. Jamais elle ne s'était sentie aussi malheureuse, même face à l'indifférence de Nico devant la perte du jumeau de Jacob.

Assis dans sa voiture, Nico regardait fixement l'horizon sans le voir. Tout ce qu'il percevait, c'était ce manteau de grisaille qui semblait s'être refermé sur lui.

Un fils. Il avait un fils. Ça devrait être le moment de faire le point, de réévaluer sa vie et de faire des plans pour l'avenir, mais il ne parvenait pas à sortir de l'engourdissement qui s'était saisi de lui. Il avait vécu ces huit dernières années en ignorant totalement l'existence de ce fils, qui n'avait probablement jamais entendu parler de lui non plus. Car, il en était certain, Amy avait dû aussi garder le silence à son sujet. Mais pourquoi ? Il aurait dû lui poser la question tout de suite. Celle-ci, et toutes les autres qui lui venaient à l'esprit. Encore que… non. Il ne pourrait pas supporter ses réponses. Pas maintenant. Pas alors que tout lui apparaissait si gris et stérile.

Il tourna la clé de contact, posa ses mains tremblantes sur le volant et s'éloigna de la pension familiale.

En cette fin d'après-midi, les routes étaient encombrées par les touristes qui rentraient de la plage, et il se força à être attentif et à ne pas rouler trop vite. Du coup, il lui fallut presque une heure pour rentrer chez lui. Mais ça n'avait aucune importance. Ce qui comptait dans l'immédiat, c'était la réponse qu'Amy lui avait fournie. Ce petit mot de trois lettres qui bouleversait tout — *oui*.

Le coup au cœur qu'il ressentit à retardement le fit grimacer. Sortant de la voiture, il regarda le soleil disparaître et le ciel s'embraser. Le monde, soudain, reprenait ses couleurs. L'or vira à l'orange, avant de s'assombrir en un rouge presque grenat. Il n'aurait su dire combien de temps il s'attarda là, mais il ne restait plus qu'une traînée dorée à l'horizon quand il se décida à réagir.

Une fois à l'intérieur, il sortit une bouteille d'eau du réfrigérateur et but de longues gorgées, comme s'il rentrait d'une longue marche dans le désert. Et, d'une certaine façon, c'était ce qu'il éprouvait. Il tournait enfin le dos à ces contrées grises, et il avait à présent besoin de réponses, *toutes* les réponses, aussi désagréables puissent-elles être.

Cette rencontre ne resterait pas sans suite. Amy allait avoir beaucoup d'explications à lui fournir.

Après avoir attrapé un pull, il retourna à sa voiture.

A la fin du dîner, Jacob avait du mal à garder les yeux ouverts et menaçait de piquer du nez dans son assiette. Il protesta un peu lorsqu'Amy le ramena dans leur chambre, mais plus par habitude qu'autre chose. D'ailleurs, il s'endormit avant qu'elle ait fini l'histoire qu'elle lui lisait.

Après avoir éteint la lampe de chevet, elle sortit sur la terrasse. Leur chambre, située au rez-de-chaussée, donnait sur le jardin. Elle s'assit dans un des fauteuils en osier et ferma un instant les yeux pour s'imprégner de la paix qui y régnait et écouter le bruit des vagues s'échouant sur le sable.

Mais elle ne réussit pas à se détendre.

Elle n'avait pas envisagé de tomber sur Nico, mais c'était arrivé, et il lui fallait désormais faire en sorte de protéger son fils à tout prix. Nico allait certainement chercher à la revoir. Même s'il ne voulait rien avoir à faire avec Jacob, il prendrait la situation en main sans la moindre concertation, comme il l'avait toujours fait. C'était sa façon de procéder.

Sauf que là, ça ne serait pas aussi simple. Il n'était pas le seul à être concerné. Jacob l'était aussi. Si elle l'avait amené à Constantis, c'était bien sûr pour lui créer un lien avec son héritage paternel, mais il n'était pas question qu'il découvre qui était Nico et qu'il apprenne que son père l'avait rejeté. Elle ne pouvait pas se permettre de prendre le risque.

Donc ils quitteraient Constantis dès demain matin. Jacob voudrait savoir pourquoi, surtout après s'être tant démenée pour organiser ce séjour, mais elle trouverait une raison. A elle d'improviser. Peut-être pourrait-elle lui dire qu'ils changeaient d'île pour suivre la trace des pirates ? Il adorait les histoires de corsaires. Avec un peu de chance, elle pourrait le convaincre qu'il n'y avait rien d'étrange à bouleverser leurs plans…

— Amy, il faut qu'on parle.

Elle sursauta alors qu'une silhouette surgissait de l'obscurité.

Plongée dans ses pensées, elle n'avait pas entendu Nico approcher.

— Vraiment ?

— Oui. Je suppose que Jacob dort ? demanda-t-il en jetant un regard en direction de la chambre.

Il ne semblait ni furieux ni contrarié, et elle ne savait trop comment répondre. Surtout alors qu'elle sentait la peur monter en elle.

— Oui. Je n'ai même pas pu terminer son histoire. Cette journée passée à jouer sur la plage l'a épuisé.

— Ça n'a rien d'étonnant. Et il n'est sûrement pas habitué à la chaleur non plus.

— C'est vrai. Nous n'avions encore jamais voyagé. Enfin si, une ou deux fois en Angleterre, mais jamais à l'étranger. C'est tout nouveau, pour lui.

— Et ça lui plaît ?

Pourquoi discuter de choses aussi insignifiantes, alors qu'ils avaient tant de questions autrement plus importantes à soulever ?

Elle esquissa un haussement d'épaules, agacée.

— Oui, bien sûr.

— Tant mieux. Constantis est un endroit superbe. Mais je doute que ce soit pour ça que tu as choisi de séjourner ici, n'est-ce pas ?

Le ton de Nico s'était durci, et elle sut qu'ils en avaient terminé avec les banalités. Le moment était venu d'aborder le vrai motif de la visite de Nico.

— Non. Je suis venue à cause de toi, Nico, répondit-elle sans détour.

Il s'assit dans le fauteuil libre en face d'elle.

— Ah oui ? Je croyais que tu ignorais que j'habitais ici ? Ce n'est pas ce que tu m'as dit ?

— Si, et c'était vrai. J'ai été très surprise de te rencontrer sur le ferry.

— Mmh. Alors, si ce n'était pas pour me voir, pour quelle raison es-tu ici ?

— Jacob traverse une période difficile. Depuis quelque

temps, on se moque de lui à l'école parce qu'il n'a pas de père… Tu ne m'avais pratiquement jamais parlé de ta famille, Nico, mais tu avais évoqué les vacances que tu passais ici avec tes grands-parents. Alors, j'ai eu envie d'offrir quelque chose de toi à Jacob, une idée de la vie que l'on mène ici. Mais je commence à me dire que j'ai commis une erreur.

— Une erreur ?

Une fois encore, son ton ne laissait rien paraître de ce qu'il pensait.

Elle refusa de se laisser déstabiliser. Maintenant qu'elle avait commencé, elle avait l'intention d'aller jusqu'au bout et de lui dire ce qu'elle gardait depuis trop longtemps pour elle.

— Oui, une erreur. Jacob aurait besoin de s'immerger dans le style de vie grec et d'éprouver un vrai sentiment d'appartenance, avec des données solides sur son père et son héritage paternel. Mais comme, de toute évidence, tu n'es pas prêt à les lui offrir, nous allons repartir. Je préfère ça, plutôt qu'il ne découvre que son père se moque totalement de lui.

Devant l'attaque, Nico se figea.

Amy ne manifestait pas le moindre égard face au ressenti éprouvé à la soudaine révélation qu'il avait un fils, songea-t-il avec amertume. Mais quoi d'étonnant ? Après tout, il n'avait jamais vraiment compté pour elle. Sinon, elle ne lui aurait pas menti pour la fausse couche afin de se débarrasser de lui.

Il eut un rire dur.

— Donc, tu fais tes bagages et tu pars sans même me laisser le choix de ma décision ? Franchement, de ton arrogance ou de ta bêtise, je ne sais pas ce qui me consterne le plus !

— Il ne s'agit pas de bêtise, rétorqua-t-elle avec la même fureur rentrée que lui. Tu m'as clairement dit, il y a neuf ans, que tu ne voulais pas d'enfant — ou, pour être précise, que tu ne voulais pas de *notre* enfant. Et il est évident que tu n'as pas changé d'avis. Donc, plus vite nous serons partis, plus vite nous retournerons dans l'oubli en ce qui te concerne. Ce n'est pas difficile à comprendre, si ?

Il se prit la tête entre les mains.

Il sentait ses émotions sur le point de déborder. La colère le disputait à l'excitation, la peur à l'espoir... Il dut fournir un énorme effort pour s'éclaircir un peu l'esprit, du moins suffisamment pour réfléchir.

Alors qu'Amy se levait pour s'éloigner, il se leva d'un bond et la prit par les poignets afin de la retenir.

— Il y a neuf ans, tu m'as annoncé que tu avais fait une fausse couche, et brusquement je découvre que tu m'as menti, que tu n'as pas perdu l'enfant comme tu l'avais prétendu. Peux-tu seulement imaginer ce que j'éprouve ? T'es-tu seulement posé la question ?

Elle le fixa muette, les yeux agrandis par l'effroi.

Il secoua la tête.

— Pour agir ainsi, j'en doute ! Parce que tu voulais un enfant, n'est-ce pas ? Et il se trouve que j'étais là au bon moment pour toi. Le fait est que tu t'es servie de moi pour devenir enceinte. Et une fois ton objectif atteint, tu m'as annoncé que tu avais perdu le bébé. Ton plan était parfait, je le reconnais. Tu as obtenu ce que tu voulais sans avoir à t'encombrer de moi !

Amy considérait Nico avec un sentiment d'horreur croissant.

Il ne la croyait tout de même pas aussi machiavélique ?

Sur le point de protester, elle était pourtant incapable de prononcer un mot pour sa défense.

Nico prit visiblement son silence pour un aveu.

— On m'a parlé de femmes comme toi, mais j'ai toujours trouvé difficile de croire qu'on puisse être aussi froidement calculateur. Pourtant, tu es la preuve que ça existe. Certaines sont bel et bien prêtes à toutes les fourberies pour obtenir ce qu'elles veulent.

Elle n'avait rien calculé, non ! Ni sa grossesse ni sa fausse couche, et pas davantage le fait que Jacob ait eu un jumeau. Il fallait qu'elle lui réponde, qu'elle le convainque.

— Tu te trompes, Nico. Du tout au tout. Je n'ai jamais…

— Epargne-moi tes mensonges, tu veux ? Nous laisserons nos avocats respectifs se charger de cette affaire.

Le regard qu'il lui adressa alors, chargé d'un insoutenable mépris, acheva de l'accabler.

— Nos avocats ? répéta-t-elle, hébétée.

— Oui. Cette histoire est trop complexe pour que nous nous en occupions nous-mêmes, d'autant plus que je n'ai pas confiance en toi. J'appellerai le mien dès demain matin, il devrait te contacter rapidement.

Sur ce, Nico tourna les talons et se dirigea vers le bord de la terrasse.

Elle ne pouvait pas le laisser partir ainsi ! Il fallait qu'il comprenne ce qui était réellement arrivé avant que la situation se détériore inexorablement.

— Nico ! Attends ! cria-t-elle en courant pour le rattraper.

Elle le retint par la manche avant qu'il n'atteigne les marches et l'obligea à lui faire de nouveau face.

— Nous pouvons très bien nous entendre sans avoir besoin de passer par des avocats. Une fois que tu sauras ce qui est réellement arrivé, je suis sûre que tu envisageras les choses différemment.

— Crois-tu ? ironisa-t-il en la fixant avec un dédain insupportable. Que vas-tu inventer ? Une histoire larmoyante pour expliquer comment tu t'es servie de moi ? Alors je t'écoute. Ça risque d'être intéressant…

Son bref rire moqueur lui fit l'effet d'une gifle.

— A quoi bon te révéler la vérité si tu la tournes en dérision ? rétorqua-t-elle, outrée, en s'écartant de lui. Après tout, appelle ton avocat si tu veux. Peut-être que *lui* sera plus attentif à ce que j'ai à dire.

Elle commença à s'éloigner, mais Nico la retint en lui agrippant le bras. Il l'attira vers lui, si près qu'elle sentit son souffle chaud sur le visage.

— Après que je lui aurai raconté comment tu m'as menti ? J'en doute fort ! Tu es une menteuse accomplie, Amy. Je te prenais pour une femme douce et attentionnée, mais je me trompais. Tu faisais seulement semblant de tenir à moi, et tu étais même très convaincante, je le reconnais. Je ne suis pas du genre crédule, pourtant je me suis pris à ton jeu. Alors que, en fait, tu te fichais de moi.

Le sourire qu'il esquissa était si chargé de mépris qu'elle en fut terriblement meurtrie.

— Tu étais prête à tout pour avoir cet enfant, n'est-ce pas ? Et moi qui croyais naïvement que nous avions réellement partagé quelque chose de fort en faisant l'amour… Mais non. Ce qui m'intéresserait, maintenant, c'est de savoir jusqu'où tu pourrais aller pour obtenir ce que tu veux.

Et, brusquement, il lui prit le visage entre ses mains et se pencha pour l'embrasser.

Un baiser qui la prit au dépourvu. Fougueux et presque passionné, oui, mais punitif.

Elle se débattit tandis que des larmes jaillissaient de ses yeux.

Ce n'était pas ce qu'elle avait souhaité. Ses reproches, sa rancœur la blessaient. Il était évident que Nico lui en voulait, et elle ne pouvait s'en prendre qu'à elle. Pourquoi ne lui avait-elle pas expliqué ce qu'il s'était réellement passé ? Peut-être aurait-elle dû l'avertir lorsqu'elle avait découvert qu'elle était encore enceinte, mais Nico *n'avait pas* voulu d'enfant ! Et pas voulu d'elle, non plus. Aussi, cette condamnation était profondément injuste.

Elle réussit à interrompre ce baiser vindicatif.

— Je n'ai *jamais* essayé de me servir de toi, Nico ! gémit-elle, en larmes.

Sans doute perçut-il sa sincérité et sa détresse, car il s'immobilisa.

D'instinct, elle savait qu'elle n'avait que quelques secondes pour lui révéler la vérité, aussi les mots franchirent-ils précipitamment ses lèvres.

— Je ne cherchais pas non plus à tomber enceinte. Et j'ai réellement cru que j'avais perdu le bébé quand j'ai fait cette fausse couche. Le problème, c'est que j'attendais des jumeaux…

Sa voix se brisa alors qu'elle relevait la tête pour rencontrer son regard. Même après toutes ces années, il lui était encore douloureux de songer à l'enfant qu'elle n'avait pas pu garder.

— L'un d'eux n'a pas survécu — le frère ou la sœur de Jacob. Mais lui est resté.

5.

Seul le doux clapotement des vagues s'échouant sur la plage perturbait le silence. Nico le percevait, mais comme s'il était à des kilomètres de là. Comme s'il avait été coupé de tout.

Non, Amy ne lui avait pas menti. Elle avait bien porté son enfant, le jumeau de celui qu'elle avait perdu, et elle l'avait mis au monde.

Il avait encore du mal à assimiler cette révélation. Bien sûr, il allait devoir sérieusement envisager ce qu'il comptait faire, mais c'était encore trop tôt. Dans l'immédiat, son esprit fonctionnait au ralenti. En l'espace de quelques heures, il avait découvert successivement qu'il avait un fils, que la mère le lui avait caché, puis qu'elle ne l'avait pas utilisé comme il l'avait cru. C'était déjà beaucoup…

— Nico ?

La voix d'Amy trahissait son anxiété. Elle avait sans doute besoin qu'il la rassure, qu'il lui dise que tout se passerait bien, qu'ils allaient trouver des solutions…

Mais il ne le pouvait pas. Du moins, pas encore. Et peut-être jamais. Avoir un fils, cela allait bouleverser sa vie. Comment, il ne pouvait pas encore le savoir, mais c'était inévitable. Il n'avait jamais voulu d'enfant. A présent qu'il était devant le fait accompli, il lui faudrait forcément procéder à des réajustements. Et rien que d'y penser, il éprouvait une telle angoisse qu'il dut s'éclaircir la voix avant de parler.

— Il semble que nous ayons beaucoup de choses à

discuter, Amy. Mais pas ce soir. Nous avons tous les deux besoin de temps pour réfléchir à tout ça. D'accord ?

— Tu me crois, n'est-ce pas, Nico ? Tu me crois quand je te dis que je n'ai jamais essayé de te piéger ?

Devant son insistance, il hocha la tête.

— Oui, je te crois. Mais je regrette d'apprendre seulement maintenant pour Jacob.

— Je ne pensais pas que tu le souhaiterais. Après ma fausse couche, tu m'avais dit clairement que tu étais soulagé, que de toute façon tu ne voulais pas d'enfants. Alors, quand j'ai découvert que j'étais toujours enceinte, je n'ai pas voulu t'entraîner de force dans une situation que tu n'aurais pas choisie.

Il hocha la tête lentement.

Evidemment, elle avait raison. Cette nouvelle ne l'aurait pas fait sauter de joie. Mais il n'aurait pas pour autant tourné le dos à ses responsabilités. Il aurait fait ce qu'il fallait pour Amy et l'enfant…

Toutefois, il n'était pas certain que ç'aurait été suffisant. Jacob aurait souffert, en grandissant, de comprendre que son père n'entretenait des contacts avec lui que par sens du devoir. Il était bien placé pour le savoir. Son propre père n'avait jamais fait mystère de ne pas avoir voulu de descendance. Christos Leonides avait simplement cédé aux instances de son épouse, qui venait d'une famille très riche grâce à laquelle il avait pu monter son affaire. Nico avait toujours soupçonné Ariana, sa mère, d'avoir en quelque sorte exercé un chantage sur son père : elle l'épouserait, mais à la condition qu'il lui fasse des enfants. Or, si Christos s'était plié à ses exigences, il n'avait pas pour autant rempli son rôle de père auprès de leurs enfants. Il les avait toujours ignorés, sa sœur et lui.

Et si lui-même tenait de son père ? S'il lui était impossible d'éprouver la moindre affection pour Jacob ? D'après ce qu'il avait pu voir, le petit garçon semblait heureux et équilibré. Même si, d'après Amy, il avait été harcelé à l'école, il se savait aimé, ce qui était l'essentiel. Or, il risquait de provoquer des bouleversements malheureux s'il endossait son rôle de père. La crainte de ne pas être celui qu'un enfant de cet âge pouvait espérer.

Devait-il, oui ou non, se révéler à Jacob alors qu'il ignorait les répercussions que pourrait déclencher ce genre d'aveu ?

Il se sentait tiraillé.

Amy ignorait ce qu'il se passait dans la tête de Nico, mais, à son expression, elle n'avait aucun mal à deviner qu'il s'agissait de questions perturbantes pour lui. Il était clair qu'il n'avait pas changé d'avis quant à la paternité. S'ils voulaient dénouer cette situation, ils allaient devoir trouver un compromis. Elle était prête à faire des concessions, du moment que Jacob ne s'en trouve pas déstabilisé.

— Je me rends bien compte que c'est un choc pour toi, Nico, commença-t-elle, avant de s'arrêter car Donna Roberts, la jeune femme qui occupait la chambre à côté de la sienne et avec qui elle avait échangé quelques mots sur la plage le matin même, sortait sur la terrasse.

Dès que celle-ci les vit, elle s'empressa de les rejoindre.

— Excusez-moi, vous n'auriez pas une crème après-soleil ? Darcey s'est exposée sur la plage ce matin, et depuis, elle n'est pas bien. Ses épaules la font souffrir, et elle a des nausées.

— J'ai un lait, je vais le chercher, dit aussitôt Amy. Comment se sent-elle ? Est-elle fiévreuse ?

— Oh non, pas à ce point-là. Elle a juste quelques cloques. Mais elle nous met les nerfs en pelote avec ses jérémiades. Tim ne le supportait plus, il est sorti prendre un verre. J'aurais bien préféré l'accompagner au lieu de jouer les gardes-malades…

— Voulez-vous que je l'examine ?

Surprise, Amy se tourna vers Nico.

Elle frémit en sentant son bras effleurer le sien, et soudain elle ne put penser à rien d'autre qu'à leur baiser.

Peut-être avait-il été punitif, mais il avait réveillé en elle le souvenir de tous ceux qu'ils avaient échangés. Aucun homme, jamais, ni avant ni depuis, ne lui avait inspiré un tel désir.

— Je suis le docteur Leonides, je dirige la clinique Ariana Leonides dans le centre-ville.

Le calme de la voix de Nico fut pour elle comme une douche fraîche bienvenue.

Elle avait conscience que ce genre de réaction était inopportun. Peu importe ce qu'elle avait pu éprouver neuf ans plus tôt pour Nico, seule comptait la réaction de Jacob s'il découvrait que ce dernier était son père. Pouvait-elle faire confiance à Nico ? Saurait-il placer l'intérêt de Jacob avant le sien et lui exprimer un minimum d'affection ? Elle devait s'en assurer avant de prendre une décision.

Elle réagit en percevant l'hésitation de Donna.

— Je me porte garant pour le Dr Leonides. Il est vraiment médecin.

Donna haussa les épaules.

— Ce n'est pas ça… En fait, nous n'avons pas pris d'assurance voyage. Tim trouvait que ce serait du gaspillage et qu'on aurait sûrement de meilleures occasions de dépenser cet argent. Alors, évidemment, il va être furieux si on se retrouve avec une facture pour des frais médicaux…

— Je comprends, la rassura Nico. Mais vous n'avez rien à craindre. Je n'ai pas l'intention de vous faire payer une consultation.

— C'est très gentil à vous. D'ailleurs, peut-être que Darcey arrêtera de se plaindre, une fois que vous l'aurez examinée.

Visiblement soulagée, Donna les conduisit jusqu'à sa chambre.

Amy, ne souhaitant pas gêner, s'arrêta sur le seuil.

Une fillette d'environ six ans était recroquevillée sur un des lits, en pleurs. Même de loin, on pouvait remarquer la vive rougeur de son visage.

— Bonjour, Darcey, dit gentiment Nico en s'accroupissant près d'elle. Je suis le docteur Nico, et je voudrais voir tes épaules. Tu veux bien ? Ta maman m'a dit que tu souffrais beaucoup ?

Darcey confirma d'un hochement de tête en levant vers lui de grands yeux bleus noyés de larmes.

— Oui. Ça fait très mal.

— Je comprends.

Avec beaucoup de douceur, il observa sa peau rouge vif et s'arrêta plus attentivement sur son épaule gauche où apparaissait une plaque écarlate couverte de grosses cloques pleines de liquide séreux. Sans les toucher, il les étudia sous différents angles avant de se relever. Et lorsqu'il s'adressa à la mère, Amy saisit la colère qu'il réprimait sous son ton froid.

— L'épaule de votre fille est brûlée au second degré, et elle souffre aussi à mon avis d'une insolation. Il lui faut des soins immédiats. Je vais faire en sorte qu'elle soit tout de suite admise à la clinique.

— A la clinique ? s'exclama Donna. Pour un malheureux coup de soleil ? Pour quoi faire ?

— Les brûlures telles que celles-ci sont très sérieuses, qu'elles soient causées par le soleil ou par autre chose. Votre fille devra rester sous surveillance pendant quelques jours.

Lorsqu'il se tourna vers Amy, son regard s'adoucit.

— Tu pourrais préparer Darcey ? Il faudrait couvrir ces cloques. Les cicatrices seront plus discrètes et peut-être même invisibles, si on leur accorde le temps qu'il faut pour guérir.

Sous son regard, elle sentit comme une chaude couverture l'envelopper. Devait-elle comprendre qu'il lui pardonnait de lui avoir caché l'existence de Jacob ? Elle l'espérait de tout cœur, car il lui apparaissait soudain essentiel de ne pas être en désaccord avec lui.

— Je m'en charge, répondit-elle en essayant de se rappeler ce qu'elle avait dans la mallette de premiers secours qu'elle avait apportée par habitude — une chance.

— J'ai une boîte de gazes non pelucheuses dans ma chambre. Je vais la chercher.

— Parfait, répondit Nico avant de se tourner de nouveau vers la mère de la petite fille. Je vais vous accompagner à la clinique. Et je vous suggère d'avertir votre mari.

— Je... Euh... Oui, bien sûr, répondit Donna qui, manifestement contrariée, sortit dehors en ouvrant son portable.

Amy retourna dans sa chambre prendre sa mallette. Lorsqu'elle revint, Nico était au téléphone pour organiser l'admission de Darcey à la clinique.

Elle se concentra sur la fillette pour apaiser autant que possible ses douleurs. Le frère de Darcey, Harvey, l'observait avec une sorte d'excitation fascinée. Dès qu'elle eut terminé, il lui adressa un large sourire.

— Darcey ne pourra plus aller nager, maintenant, hein ?

— Non, répondit-elle en relevant gentiment les cheveux du visage de la fillette quand elle se remit à pleurer. Ne t'en fais pas, ma puce, ça ne durera pas. Tu pourras bientôt te baigner de nouveau.

— Mais pas pendant ces vacances-ci, insista Harvey, qui prenait visiblement un malin plaisir au malheur de sa sœur.

Son sourire s'élargit encore quand les larmes de Darcey redoublèrent.

— Oh ! le bébé qui pleure ! T'es un bébé ! Un bébé ! Ouh ouh !

— Ça suffit ! déclara Nico en lançant un regard réprobateur au garçon. C'est méchant de faire pleurer ta sœur.

Amy réprima son amusement devant le visage soudain empourpré de Harvey. Apparemment, il n'avait pas l'habitude de se faire réprimander. Se faire un peu « remonter les bretelles » ne pourrait que lui faire du bien. A son propre avis, les enfants devaient apprendre les limites à ne pas franchir, et Nico partageait visiblement son opinion.

Sans qu'elle puisse s'expliquer pourquoi, cette constatation lui insuffla une bouffée d'espoir. Elle avait peut-être tort, mais elle voulait y voir un bon présage.

Elle continua de s'occuper de Darcey en l'enveloppant dans un drap de bain lorsque celle-ci commença à grelotter sous l'effet du coup de soleil.

Nico pinça les lèvres en considérant la fillette.

— J'aimerais la conduire au plus vite à la clinique.

Elle ne pouvait qu'approuver, bien sûr. Plus vite Darcey serait prise en charge, mieux ce serait. Mais Donna ne réapparaissait toujours pas, et elle sentait croître l'impatience de Nico.

— Je vais aller voir où est Donna, proposa-t-elle en se dirigeant vers les portes vitrées.

Comme elle sortait, elle l'aperçut sur la terrasse, à quelques mètres de là. Il était clair que celle-ci avait pleuré.

Amy poussa un soupir intérieur. Elle se serait volontiers passée d'un autre drame ce soir…

— Tim est en rage, lui annonça Donna quand elle la rejoignit. Selon lui, c'est ma faute. Mais pourquoi est-ce que ça devrait toujours me retomber sur le dos ? C'est ses gosses à lui aussi, après tout, non ? Il serait temps qu'il s'en rende compte et qu'il s'occupe un peu d'eux. Il les voit à peine le week-end, et quand il est là, c'est pour leur crier dessus. Ah, je peux vous dire que ce serait plus facile d'être seule pour les élever ! Au moins, je serais en droit de me faire plaindre pour ce que je dois supporter !

— C'est sans doute le choc qui l'a rendu aussi furieux, suggéra Amy.

En fait, elle en doutait fort. Quoi qu'il en soit, le moment serait mal choisi pour discuter des aptitudes parentales du père. Ce qui lui fit penser à ses propres inquiétudes.

Quel père serait Nico ? Pourrait-il — et voudrait-il — seulement accepter ce rôle ?

Elle repoussa aussitôt ces questions hors sujet dans l'immédiat. Elle y réfléchirait plus tard.

— Le Dr Leonides est pressé de partir. Avez-vous prévu de retrouver votre mari à la clinique, ou va-t-il revenir ici pour s'occuper de votre fils ?

— Il nous rejoindra là-bas. Quand il aura fini son verre, évidemment, répondit Donna avec un soupir.

Amy se garda de tout commentaire. Il ne lui revenait pas de critiquer l'attitude du père.

Après s'être assurée que Jacob dormait profondément, elle retourna dans la chambre des Roberts et vit que Nico s'apprêtait à porter Darcey jusqu'à sa voiture.

Le voir avec cette enfant dans les bras lui serra le cœur. Elle n'avait pas connu la joie de le voir tenir leur fils bébé. Nico et elle avaient été privés de tous ces précieux souvenirs, et à cause d'elle. Parce qu'elle avait refusé de l'avertir.

Peut-être aurait-il mal réagi s'il avait su, mais quoi qu'il en soit, elle se sentait coupable. Oui, elle aurait beaucoup à se faire pardonner — si toutefois Nico lui en offrait la possibilité.

— Le père de Darcey se rend directement à la clinique, l'informa-t-elle en s'efforçant de ne rien trahir de ses réflexions. Il te retrouvera là-bas.

— D'accord… Amy, promets-moi de ne rien précipiter. Nous devrons parler, et je veux que tu attendes un peu avant de quitter Constantis, si c'est ce que tu as prévu de faire.

— Es-tu certain de le vouloir, Nico ? lui demanda-t-elle presque à voix basse en rencontrant son regard.

— Certain…

Elle s'attendait à ce qu'il ajoute quelque chose, mais, après une infime hésitation, il tourna les talons et s'éloigna. Elle le regarda porter la fillette jusqu'à sa voiture puis regagna sa chambre, pensive.

Jacob dormait bienheureusement, inconscient des événements de la nuit, et elle se pencha pour lui caresser les cheveux avec tendresse.

Elle aimait cet enfant. Elle voulait lui offrir ce qu'il y avait de mieux. Mais comment être sûre que faire entrer Nico dans leur vie serait une bonne chose pour lui ? Elle allait accéder à la demande de Nico de ne pas quitter l'île tout de suite. En effet, il y avait beaucoup de choses à considérer avant de pouvoir prendre une décision, et jamais elle ne se pardonnerait si elle faisait un choix qui, au bout du compte, nuirait à Jacob.

Le lendemain matin, Nico partit pour la clinique plus tôt que d'habitude.

Avant toute chose, il se rendrait au chevet de Darcey. Les blessures de la fillette ne menaçaient pas sa vie, mais il ressentait un lien particulier avec elle. Ce qu'il lui arrivait, en particulier l'apparent désintérêt de ses parents, le touchait de très près. Aucun enfant, jamais, ne devrait être traité ainsi. Tous, sans discrimination, devraient être aimés et choyés, tout comme lui-même voulait aimer et choyer Jacob.

Il se figea à cette brusque révélation.

Pourquoi ce garçon, dont la veille encore il ignorait tout, prenait-il une telle importance pour lui ? Tout comme Amy…

Ces émotions qui ne lui étaient pas familières l'effrayaient, et c'est au prix d'un effort qu'il parvint à sourire à Sophia qui venait le saluer.

— *Kalimera*, Sophia.

— *Kalimera*, docteur Leonides. Je suppose que vous venez voir notre nouvelle petite patiente ?

— *Ne*. Comment va-t-elle, ce matin ?

Sa voix était rauque et il dut s'éclaircir la gorge.

Il devait absolument se reprendre.

— Ses parents sont-ils arrivés ? demanda-t-il plus fermement en promenant son regard sur la salle ensoleillée.

Il avait longuement réfléchi lors de la conception de sa clinique. Avant tout, il voulait en faire un endroit plaisant pour les patients. Une cloison amovible pouvait être installée lorsqu'on devait héberger des hommes et des femmes afin de séparer la pièce en deux sections distinctes. Et même si, par manque de place, il n'était pas possible de procurer des chambres individuelles aux patients, chaque lit était installé dans une alcôve qui offrait un minimum d'intimité, ce que tous appréciaient.

— Non, répondit Sophia en le précédant vers le box du fond. Ils sont partis peu après vous, hier soir, et ils ne sont pas encore revenus.

Il eut du mal à contenir sa colère, mais à aucun prix il ne voulait perturber Darcey.

Il adressa un sourire rassurant à la petite fille.

— Alors ? Comment te sens-tu ce matin, petite ?

— J'ai mal à mes épaules, mais plus à ma tête, répondit-elle avec sérieux, avant de se pencher pour voir derrière lui. Ma maman, elle est pas là ?

— Non. Mais je pense qu'elle va bientôt arriver, répondit-il en repoussant doucement une mèche tombée sur son visage.

Darcey n'ajouta rien, ce qui lui donna la très nette impression qu'elle ne le croyait pas.

Peut-être sa mère l'avait-elle habituée à lui faire souvent faux bond, songea-t-il en l'examinant. Si c'était le cas, il ne se priverait pas de dire franchement aux parents ce qu'il en pensait.

Il signala à Sophia de poursuivre le traitement. La température de Darcey devrait être régulièrement contrôlée et la zone de l'inflammation scrupuleusement nettoyée, mais il n'envisageait pas d'autres soins. Les brûlures du second degré — celles qui provoquent des cloques sur la peau — guérissent le plus souvent d'elles-mêmes. Même si l'épiderme est atteint, le derme, la couche la plus épaisse de la peau, guérit en principe sans laisser de cicatrice. Et Darcey avait, à beaucoup d'égards, eu de la chance, car la zone endommagée était relativement restreinte. Si cela avait été plus étendu, il aurait peut-être fallu avoir recours à la chirurgie plastique.

Il se tourna vers Sophia.

— Je repasserai plus tard. Prévenez-moi quand les parents seront là. J'aimerais leur parler.

— Bien sûr, docteur… Je dois vous annoncer que je vous quitterai à la fin du mois. Je vais me marier.

— Oh ? Eh bien, félicitations ! Je suis très heureux pour vous, Sophia, même si je regrette de vous voir partir. J'avais compté vous offrir un poste permanent.

— Et j'en aurais été très heureuse. Mais on vient de proposer un travail à mon fiancé, et c'est à Boston. J'ai longtemps hésité à partir faire ma vie aux Etats-Unis, sauf que…

— Je comprends. C'est une grosse décision à prendre, mais je suis sûr que vous ne le regretterez pas.

Après avoir renouvelé ses félicitations à l'infirmière, il gagna son bureau avec l'intention de s'acquitter de la paperasse administrative qui s'accumulait. Même s'il avait du personnel pour se charger de la complexité du système de santé grec, il était toujours sollicité pour un problème ou un autre.

Ouvrant le dossier de Darcey Roberts, il y colla un post-it précisant de ne pas facturer son intervention. Il avait promis à sa mère de ne rien demander, et il respectait toujours ses promesses.

S'il promettait à Amy de jouer un rôle dans la vie de Jacob, il devrait là aussi tenir parole…

A cette idée, il se leva et alla se poster devant la fenêtre, laissant son regard errer sur la baie.

Il était encore trop tôt pour que les ferries circulent, mais plusieurs bateaux de pêche prenaient le large.

Ce spectacle apaisant suffisait généralement à lui changer les idées, mais pas aujourd'hui. Il était trop préoccupé par les événements des dernières vingt-quatre heures. Il avait passé une nuit blanche. Comment dormir, alors que son esprit était assailli par toutes sortes d'émotions inconnues ? Découvrir qu'il avait un fils l'avait bouleversé, mais ce n'était pas uniquement cela qui l'avait tenu éveillé. C'était aussi Amy. Quels sentiments lui inspirait-elle ? Parce que, s'il se proposait de jouer un rôle dans la vie de Jacob, Amy ferait bien évidemment partie de l'histoire…

Il ferma les yeux, tentant d'appréhender plus clairement ce qu'il éprouvait en coupant son esprit de tout le reste.

Il ne pouvait le nier, la revoir avait été un choc. Il se rendait compte à présent que, s'il n'avait pas pensé à elle depuis longtemps, il ne l'avait pas pour autant oubliée. Elle était restée dans un coin de sa mémoire, et la revoir libérait une multitude de souvenirs. Son rythme cardiaque s'accéléra alors que certains s'imposaient à lui. Comme leurs longues promenades main dans la main dans le parc, leurs soirées « pizza-film » sur le canapé de son salon, et bien sûr leurs nuits d'amour…

Il rouvrit brusquement les yeux.

Mieux valait ne pas s'engager sur ce chemin. Pas alors qu'il ne savait pas très bien où il en était. L'amour avec Amy avait été une expérience passionnelle, même s'il s'était toujours efforcé de ne pas céder à l'ivresse du moment. Avec les autres femmes qu'il avait connues, il n'avait pas été confronté à ce problème. L'une d'elles l'avait même accusé d'être « sentimentalement déconnecté » au point qu'elle avait l'impression de faire l'amour avec un étranger.

Avec Amy, cependant, ç'avait été différent. Dès le début, elle lui avait fait vivre une expérience unique, aussi bien physiquement qu'affectivement. Elle avait éveillé en lui des émotions dont il ne se serait jamais cru capable, ce qui l'angoissait.

Son regard demeura fixé sur le ballet des bateaux.

S'il acceptait de devenir le père de Jacob, comment être sûr qu'il ne retombe pas sous le charme d'Amy ? Il pouvait toujours se répéter qu'il serait assez fort pour résister, mais l'était-il ? Si le baiser qu'ils avaient échangé hier constituait un indice, il pouvait difficilement se croire prémuni contre l'envoûtement qu'elle exerçait sur lui.

Serait-il vraiment raisonnable de s'engager avec elle et Jacob alors que l'avenir était si incertain ? Même s'il s'était remis de son infarctus, son cardiologue ne lui avait pas caché que la possibilité qu'il en subisse un autre n'était pas à négliger. Il avait envie de vivre une longue vie bien remplie, mais rien ne garantissait que cela lui serait possible, aussi se devait-il de considérer l'impact que cela pourrait avoir sur ses proches. Jusqu'à présent, le problème ne s'était pas posé, mais la situation n'était plus la même à présent. Pour s'exprimer sans détour, quels avantages Jacob et Amy tireraient-ils d'une relation avec lui s'il devait ressortir brutalement de leur vie ?

6.

Amy fut surprise de voir la famille Roberts dans la salle à manger lorsque Jacob et elle en franchirent le seuil pour y prendre leur petit déjeuner. Comme elle répondait au signe de bienvenue de Donna, elle ne put s'empêcher de se demander ce qu'ils faisaient là. Si Jacob avait été conduit à l'hôpital, rien ni personne n'aurait pu la convaincre de quitter son chevet.

Donna s'avança vers elle alors qu'elle se servait un café.

— Je voulais vous remercier pour hier soir. Vous nous avez évité de subir les jérémiades de Darcey toute la nuit !

Amy parvint à esquisser un sourire.

— Vous n'êtes pas restés à la clinique avec elle, alors ?

— Pour quoi faire ? Elle y est en sécurité, et puis, entre nous, j'étais soulagée de pouvoir m'éclipser. Rien n'est plus exaspérant qu'un gosse qui n'arrête pas de geindre. Alors, non, merci, je préférais dormir dans mon lit.

Amy ne formula aucun commentaire.

Donna retourna à sa table. La famille Roberts avait fini de déjeuner, et il était clair qu'ils s'apprêtaient à aller à la plage.

Amy avait du mal à comprendre qu'ils puissent choisir de s'amuser alors que leur fille guettait sûrement leur visite. Comment pouvait-on être aussi insensible ?

Quand Jacob et elle allèrent à leur tour s'installer sur le sable, elle se rendit rapidement compte qu'elle était incapable de se détendre. Le souvenir de la soirée de la veille l'en empêchait.

N'avait-elle pas commis une erreur en promettant à

Nico qu'ils ne quitteraient pas l'île ? Sur le moment, il était anxieux de conduire Darcey à la clinique, et elle avait eu le sentiment de ne pas avoir le choix. Mais avait-elle bien fait ? Si au moins elle savait ce qu'il éprouvait vraiment pour Jacob ! Mais elle n'en avait aucune idée, et c'était ce qui la tourmentait le plus. Pour rien au monde elle ne voudrait exposer son fils à une désillusion. Elle était prête à tout pour le protéger. Pour elle, c'était un absolu auquel aucun parent ne devrait déroger.

Cela l'amena à songer à la petite Darcey, toute seule à la clinique. Ne supportant pas d'imaginer la détresse de Darcey alors que celle-ci attendait en vain la visite de ses parents, Amy décida de prendre le taureau par les cornes.

Elle se leva et se dirigea vers le couple en train de se dorer au soleil à quelques mètres de là.

— Je me demandais quand vous comptiez aller voir Darcey, expliqua-t-elle devant le regard interrogateur de Donna.

— Eh bien, dans la soirée, sans doute, répondit celle-ci en bâillant. A quoi bon perdre son temps dans un hôpital alors qu'il fait si beau ici ?

— Elle ne vous manque pas ? insista-t-elle.

Donna esquissa un haussement d'épaules fataliste.

— Si, bien sûr. Mais on ne peut pas passer sa vie à courir après ses gosses, non ? Il faut bien se ménager des temps pour soi.

Et elle ferma les yeux, signifiant clairement que pour elle le sujet était clos.

Amy retourna donc sur sa serviette, mais elle ne pouvait toujours pas se relaxer. Ses pensées tournaient en boucle dans sa tête. Et surtout sa promesse à Nico et les répercussions qu'elle pourrait générer.

Finalement, incapable de supporter cela plus longtemps, elle annonça à Jacob qui revenait chercher à boire qu'ils allaient rendre visite à Darcey à la clinique.

Avec un peu de chance, quand ils seraient sur place, elle pourrait parler à Nico. Ce serait toujours mieux que de rester assise là à imaginer ce qu'il pourrait se passer !

Jacob rechigna un peu à l'idée de quitter la plage, mais il se consola en découvrant qu'ils prenaient le car local, qui les conduisit au centre-ville après s'être arrêté dans plusieurs villages pour charger d'autres passagers.

Elle aida Jacob à descendre du car et regarda autour d'elle, regrettant de ne pas avoir demandé à Helena de lui indiquer le chemin de la clinique. Ils étaient sur une place dont partaient plusieurs rues, et elle ignorait totalement laquelle y menait.

Comme le découragement commençait à la gagner, Jacob la tira par le bras.

— Regarde, m'man ! C'est un fort !

L'excitation dans sa voix lui rappela que ces vacances étaient censées être avant tout pour lui. Elle avait peut-être à parler avec Nico, mais pas aux dépens de Jacob. Pas question de lui gâcher sa journée.

— Tu veux qu'on aille le voir ? suggéra-t-elle, amusée de le voir sauter sur place en tapant des mains.

— Oui !

Il partit devant en courant, et elle le suivit à un pas plus tranquille.

C'était jour de marché, de nombreux stands étaient dressés autour de la place. Elle se promit d'y revenir après leur visite du fort et d'y acheter quelques souvenirs qui rappelleraient à Jacob ses premières vacances à l'étranger… Quant à elle, vu tout ce qu'il s'était passé depuis qu'elle était tombée sur Nico à bord du ferry, elle ne risquait pas de les oublier !

Après avoir raccompagné son dernier patient, Nico s'assura auprès de Theodora, sa réceptionniste, qu'il n'y avait pas de rendez-vous de dernière minute.

La matinée avait été inhabituellement calme, et il avait terminé pour une fois assez tôt. Aussi décida-t-il de profiter de ce temps libre pour se rendre dans le centre. Les jours précédents, il n'avait pas pris le temps de s'occuper de son Frigidaire, qui avait un besoin urgent d'être réapprovisionné.

Et pourquoi n'inviterait-il pas Amy et Jacob à dîner un soir ?

Non. Tant qu'Amy et lui n'auraient pas discuté cartes sur table et pris des dispositions, il préférait garder une certaine distance.

Toutefois, cette pensée le tarabusta tout le long du chemin. Il savait ce qu'il voulait faire, mais il n'était pas convaincu que ce soit la bonne solution. Indépendamment de ses problèmes de santé, que se passerait-il si son enthousiasme initial s'effritait ? En dehors de son travail, il avait rarement eu affaire à des enfants. Même s'il adorait les fils de sa sœur, il n'avait encore jamais éprouvé le désir de fonder sa propre famille. Il concevait sans mal les dégâts qu'il pourrait provoquer s'il établissait une relation avec Jacob et s'apercevoir, quelques mois plus tard, qu'il était incapable de remplir son rôle de père et finissait par disparaître pour de bon de la vie de son fils. Pour rien au monde, il ne voudrait que ce garçon grandisse en pensant que son père l'avait rejeté. Il ne connaissait que trop, pour l'avoir lui-même vécu, les ravages que cela inflige à l'estime de soi.

Une fois sur la grande place, il acheta des fruits et des légumes sur le marché hebdomadaire, ainsi qu'un *horiatiko psomi* — une sorte de pain cuit en plein air dans des fours à bois. Comme il échangeait des plaisanteries avec les commerçants, il s'étonna de constater la différence qu'il y avait entre sa vie aux Etats-Unis et celle d'aujourd'hui.

En Californie, il avait eu une femme de ménage qui s'était occupée de tout et avait veillé à ce que ses moindres désirs soient exaucés. A l'époque, il avait tout accepté sans se poser de questions, mais il se rendait compte à présent de l'irréalité de la vie qu'il avait menée. Il ne la regrettait pas le moins du monde. Il préférait, et de loin, mettre la main à la pâte. Au moins gardait-il ainsi les pieds bien sur terre et voyait-il ce qui était vraiment essentiel dans l'existence — assurément pas le succès ou un compte en banque bien rempli, ainsi qu'il se l'était imaginé au début de sa carrière.

Amy aurait du mal à le croire s'il le lui confiait…

Comme si le simple fait de penser à elle pouvait la faire apparaître, elle surgit soudain devant lui avec Jacob. Tous deux se tenaient devant un étal où l'on vendait des baklavas — ces délicieux gâteaux au miel si populaires en Grèce.

Il s'immobilisa, le cœur battant.

Ils étaient trop absorbés dans le choix de leurs pâtisseries pour l'avoir remarqué, aussi pourrait-il aisément les éviter en se faufilant entre les stands. Ce serait préférable, étant donné qu'il ne savait pas encore quelle attitude adopter avec Jacob.

Pourtant, il sentait l'excitation croître en lui. Une force qu'il n'avait encore jamais éprouvée le poussait à les rejoindre. Laquelle, il aurait été bien en peine de le dire. Tout ce qu'il savait, c'est que son cœur l'engageait à aller vers eux, même s'il avait conscience que ce pourrait être une erreur.

Pour lui qui n'avait jamais obéi qu'à lui-même, c'était une révélation choquante. Etait-il à ce point ambivalent ? Comment pouvait-il espérer prendre un jour des décisions capitales pour l'avenir, s'il laissait ses instincts prendre le pas sur sa raison ?

— Essayez ceux-là, à la pistache. Moi, ce sont ceux que je préfère.

Amy se retourna brusquement, et ses yeux s'agrandirent quand elle découvrit Nico derrière elle.

Elle avait envisagé de passer à la clinique, mais le rencontrer là, sur ce marché, la prenait totalement au dépourvu. Comme elle sentait le rouge lui monter aux joues, elle s'empressa de reporter son attention sur l'étal.

— Ils sont si appétissants qu'on a envie de tous les prendre, marmonna-t-elle, troublée.

Quoi de plus naturel que de se sentir nerveuse alors qu'elle ignorait toujours les intentions de Nico envers Jacob ? Et puis, inutile de se mentir, ce serait vain de prétendre qu'il lui était indifférent. Sa seule présence semait le chaos dans ses émotions.

Prenant une discrète inspiration, elle s'efforça de se ressaisir tandis que la marchande glissait les gâteaux dans une boîte pâtissière en carton. Elle connaissait visiblement Nico et bavarda avec lui tout en nouant un ruban autour du petit paquet. Et lorsqu'Amy lui tendit un billet pour la régler, elle le repoussa gentiment en secouant la tête.

— C'est un cadeau, traduisit Nico pour elle. Kara et son mari sont mes patients, et c'est une façon pour elle de me remercier.

— Mais je…

— N'insiste pas, dit-il en lui prenant la main, sinon elle interprétera ton refus comme une insulte. Remercie-la, tout simplement. Elle sera ravie, crois-moi.

— Oh… Eh bien, *efharisto*, murmura-t-elle, tourneboulée par la chaleur des doigts de Nico sur les siens. Merci, Kara. Je suis sûre que nous allons nous régaler.

Puis elle retira rapidement sa main, déterminée à ne pas trahir l'émoi que provoquait en elle ce contact.

Le temps où il pouvait faire d'elle son esclave d'une simple caresse était révolu !

La femme la gratifia d'un sourire chaleureux avant d'ajouter quelques mots à l'adresse de Nico.

Même si Amy ne les comprit pas, elle sut qu'elle lui parlait de Jacob.

Kara avait-elle elle aussi remarqué les similitudes physiques entre le père et le fils ? Mais comment s'en étonner ? C'était tellement évident. Tout ce qu'elle souhaitait, c'était que personne ne s'avise d'en parler directement à leur fils. Imaginer la peine et la perplexité de Jacob s'il venait à apprendre que Nico était son père la rendait malade d'appréhension. Tant qu'elle ignorerait les intentions de Nico, elle allait devoir tout faire pour éviter ce genre de situation.

— Nous devrions rentrer à l'hôtel, maintenant, dit-elle avec un entrain qu'elle était loin de ressentir.

Prenant la main de Jacob, elle l'entraîna vers l'arrêt du car. Elle regrettait de ne pas pouvoir rendre visite à Darcey, mais, à la clinique, le risque que des gens commentent ouvertement la ressemblance entre le père et le fils était trop grand.

Comme Nico leur emboîtait le pas, elle souleva la boîte des pâtisseries.

— Merci encore, Nico. Tu es certain de ne pas vouloir les prendre ? Sans regrets ?

— Sans regrets ! répondit-il en riant.

Elle grimaça.

— Je devrais t'imiter. Je ne suis pas sûre que ma ligne supporte toutes ces calories.

— Ne t'inquiète pas pour ta ligne, elle est parfaite.

Elle éprouva une étrange sensation — étrange, mais plutôt agréable — alors que le regard de Nico redessinait ses formes avec une appréciation évidente.

Même si elle avait eu de nombreuses occasions, elle avait toujours évité de nouer une autre relation. Ce qui n'avait d'ailleurs exigé aucun sacrifice de sa part. Pour elle, Jacob passait avant toute autre chose, et elle se refusait à risquer de le déstabiliser en introduisant un homme dans leur vie. Et puis, de toute façon, elle n'en avait jamais rencontré auprès de qui elle aurait rêvé de vieillir sereinement.

Sauf Nico.

Le cœur serré, elle détourna la tête.

Elle l'avait aimé plus que tout, mais avait appris à ses dépens que l'amour n'était pas toujours payé de retour. Parce que Nico, lui, ne l'avait pas aimée. Autrement, comment aurait-il été aussi soulagé lorsqu'elle avait cru avoir perdu leur enfant ? Il lui était encore douloureux d'y songer, mais elle devait regarder les choses en face : même s'il acceptait de jouer un rôle dans la vie de Jacob, il ne souhaiterait pas jouer de rôle dans la sienne.

— Ça vous plairait de venir dîner un soir chez moi, Jacob et toi ?

Avait-elle bien entendu ?

— Pardon ? dit-elle, déconcertée.

— Jacob et toi. Nous pourrions dîner ensemble…

Elle vit l'expression de Nico s'adoucir alors qu'il suivait des yeux Jacob, qui s'était écarté pour s'arrêter devant un stand de jouets en bois.

— Ce serait une bonne occasion de mieux nous connaître, lui et moi.

— Dois-je comprendre que tu as pris une décision ? demanda-t-elle non sans une certaine anxiété.

— Je crois, oui.

Nico hocha lentement la tête, et elle put saisir à son expression pensive que c'était un choc autant pour lui que pour elle.

— Tu dois être certain, Nico ! Parce que, une fois que tu auras révélé à Jacob ce que tu es pour lui, nous ne pourrons plus revenir en arrière. Tu le comprends, je suppose ?

— Bien sûr. Et c'est bien pour ça que je ne te propose pas de le lui dire tout de suite.

Se rembrunissant, il prit une profonde inspiration.

— Il faut d'abord que je te révèle certaines choses, Amy.

Des choses qui pourraient t'amener à ne pas souhaiter que j'entre dans la vie de Jacob.

— Que veux-tu dire ?

— Pas ici. Il vaut mieux que nous soyons seuls pour ça…

Il jeta un coup d'œil par-dessus son épaule alors que leur car arrivait.

— Demain soir, ça te conviendrait ? Je pourrais passer vous prendre après la fermeture de la clinique, vers 17 heures.

— D'accord, répondit-elle, un peu étourdie.

Que pouvait-il avoir à lui dévoiler de si important qui puisse la dissuader d'annoncer à Jacob qu'il était son père ? se demanda-t-elle comme ils montaient dans le car.

Elle n'avait aucun moyen de le savoir.

Elle devrait attendre jusqu'au lendemain soir pour le découvrir. Et le temps risquait de lui paraître long, car elle avait le sentiment très perturbant qu'elle n'allait pas du tout aimer ce qu'il comptait lui avouer.

7.

Le lendemain, Nico termina ses consultations à la clinique, en proie à de sérieux doutes.

Sur le moment, inviter Amy et Jacob lui avait paru une bonne idée. Ce serait l'occasion pour elle de prendre conscience des conséquences possibles s'il intervenait dans la vie de Jacob et devait subir un nouvel infarctus. Toutefois, force lui était d'admettre qu'il avait des réticences à le lui annoncer. Reconnaître sa vulnérabilité ne lui serait pas facile. C'était sans doute stupide, mais il craignait d'apparaître à ses yeux comme diminué.

Il s'efforça de s'ôter cette pensée de l'esprit durant le trajet jusqu'à l'hôtel, où il arriva à 17 heures à peine passées.

Amy et Jacob l'attendaient sur la terrasse.

Il s'accorda deux secondes pour prendre une forte inspiration avant d'ouvrir sa portière.

Sans doute son ego allait-il en prendre un sacré coup, mais rien ni personne ne pouvait le dissuader de révéler la vérité à Amy.

— Prêts ? demanda-t-il en s'avançant vers eux.

Elle avait choisi une robe corail toute simple, qui mettait en valeur son léger hâle et lui allait à ravir. Elle était si jolie, si jeune, là, devant lui, tenant Jacob par la main, qu'il éprouva le besoin presque impérieux de la toucher.

Se penchant, il lui effleura la joue de ses lèvres, et s'attarda juste une demi-seconde de plus pour respirer l'odeur sucrée de sa peau.

Inutile de se mentir, cette femme faisait vibrer en lui une corde très sensible.

S'écartant, il se tourna vers Jacob.

Il ne lui était pas facile d'afficher un calme qu'il ne possédait pas, mais il s'y efforça. Il n'était pas question de laisser entrevoir son trouble à Amy, surtout qu'elle n'ignorerait bientôt plus ses problèmes de cœur et que cette révélation modifierait certainement le regard qu'elle portait sur lui : il ne serait plus à ses yeux l'homme fort dont elle s'était peut-être forgé l'image.

— Que dirais-tu d'aller dans la crique taquiner un peu le poisson avant de dîner ? proposa-t-il à Jacob, faisant de son mieux pour ignorer la douleur que cela éveillait en lui. Tu as déjà pêché en mer ?

— Nan, répondit le gamin, dont les yeux s'étaient allumés d'une lueur excitée. Si on attrape un poisson, on pourra le faire cuire pour le manger ce soir ?

— Pourquoi pas ? Bien sûr.

Saisi d'une émotion soudaine, il lui ébouriffa les cheveux.

Il devait se retenir de le soulever dans ses bras pour l'étreindre. C'était ce qu'il aurait dû faire à sa naissance. Il aurait dû être là dès le premier jour, dès la première minute. S'il n'avait pas réagi aussi lâchement quand Amy avait perdu le jumeau de Jacob, elle lui aurait certainement annoncé qu'elle était toujours enceinte, et il n'aurait pas gâché tout ce temps précieux.

C'est le cœur lourd de ce regret qu'il conduisit Jacob jusqu'à sa voiture et qu'il l'installa à l'arrière en fixant la ceinture de sécurité. Après quoi, il ouvrit la portière pour Amy.

Elle leva les yeux en se glissant sur le siège passager, et au bref regard qu'elle lui lança, il sut qu'elle avait décelé son trouble.

Il tourna la clé de contact en prenant une longue inspiration.

Tant qu'il ne l'aurait pas informée de son infarctus, il ne

pourrait pas lui révéler ses sentiments. Il ne devrait même pas être autorisé à en avoir. Si Amy ne le jugeait pas apte à jouer le rôle de père pour Jacob, il s'inclinerait.

Amy sentait son anxiété croître. En d'autres occasions, elle aurait apprécié le trajet. Le paysage était superbe. Le vert profond et les gris de la montagne offraient un contraste saisissant avec le turquoise de la mer. Mais elle ne pouvait effacer de son esprit l'image de Nico ébouriffant les cheveux de Jacob. Elle le savait, ce geste tout simple avait été un instant crucial pour lui. Elle avait pu le lire dans ses yeux et voir l'effet que cela avait sur lui. Ce qu'elle ne comprenait pas, en revanche, c'était cette tristesse qu'il avait manifestée ensuite. Son secret, quel qu'il soit, avait de toute évidence une grande importance pour lui.

Plongée dans ses réflexions, elle ne s'aperçut qu'ils étaient arrivés que lorsque Jacob jaillit de la voiture. Elle se figea un instant, promenant un regard stupéfait autour d'elle.

Elle ne s'était pas posé la question, mais si elle avait essayé de deviner dans quel genre de maison vivait Nico, elle se serait sûrement représenté quelque chose d'assez tape-à-l'œil. En tout cas, pas quelque chose de rustique comme cette ancienne ferme.

— Alors ? Qu'en penses-tu ? demanda-t-il, les mains enfoncées dans ses poches.

Elle fut surprise de se rendre compte qu'il était nerveux.

— Tu as un panorama superbe ! répondit-elle avec un enthousiasme sincère. Mais j'avoue que je suis étonnée de ton choix. Ce n'est pas du tout ce que j'aurais imaginé.

— Tu me voyais dans quelque chose de plus prétentieux, le genre villa avec piscine, sauna et court de tennis ?

Il eut un rire bref en secouant la tête.

— Pour ça, j'ai déjà donné, et je n'ai aucune envie de recommencer.

— Vraiment ? Alors, tu as subi une métamorphose étonnante. Une vie haut de gamme, cela avait toujours été au top de tes ambitions.

Le visage de Nico parut soudain se fermer.

— C'est vrai que j'ai totalement remis en question la façon dont j'envisageais ma vie, mais ça n'a rien d'exceptionnel. Des événements, des circonstances font que l'on est contraint de reconsidérer ce qu'on attend de l'avenir. Mais je suppose que je ne t'apprends rien, Amy, tu as dû l'expérimenter pour toi-même. Avoir un enfant et décider de l'élever seule, ça n'a sûrement pas été facile.

— Si c'est un reproche…

Il secoua la tête.

— Absolument pas. Je ne t'ai pas amenée ici pour que nous nous disputions. Je me demande seulement comment tu as pu te débrouiller avec un bébé. Il a sûrement fallu à un moment donné que tu reprennes ton travail. Comment as-tu fait ?

— Mes parents m'ont aidée, ils ont vraiment été très présents. Ils se sont occupés de Jacob jusqu'à ce qu'il soit assez grand pour être admis dans une garderie.

— D'accord, mais ça n'a tout de même pas dû être simple.

— C'est vrai, pourtant je ne regrette rien. Ça en valait la peine…

Elle esquissa un haussement d'épaules.

A quoi bon ressasser le passé ?

— Cette page est tournée, maintenant, et nous devons prendre des décisions pour l'avenir. Tu avais quelque chose à me dire, non ?

— Oui. Mais ça attendra après le dîner. J'ai promis à Jacob de l'emmener pêcher, et je crois qu'il ne me laissera pas me défiler ! plaisanta Nico alors que le petit garçon arrivait en courant vers eux.

Elle les regarda s'éloigner tous les deux pour préparer leur matériel.

Elle grillait de savoir ce qu'il avait à lui révéler et qui aurait probablement un impact majeur sur les décisions qu'ils devaient prendre... Mais il lui fallait encore attendre. D'ici là, elle s'efforcerait de ne pas trop se tourmenter.

C'était plus facile à dire qu'à faire.

Ils avaient pêché trois poissons. Jacob était aux anges parce que c'était lui qui avait attrapé le plus gros.

Nico lui montra comment ôter les écailles.

— Bravo, tu t'en sors vraiment très bien ! déclara-t-il lorsque le garçon eut terminé.

Il lui demanda ensuite d'écailler l'autre tandis qu'il se chargeait de les éviscérer, et il fut le premier surpris de découvrir qu'il prenait un réel plaisir à lui transmettre son savoir-faire. Il avait à peu près son âge lorsque son grand-père lui avait appris ces gestes, et il était heureux de raviver les excellents souvenirs qu'il gardait de ces moments-là.

Quand les poissons furent prêts, ils les rapportèrent dans un seau à la maison, où ils trouvèrent Amy installée sur la terrasse.

Elle avait décidé de rester sur place plutôt que de les accompagner, et il en avait été soulagé et reconnaissant. Elle lui avait donné une chance d'être seul avec Jacob, et il avait pu ainsi profiter d'un répit bienvenu.

Elle était impatiente d'entendre ce qu'il avait à lui dire, c'était évident, mais lui-même n'était pas pressé. Même si c'était stupide, il ne pouvait s'empêcher de penser que cela modifierait le regard qu'elle posait sur lui. Stupide ou non, se discréditer à ses yeux exigeait de sa part un gros effort. Son ego en souffrirait assurément. Mais il devait lui dire la vérité, il n'avait pas le choix. Pas question de garder ce genre d'information pour lui alors que cela pèserait sur toute décision qu'elle pourrait prendre concernant son implication dans la vie de leur fils.

— On a attrapé trois poissons, maman, et c'est moi que j'ai pêché le plus gros ! déclara fièrement Jacob en exhibant sa prise.

— Bravo ! s'exclama-t-elle, rayonnante.

Toutefois, même si son sourire restait bien en place, il vit la chaleur disparaître de ses yeux quand elle releva la tête vers lui.

— Il est doué, n'est-ce pas ?

— C'est sûr, approuva-t-il, la gorge nouée.

Mais quelle raison aurait-elle de s'adresser à lui avec la même affection ? Après tout, il l'avait laissée tomber, non ? D'accord, il avait ignoré qu'elle était toujours enceinte, mais il n'avait pas cherché à la joindre une fois qu'il avait quitté Londres. A l'époque, il avait sincèrement pensé que c'était préférable ainsi. Leur histoire était terminée, alors autant rompre. Pourtant, il regrettait de ne pas avoir gardé le contact. Elle avait été si bouleversée après sa fausse couche, et il fallait bien admettre qu'il ne l'avait pas vraiment soutenue…

Mais ce n'était pas le moment de penser à ça, ils avaient bien d'autres sujets de préoccupation, à présent, songea-t-il en se dirigeant vers la cuisine.

Jacob l'y suivit, ce qui fut pour lui l'occasion de lui montrer l'art et la manière de lever les filets de poisson, ce que le garçon prit visiblement plaisir à faire.

— Parfait, l'encouragea-t-il. Tu t'en sors comme un chef.

Comme Jacob rougissait de fierté, il ne put s'empêcher de songer à sa propre enfance et à son attente toujours déçue de compliments paternels. Aussi se promit-il de ne jamais oublier de féliciter Jacob quand cela s'imposerait.

Sauf que… Aurait-il d'autres occasions de le faire ?

Tout dépendait de la décision que prendrait Amy une fois qu'il l'aurait informée quant à sa santé.

Il y songeait encore alors qu'il allumait le barbecue avant d'enduire les filets d'huile d'olive et d'aromates puis de les placer entre deux grilles métalliques.

Comme Jacob s'avançait pour l'observer, il le retint.

— C'est très chaud, Jacob. Il vaudrait mieux que tu aides ta maman à préparer une salade. Il y a tout ce qu'il faut dans le Frigidaire, et tu peux aussi apporter le pain. Il est dans la corbeille sur le buffet.

Tandis que Jacob et Amy s'affairaient à l'intérieur, il posa le poisson sur les braises et le surveilla. Ce serait dommage de rater la cuisson et de gâcher cette expérience pour son fils.

Oui, c'était *son* fils, et il le serait toujours, quoi qu'Amy puisse en décider !

Cette évidence fut si puissante qu'il dut se forcer pour se concentrer sur sa tâche. La tension qu'il avait sentie aller crescendo en lui, tout au long de la journée, semblait avoir atteint un sommet. Tant de choses dépendaient de la décision d'Amy ! Pour tout dire, c'était son avenir à lui qu'elle tenait entre ses mains.

Une fois le dîner terminé, Jacob fut installé dans le salon pour regarder une émission de dessins animés à la télévision. Les personnages s'exprimaient en grec, mais cela ne freinait pas son enthousiasme.

Après lui avoir apporté deux boules de glace dans un bol, Amy rejoignit Nico à l'extérieur.

Il avait débarrassé la table et leur avait servi le café sur la terrasse.

— Tu t'es décidément domestiqué, ironisa-t-elle devant les tasses fumantes. Qu'est devenu l'homme qui ne savait pas faire chauffer de l'eau, sans parler d'y verser du café ?

— Il a eu un réveil difficile en revenant ici.

Il avait répondu sur le ton de la plaisanterie, mais elle perçut la tension dans sa voix. Ce qu'il avait à lui dire aurait un impact majeur, elle en était certaine.

— Engager une gouvernante pour s'occuper de moi, ça

n'aurait pas été bien vu des insulaires, crois-moi, ajouta-t-il alors qu'ils s'asseyaient tous les deux à la table.

— Donc, tu fais tout toi-même — la cuisine, le ménage, les courses ?

Elle avait conscience que, en échangeant ce genre de banalités, ils ne faisaient que repousser l'instant où il lui confierait son secret.

— Oui. En plus des travaux de la maison. J'ai reconstruit moi-même cette terrasse qui s'était effondrée peu avant que je m'installe. Peut-être que ma formation de chirurgien esthétique a servi à quelque chose, finalement ! conclut-il avec un rire teinté d'amertume.

— Ça te manque ?

— La chirurgie ? Oui, parfois. Mais pas la vie que je menais alors. Je me sens bien mieux ici.

— Et tes ambitions de devenir riche et célèbre ?

— J'ai découvert que ce n'est pas ce que je souhaite, finalement…

Nico marqua une pause, et elle s'immobilisa, certaine qu'il s'apprêtait à lui révéler ce qui le tourmentait.

— J'ai fait un infarctus, lui confia-t-il enfin, les yeux baissés sur sa tasse. Suffisamment grave pour qu'on me garde en soins intensifs pendant deux semaines.

Elle sursauta. La douleur qu'elle ressentit était si intense qu'elle en eut un bref instant le souffle coupé.

Il se tut et, à son regard fixé sur elle, elle comprit qu'il essayait d'interpréter sa réaction.

Pouvait-il saisir à quel point elle était choquée et même terrifiée à l'idée qu'il avait frôlé la mort ?

— Hé, dit-il, l'air inquiet en prenant sa main entre les siennes, ça va ? Désolé. J'aurais sans doute dû te parler de ça de façon moins brutale.

— Mais tu n'es plus en danger, maintenant, n'est-ce pas ?

Malgré elle, sa voix trahissait sa peur.

Elle vit Nico se raidir.

— Non. J'ai procédé à de nombreuses transformations dans ma vie, et je vais bien.

Lâchant sa main, il se releva pour traverser la terrasse et aller s'appuyer contre la rambarde en laissant son regard se perdre sur la baie. Sa voix, quand il poursuivit son récit, était tendue, comme s'il luttait pour contenir ses émotions.

— Mes médecins ont attribué ça à toutes les tensions auxquelles j'étais soumis, alors j'ai estimé qu'il était temps pour moi de tout changer. Mais je ne suis pas naïf au point de penser que ça ne peut pas se reproduire, Amy. Et c'est pourquoi tu dois décider de ce que nous devons faire pour Jacob. Faut-il lui apprendre maintenant que je suis son père alors que je peux être victime d'un autre infarctus dans quelques années ?

Elle ne pouvait pas se résigner à l'entendre parler ainsi. Il souffrait, et elle était prête à tout pour l'aider, pour le réconforter.

Le cœur serré, elle se leva pour le rejoindre et, impulsivement, l'enlaça.

— Ne dis pas ça, Nico. N'y pense même pas !

Son corps était rigide contre le sien. Comme toujours, il refusait de céder à ses émotions. Pourtant, ce serait le moment ou jamais qu'il baisse sa garde.

Elle se pressa davantage contre lui et sentit ses muscles se relâcher. Très légèrement, mais c'était l'encouragement dont elle avait besoin.

Enroulant les bras autour de son cou, elle attira son visage vers le sien.

Nico demeura tout d'abord figé, et elle se préparait déjà à la déception que son rejet lui infligerait, mais il s'empara enfin de ses lèvres, avec un désir dont elle ne se souvenait que trop bien.

Une vague chaude déferla alors dans tout son être. Sa bouche sur la sienne réveillait cette passion que jamais aucun autre homme n'avait suscitée en elle.

Elle tremblait quand il la relâcha, et elle rassembla le peu de force qu'il lui restait pour retourner à son fauteuil.

Nico était resté où il était, au bord de la terrasse, et son expression était toujours aussi impénétrable. Leur baiser l'avait-il bouleversé autant qu'elle ? Impossible à dire.

Elle le savait, elle ne devait pas commettre l'erreur d'y accorder trop d'importance. Elle ne voulait pas se retrouver de nouveau avec le cœur en miettes. Et, surtout, il n'était pas question que Jacob en souffre…

A présent, elle mesurait dans toute leur ampleur les dégâts émotionnels que Jacob subirait s'il se prenait d'affection pour Nico — ce qui ne manquerait pas de se passer — et que la vie de ce dernier soit de nouveau mise en danger. Etait-il indispensable de placer son fils dans ce genre de situation ? De le laisser s'attacher à son père alors qu'il pourrait le perdre prématurément ?

Les questions se bousculaient dans sa tête au point de l'étourdir. Si encore elle avait eu des réponses à leur apporter…

Et puis elle prit conscience que Nico lui parlait.

— Excuse-moi, murmura-t-elle, s'efforçant de se ressaisir.

Mais comment y parvenir alors que les questions continuaient de l'assaillir ? Comment réagirait-elle si quelque chose arrivait à Nico, en imaginant le pire ?

Elle se sentirait perdue, démunie, dévastée. Nico ne faisait plus partie de sa vie depuis si longtemps qu'elle ne devrait pas se mettre dans un tel état, mais c'était pourtant le cas.

— Je crois qu'il est temps que je vous raccompagne tous les deux à l'hôtel, fit-il observer, sur un ton qui ne révélait rien de ses émotions.

Elle acquiesça en silence.

C'était préférable, Nico semait bien trop le chaos en elle. Elle avait besoin de réfléchir calmement, en dehors de toute émotion. Elle s'accrochait à l'espoir de trouver une solution satisfaisante pour eux trois : pour Nico, pour elle, et surtout pour Jacob. Mais comment ?

Elle annonça à Jacob qu'ils partaient et lui promit de le laisser jouer sur sa console en rentrant, pour compenser sa déception de devoir renoncer aux dessins animés. Peu après, Nico arrêtait sa voiture devant leur pension.

Le dîner venait de se terminer. Elle pouvait entendre les bruits de vaisselle alors que Helena et Philo débarrassaient les tables. Yanni, leur fils adolescent, les aidait en portant les verres dans la cuisine, au sous-sol. Tout était si normal, si banal… Elle avait du mal à accorder une réalité à ce qu'elle venait de vivre au cours de la dernière heure. Nico lui avait dit qu'il était en quelque sorte en sursis. Qu'il pouvait mourir à tout instant. Etait-ce possible ?

— Nico, commença-t-elle, je…

Elle fut interrompue par un énorme bruit de vaisselle brisée, suivi d'un cri aigu.

Avant qu'elle ait pu détacher sa ceinture, Nico avait déjà bondi de la voiture. Elle s'apprêtait à le suivre à l'intérieur quand elle se rendit compte que Jacob était sur ses talons. Jugeant préférable de le tenir à l'écart tant qu'elle ne saurait pas ce qui les attendait, elle ouvrit la porte du salon.

— Tu vas m'attendre ici. Je reviens te chercher dans un instant.

Jacob ne protesta pas, Dieu merci. Mais devant son air apeuré, elle s'empressa de l'étreindre.

— Ne t'inquiète pas, mon ange ! Nico est médecin. Si quelqu'un est blessé, il pourra le soigner, j'en suis sûre.

Rassuré, il attrapa une bande dessinée abandonnée sur la table et s'installa pour la lire.

Elle se précipita vers la salle à manger et s'arrêta en haut de l'escalier menant à la cuisine.

Yanni était étalé au pied des marches dans une mare de sang et de verre brisé. Une large plaie apparaissait sur son bras droit et une autre sur le côté de son torse. Toutes deux saignaient abondamment. Le garçon gémissait de douleur tandis que Nico s'affairait à le débarrasser des plus gros morceaux de verre. Helena sanglotait dans un coin, et Philo, blême, les observait d'un regard fixe.

Elle attrapa plusieurs serviettes propres sur l'étagère avant de descendre et en tendit la moitié à Nico.

— Tiens. Ça servira de compresses.

Elle pressa fermement celles qui lui restaient sur le bras du garçon. La coupure était profonde, et un gros lambeau de chair ne tenait plus que par un fil.

Nico soupira en secouant la tête.

— Il lui faut quelque chose tout de suite pour calmer la douleur. Tu restes avec lui pendant que je vais chercher ma mallette dans la voiture ?

— Bien sûr.

Elle continua à presser la blessure à deux mains afin de comprimer l'artère.

Yanni tremblait à présent violemment. Il était visiblement à la limite de l'état de choc. Il avait de toute urgence besoin de liquide de remplissage vasculaire pour compenser la perte de sang. Aussi fut-elle soulagée de voir Nico revenir avec une poche de sérum physiologique et ce qu'il fallait pour poser une perfusion.

Songeant qu'il vaudrait mieux trouver une occupation à Philo, elle l'appela d'un signe de la main.

— On va le mettre sous perfusion le plus vite possible. Vous pourriez me trouver quelque chose pour suspendre cette poche ? lui demanda-t-elle en introduisant avec dextérité la canule dans une veine de l'avant-bras de Yanni.

Philo partit en courant. Il revint au bout de quelques minutes, alors qu'elle finissait d'installer la tubulure, avec un portemanteau auquel elle suspendit aussitôt le sérum.

— Parfait. Merci.

Nico avait administré un antiémétique ainsi qu'une dose de morphine afin de soulager la douleur, mais Yanni avait besoin de soins chirurgicaux. Aussi ne fut-elle pas surprise lorsque Nico l'informa qu'il avait appelé une ambulance.

Celle-ci arriva peu de temps après, alors qu'ils venaient enfin de juguler l'hémorragie.

— Je le conduis directement au bloc, l'informa Nico tandis que les infirmiers chargeaient le garçon sur une civière. Je veux m'assurer que son bras n'a pas subi de dégâts musculaires. Si c'est le cas, il pourrait y avoir des répercussions plus tard.

— Il a une mauvaise blessure au torse, aussi, chuchota-t-elle, même si Yanni, sous l'emprise de la morphine, ne pouvait plus les entendre.

— Oui, je sais. Il devra passer par la chirurgie plastique s'il ne veut pas garder une vilaine balafre.

— Ça tombe bien pour lui, il est entre de bonnes mains pour ça…

— Merci du compliment, dit Nico en lui retournant brièvement son sourire.

Il parut sur le point d'ajouter quelque chose, mais s'éloigna.

Elle le suivit des yeux alors qu'il faisait monter Helena dans sa voiture.

Qu'avait-il failli lui dire ? Etait-ce en rapport avec le patient ou quelque chose de plus personnel ?

Frissonnant soudain, elle croisa les bras sur sa poitrine et rentra dans l'hôtel.

Elle était consciente de se laisser mener par ses émotions, et même effrayée de constater à quel point elle pouvait être vulnérable. Ce que Nico lui avait révélé l'avait profondément choquée. Elle ne l'avait pas vu depuis très longtemps, mais, quelque part, elle avait toujours pensé qu'il vivait sa vie comme il l'avait choisie. Curieusement, elle en avait éprouvé une sorte de réconfort. Mais la situation n'était plus la même, maintenant : elle devait compter avec les répercussions que pourrait avoir l'éventuelle disparition de Nico…

Fermant les yeux, elle prit une profonde inspiration pour tenter de faire refluer la douleur qui l'étreignait à cette idée.

Seules comptaient les émotions de Jacob. Pas les siennes !

8.

Il y avait longtemps que Nico n'avait pas réalisé une opération aussi délicate et complexe, mais la confiance lui revint rapidement, à mesure que les gestes s'imposaient.

Comme il l'avait craint, un des principaux muscles du bras avait été atteint. C'est là-dessus qu'il se concentra avant tout, en remettant tout minutieusement à sa place. Même si Yanni souffrirait forcément de séquelles — des faiblesses dans le bras, voire un manque de coordination —, la rapidité de son intervention lui épargnerait probablement des années de douleur et de désolation. Ce qui le réjouissait.

Alors, pourquoi ne pas envisager d'utiliser ses compétences pour aider d'autres personnes dans la même situation que Yanni ?

C'était la première fois qu'il reconsidérait sa décision d'abandonner la chirurgie, et il en fut un peu déstabilisé. Il avait toujours été si sûr du choix qu'il avait fait ! Brusquement, il avait l'impression que le sol se dérobait sous ses pieds.

Fermant résolument son esprit à ces pensées, il focalisa toute son attention sur sa tâche.

Après avoir nettoyé le lambeau de peau, il le repositionna pour le recoudre avec des points minuscules.

Sofia, qui faisait office d'infirmière, secoua la tête.

— J'ignorais qu'on pouvait faire un travail aussi minutieux, docteur. C'est stupéfiant !

— J'aurais peut-être dû faire un cursus de broderie, finalement, remarqua-t-il en souriant sous son masque.

— Absolument. Au moins, j'aurais su à qui m'adresser pour broder ma robe de mariage !

Cette plaisanterie fit rire l'équipe, ce qui détendit sensiblement l'atmosphère.

Bien que tous soient des professionnels aguerris, aucun n'avait encore eu affaire à ce genre de situation. Nico avait engagé deux semaines plus tôt un jeune médecin, Leonardo, qui paraissait en particulier fasciné, aussi s'assura-t-il qu'il puisse bien voir ce qu'il faisait. Peut-être devrait-il aussi songer à transmettre ses compétences à cette nouvelle génération ? A bien y réfléchir, ce serait dommage, voire honteux, que tout son savoir reste en friche.

Il était 5 heures du matin quand ils terminèrent, et tout le monde était épuisé. Y compris lui, bien sûr. Dès que Yanni eut été conduit en salle de réveil, il se tourna vers la petite équipe qui l'avait assisté.

— Merci à tous. Vous avez fait un travail fantastique. Si Yanni retrouve le plein usage de son bras, ce sera grâce à vous.

Les applaudissements qui éclatèrent spontanément le touchèrent au point qu'il dut alors quitter la salle, de crainte de craquer.

S'il attribuait ces émotions à son retour au bloc après une si longue absence, il n'était pas dupe. Il avait conscience, au plus profond de lui, que ce n'était pas l'unique raison.

Helena et Philo, qui avaient passé la nuit à la réception, se levèrent tous deux d'un bond à son arrivée, et il ne put que compatir devant la peur qui marquait leurs traits. A présent qu'il avait un enfant, il pouvait comprendre ce qu'il en était de redouter le pire.

— Yanni va bien, dit-il en s'efforçant d'ignorer la boule logée dans sa gorge. L'opération s'est extrêmement bien passée, et même si nous devons nous attendre à quelques problèmes, je suis certain que votre fils retrouvera la pleine mobilité de son bras avec le temps.

Helena se laissa retomber sur sa chaise, éclatant en sanglots. Philo, encore sous le choc, semblait incapable de comprendre ce qu'il venait d'entendre.

Nico lui posa la main sur l'épaule — un geste de sympathie dont il n'était pas coutumier.

— Yanni s'en sortira, Philo. Faites-moi confiance.

Incapable de prononcer un mot, Philo se contenta de lui serrer très fort la main.

Après avoir accordé au couple un instant pour se ressaisir, il leur expliqua qu'une infirmière viendrait très bientôt les chercher pour les conduire au chevet de Yanni.

Même si l'état du garçon nécessitait du calme, il devinait aisément que les parents, eux, avaient désespérément besoin de voir leur fils. Pour le comprendre, il lui suffisait d'imaginer Jacob dans ce lit à la place de Yanni.

Saisi d'une nouvelle émotion à cette idée, il prit rapidement congé d'eux, s'assura auprès de Sofia qu'aucun problème n'était survenu, puis gagna son bureau où il s'allongea sur le divan.

Il se sentait épuisé, mais c'était une bonne fatigue, de celles qui viennent du sentiment du devoir accompli.

Comme, une fois encore, l'idée qu'il gâchait son don l'assaillait, il comprit qu'il lui fallait reconsidérer son avenir. Réfléchir à la direction qu'il voulait donner à sa carrière professionnelle, mais pas uniquement…

Il soupira.

Quand Amy se déciderait-elle, pour Jacob ?

Ils avaient été interrompus la veille par l'accident de Yanni, mais à présent qu'elle était au courant pour son infarctus, il devait absolument savoir si oui ou non elle acceptait qu'il ait sa place dans la vie de Jacob. Il avait aussi besoin de connaître ses sentiments : portait-elle un autre regard sur lui ?

Bien sûr, c'était Jacob qui comptait avant tout, mais…

Les parents âgés de Philo avaient été appelés pour remplacer leur fils et leur belle-fille encore à l'hôpital. Ils étaient dans la salle à manger lorsqu'Amy y arriva avec Jacob pour le petit déjeuner. Ils s'exprimaient très mal en anglais, mais, par des mimiques, ils lui firent comprendre que Yanni avait bien supporté l'opération.

Après leur avoir exprimé son soulagement, elle alla chercher deux jus d'orange pour Jacob et pour elle.

Donna Roberts, qui se trouvait devant le buffet, esquissa une grimace.

— Apparemment, ce n'est pas le festin, aujourd'hui… Une seule sorte de pain, et même pas de confiture. Juste du miel — et encore, même pas local.

— Je suppose que les parents de Philo n'ont pas eu le temps de tout préparer, fit observer Amy. Ç'a dû être très désorganisé, avec l'accident de Yanni. Vous en avez entendu parler, je suppose ?

— Oh oui.

Elle écrasa une figue entre ses doigts et, ne la trouvant manifestement pas assez mûre, la reposa sur le plat en soupirant.

— Tim et moi avons vu l'ambulance. On revenait de la *taverna*. Après, Harvey nous a dit que Yanni s'était blessé. Il était sur place, et aux premières loges en plus !

— Parce qu'il était là *tout seul* ?

— Bah, oui, pourquoi pas ? A presque dix ans, il n'a besoin de personne pour s'occuper quand on sort une heure ou deux !

Et Donna regagna sa table, manifestement contrariée par les doutes qu'Amy avait exprimés sans le vouloir sur ses qualités d'éducatrice.

Même si Amy s'efforçait de se convaincre que cela ne la regardait pas, elle ne pouvait réprimer sa colère. Laisser un enfant de cet âge seul était à son sens impardonnable. Mais que pouvait-elle y faire ?

Jacob étant impatient d'aller à la plage, ils s'y rendirent sitôt leur petit déjeuner terminé. Donna, son mari et leur fils y étaient déjà. Sans doute leur journée se déroulerait-elle comme la veille : baignades et exposition au soleil toute la journée, puis visite à Darcey en fin de journée.

Elle se força à repousser ces pensées de son esprit et se concentra pour aider Jacob à construire un château de sable. Ils l'avaient presque terminé lorsque Harvey arriva en courant… Pour sauter dessus.

Devant l'expression ahurie et dépitée de Jacob, Amy réagit aussitôt.

— Hé ! Mais c'est méchant, ce que tu fais là !

Le garçon n'avait assurément que faire de ses reproches. Il lui tira la langue puis s'acharna sur le château en le piétinant.

Furieuse, elle rassembla leurs affaires et entraîna Jacob vers l'hôtel.

Ce serait inutile de faire des reproches au gamin. A quoi bon ? Il était clair que cela glisserait sur lui comme de l'eau sur les plumes d'un canard. En revanche, elle allait devoir trouver quelque chose pour faire oublier à Jacob ce détestable épisode. Elle songea alors à l'excursion dans des grottes qu'elle avait envisagée.

Pourquoi pas aujourd'hui ? Cette sortie serait la bienvenue.

Après s'être rhabillés en hâte, ils coururent pour arriver au port, juste à temps : le bateau était prêt à partir.

Elle se réjouit de voir le plaisir que Jacob prenait à ce court voyage, surtout quand des dauphins se mirent à accompagner le bateau. Quant aux grottes, creusées à même la falaise par les vagues et éclairées par la lueur verdâtre que diffusait le plancton, elles étaient réellement spectaculaires. Jacob, émerveillé, prit des photos pour les montrer à ses amis à leur retour.

Son fils semblait avoir oublié les moqueries qui rendaient sa vie difficile. Peut-être n'aurait-elle pas besoin de lui révéler que Nico était son père, finalement…

Elle ne put penser à rien d'autre alors qu'ils revenaient au port.

C'était tentant de laisser les choses telles qu'elles étaient, mais, elle en avait conscience, ce serait de la lâcheté. Le harcèlement pourrait recommencer, auquel cas elle serait obligée de révéler la vérité à Jacob, qui serait à fois contrarié et blessé parce qu'elle ne lui aurait pas dit qui était son père quand il aurait eu l'occasion de le rencontrer. Et la situation n'en serait que plus compliquée.

Oh ! flûte… Et les vacances seraient bientôt terminées. Elle n'avait plus qu'une semaine pour prendre sa décision.

Ce fut une matinée plutôt calme, ce dont Nico ne put que se réjouir. Il reçut notamment deux touristes victimes de coups de soleil superficiels, à qui il conseilla de boire beaucoup d'eau, de s'enduire de gel d'Aloe Vera et de rester à l'ombre.

Dès qu'il eut terminé ses consultations, il se rendit dans l'unité d'hospitalisation.

Le lit de Yanni avait été isolé de la grande salle afin qu'il soit au calme, mais il était bien réveillé à son arrivée.

— *Kalimera*, Yanni. Je suis content de voir que tu as meilleure mine que ce matin.

— Et je me sens mieux, répondit le garçon avec un sourire timide.

Etudiant en archéologie à l'université d'Athènes, il était rentré pour les vacances afin d'aider à l'hôtel familial.

— Très bien, dit Nico en tirant une chaise. J'ignore ce que tes parents t'ont dit, mais je crois qu'il est préférable pour toi de savoir précisément ce que j'ai dû faire hier soir.

De la façon la plus simple possible, il lui expliqua brièvement l'intervention qu'il avait pratiquée.

— Au début, ton bras sera raide et comme engourdi. Mais, je te rassure tout de suite, ça s'arrangera avec le temps.

— Je pourrai quand même m'en servir ? demanda Yanni d'un ton anxieux. Si je deviens archéologue, j'aurai besoin de mes deux bras. Je ne pourrai pas aller sur des sites de fouille si je suis handicapé.

Nico hocha la tête.

Son patient avait besoin de savoir exactement contre quoi il allait devoir se battre.

— Il te faudra être patient, répondit-il sans détour. Pour retrouver toute ta mobilité, tu devras suivre un programme très exigeant de physiothérapie. Je vais contacter dès aujourd'hui le chef du service à l'hôpital sur le continent et lui demander qu'il te reçoive. Je suis certain qu'avec de la volonté, tu y arriveras. La détermination est un atout majeur, dans ce cas.

Le garçon hocha la tête à son tour.

— Ça, j'en ai. Je ferai ce qu'il faut, docteur Leonides.

Nico acquiesça avec un sourire et laissa Yanni réfléchir à ce qu'il venait de lui dire.

Ce garçon avait les qualités nécessaires pour regagner l'usage de son bras, il se réjouissait d'avoir été une étape essentielle sur le chemin de sa guérison.

Non, il ne pouvait pas renoncer à la chirurgie, ce serait gaspiller sa formation et son expérience. Il trouverait le moyen de s'organiser, même si cela devait le contraindre à apporter des changements dans sa vie. S'il trouvait quelqu'un pour assurer la gestion courante de la clinique, il pourrait travailler plusieurs jours par semaine sur le continent…

Soudain il prit conscience qu'il lui fallait concrétiser son vague projet d'aider d'autres patients dans des cas similaires. En fait, il était conscient de s'être d'une certaine manière laissé aller, ces deux dernières années. Son infarctus avait gravement atteint sa confiance en lui, et il avait en quelque sorte choisi la solution de facilité en tournant le dos à la chirurgie. Il était grand temps de reprendre les commandes, même s'il n'avait aucune intention de s'exposer à nouveau aux pressions qu'il avait subies. Cela l'aiderait à se retrouver, à retrouver celui qu'Amy avait connu neuf ans plus tôt…

Soudain, une pensée l'interpella.

Quelle part le besoin de convaincre Amy que l'homme qu'il était aujourd'hui n'avait rien à envier à celui qu'elle avait connu jouait-il dans son désir de retourner à la chirurgie ?

Reprendre le scalpel ne changerait peut-être rien à la façon dont elle le voyait. Et ça ne ferait sûrement pas non plus de différence dans ses décisions concernant Jacob. Il aurait intérêt à bien garder en tête ces deux points importants. Cela pourrait lui épargner de bonnes migraines…

Tandis qu'Amy et Jacob retournaient à leur pension, le petit garçon n'arrêta pas de commenter tout ce qu'il avait vu. Une fois dans leur chambre, il insista pour qu'Amy lui laisse voir les photos qu'il avait prises, aussi les chargea-t-elle sur son iPad qu'elle lui confia avant d'aller se doucher.

Elle revint vingt minutes plus tard, s'attendant à le voir toujours plongé dans les photos, mais il avait disparu.

Inquiète, elle se précipita dehors, et s'arrêta net en le découvrant sur la terrasse, assis à une table avec Nico.

A les voir tous deux penchés sur le iPad, elle sentit son cœur se serrer.

Jacob ressemblait à Nico au point que c'en était réellement troublant.

Nico redressa la tête à cet instant et lui sourit, mais son regard trahissait une certaine circonspection.

Craignait-il qu'elle ne lui reproche son arrivée inopinée ? A moins qu'il se soucie de ce qu'elle déciderait de dire à Jacob ? Evidemment, ce ne serait pas facile pour lui de reconnaître Jacob comme son fils alors qu'il avait très clairement, dans le passé, décrété qu'il ne voulait pas d'enfant…

Comme elle prenait place à côté d'eux, elle eut du mal à cacher l'amertume que ce rappel douloureux réveillait en elle.

— Tu sais quoi, maman ? Nico dit qu'il a *nagé* dans les grottes ! Tu te rends compte ? C'est cool, hein ?

— Très cool, oui, répondit-elle, consciente de la légère tension dans sa voix. Tu pourras peut-être en faire autant, toi aussi.

— C'est vrai ? Quand ? demanda-t-il en se levant d'un bond.

— Oh… Je ne sais pas. Un jour.

Quelle idiote. Pourquoi avait-elle évoqué cette possibilité ?

— Tu ne pourras pas sauter du bateau. Pour ça, c'est interdit, ils nous l'ont dit. Et j'ignore comment on pourrait y aller autrement.

— Moi, je parie que Nico le sait. Hein, Nico ? dit-il en tournant un regard implorant vers lui.

Flûte. Elle ne savait que trop où ça les mènerait.

Mais avant qu'elle ait pu intervenir et changer de sujet, Nico répondit.

— Oui. Et je peux vous y conduire, si vous le voulez. Il y a un courant très fort à l'endroit où les bateaux s'ancrent, c'est pour ça qu'il est interdit de s'y baigner. Mais on peut nager dans une grotte plus proche de la rive. Et, là, ce n'est pas dangereux.

— Génial ! On y va quand ? Demain ?

Elle ferma les yeux une seconde, dépitée.

Maintenant, têtu comme elle le connaissait, Jacob ne lâcherait pas Nico tant qu'il ne l'aurait pas convaincu de les y emmener.

— Nico a sûrement autre chose à faire, Jacob. Il n'est pas en vacances comme nous, lui !

— En fait, je suis libre demain après-midi, déclara Nico. En temps ordinaire, j'en aurais profité pour mettre à jour ma paperasse en souffrance, mais elle attendra bien encore un peu. Je serai donc ravi de vous conduire tous les deux jusqu'à ces grottes.

Il la regardait calmement, sans rien laisser paraître de ce qu'il pensait. Jacob lui avait forcé la main, ni plus ni moins.

— Ne te sens surtout pas obligé, protesta-t-elle, cherchant désespérément une raison de refuser.

— Pourquoi pas ? J'aurais bien besoin de m'offrir une récréation, et une bonne baignade dans les grottes me semble tout à fait indiquée. Et je suis sûr que ça te plairait aussi, Amy.

Son ton était si neutre qu'elle ne comprit pas la soudaine chaleur qui l'assaillit.

Non, Nico ne les invitait pas pour passer du temps avec elle. C'était évident, même si elle avait du mal à l'accepter. Mais elle ne pouvait pas s'empêcher de trouver que son regard avait une lueur particulière. Une lueur qu'elle n'avait pas vue depuis longtemps…

Elle relégua cette idée stupide au second plan en voyant Jacob se mettre à danser autour de la table en tapant des mains. La perspective de cette excursion le mettait dans une telle joie qu'elle aurait mauvaise grâce à le décevoir.

— Eh bien alors, d'accord. Nous serons enchantés d'y aller. N'est-ce pas Jacob ?

Pour toute réponse, celui-ci lança son poing en l'air et poussa un *youpi !* tonitruant avant de disparaître à l'intérieur.

— Apparemment, ce programme lui convient, ironisa-t-elle.

Nico se mit à rire.

— Ça tombe bien, c'est le but ! Sérieusement, Amy, ça ne t'ennuie pas ? J'aurais sans doute dû réfléchir avant de…

— Non, ne t'inquiète pas, le coupa-t-elle, avec un sourire destiné à cacher ses réticences.

Elle n'avait que trop conscience que plus Jacob passerait de temps avec Nico, plus il s'attacherait à lui. Ce qu'elle comprenait très bien, puisque c'était exactement ce qu'il lui arrivait à elle aussi…

Perturbée par cette idée, elle fut soulagée de le voir se

lever. Elle allait pouvoir à loisir continuer à chercher la bonne réponse à cette question lancinante : devait-elle oui ou non révéler à Jacob que Nico était son père, ou attendre encore un peu ?

Cette décision n'aurait pas dû lui poser autant de souci, mais retrouver Nico avait tout changé, surtout maintenant qu'il lui avait confié son problème cardiaque : serait-il raisonnable de laisser Jacob s'attacher à lui alors qu'il ne serait peut-être plus là pour le voir grandir ?

Non ! Elle se refusait à imaginer un monde où il n'existerait plus. C'était si douloureux de l'envisager qu'elle eut du mal à se ressaisir lorsqu'il se tourna vers elle.

— Je vous laisse, alors, annonça-t-il. J'étais juste passé voir les parents de Darcey. Elle a quitté la clinique cet après-midi, et je voulais m'assurer qu'ils se mettent bien dans la tête qu'elle doit impérieusement rester à l'ombre jusqu'à la fin de leurs vacances. Mais il semble qu'ils sont sortis pour la soirée.

— Ah bon ? En tout cas, espérons qu'ils seront assez responsables pour suivre tes instructions.

— Oui, acquiesça Nico en regardant autour de lui comme s'il était impatient de partir.

Il avait peut-être des projets pour la soirée. Avec son charme, il n'avait sûrement que l'embarras du choix pour se trouver une compagne. Quoi qu'il en soit, elle ne voulait pas le retenir contre son gré, même si ce n'était pas l'envie qui lui manquait.

— Eh bien, merci encore, pour demain. Cette excursion sera la bienvenue.

— Je l'espère, dit-il en souriant.

Son cœur s'emballa une fois de plus devant la chaleur qu'exprimait son regard, et rien ne lui parut plus naturel que le léger baiser qu'il déposa sur ses lèvres.

— *Kalispera*, Amy. A demain.

— *Kalispera*, Nico, murmura-t-elle en le suivant des yeux alors qu'il s'éloignait.

Un instant après, elle entendit le rugissement du moteur, et alors seulement elle s'autorisa à respirer de nouveau. Sans même s'en apercevoir, elle posa les doigts sur sa bouche, qui lui parut brûlante.

C'était si doux de se laisser aller à espérer…

Mais soudain elle fut saisie d'une angoisse proche de la panique en prenant conscience de la précarité de la situation.

Il était hors de question qu'elle laisse ses émotions obscurcir son discernement, hors de question qu'elle permette à son désir de lui imposer sa loi. Jacob comptait plus que tout, la priorité était de faire ce qu'il fallait pour lui, même si elle eut donné cher à cet instant pour sentir les mains de Nico sur elle.

Elle avait vécu cela neuf ans plus tôt, ils avaient fait l'amour passionnément. Pourtant, au bout du compte, ils s'étaient séparés. Alors, pourquoi en serait-il autrement aujourd'hui ? Et pourquoi devrait-elle même se poser la question ?

Les réponses étaient là, toutes proches de sa conscience, mais elle redoutait de les explorer. Mieux valait les laisser où elles étaient.

9.

Le lendemain après-midi, Nico prit une longue inspiration en se garant devant la pension Marina.

Il avait été incapable de s'ôter ce baiser de l'esprit. Au point qu'il avait dû fournir beaucoup d'efforts pour se concentrer sur ses patients ce matin.

C'était une première pour lui. Son travail avait *toujours* été sa priorité. Or, chaque fois qu'il baissait sa garde, il retrouvait le goût sucré des lèvres d'Amy et le besoin de le savourer de nouveau. Toutefois, même si elle ne l'avait pas repoussé, rien ne lui permettait de penser qu'elle aurait encore envie qu'il l'embrasse.

Ignorant cette pensée défaitiste, il entra, faisant résonner la clochette de l'entrée.

Il vit Helena, accourue au bruit, blêmir.

— Yanni va bien, lui annonça-t-il aussitôt. Je l'ai vu avant de quitter la clinique. Il était assis dans son lit, en train de bavarder avec un autre patient.

— Oh ! Dieu merci ! soupira-t-elle en pressant une main sur son cœur. Nous attendons des clients aujourd'hui, et j'ai dû rester pour tout préparer pendant que Philo lui rendait visite. Mais, en vous voyant arriver, j'ai eu peur que vous n'apportiez une mauvaise nouvelle.

— Pas du tout ! Au contraire, Yanni se remet très bien. D'ailleurs, s'il continue comme ça, vous devriez pouvoir le retrouver la semaine prochaine.

— C'est vrai ? Ce serait fantastique ! s'exclama Helena qui se pencha pour s'adresser à quelqu'un au-delà de lui. Le

Dr Leonides vient de me dire que Yanni pourra peut-être rentrer la semaine prochaine. C'est super, non ?

— Génial, oui !

La voix d'Amy…

Il se retourna lentement, en se promettant de ne pas réagir en la voyant.

Peine perdue.

Elle portait une petite robe bain de soleil rose pâle à fines bretelles, qui découvrait ses épaules hâlées et mettait en valeur les douces rondeurs de ses seins.

De folles idées l'assaillirent, qu'il s'efforça de réprimer. Inutile de s'emballer alors qu'il ignorait totalement son état d'esprit. L'arrivée de Jacob qui, après avoir traversé la réception en courant, faillit le percuter, fut une diversion bienvenue.

— Hé là, mon gars ! Un accident suffit, tu ne trouves pas ?

— Il est tellement excité, expliqua Amy à voix basse. Je ne te dis pas le nombre de fois où il m'a demandé quand tu viendrais nous chercher.

— Eh bien, maintenant que je suis là, autant nous mettre en route, non ? Vous avez tout ce qu'il faut ? Maillots, serviettes et tout ?

— A priori, oui. Jacob a aussi pris son tuba, son masque et ses palmes.

— Le grand jeu ! plaisanta-t-il en ébouriffant les cheveux de son fils.

Il était heureux de voir le plaisir que Jacob prenait à la perspective de cette excursion. Les enfants n'ont en fait pas besoin de cadeaux onéreux ; ce qu'il leur faut avant tout, c'est de l'attention.

Il emmagasina cette réflexion dans un coin de son esprit avant de se retourner vers Helena.

— Désolé de vous avoir fait peur. Et, je vous le répète, Yanni est en très bonne voie de guérison. Vous n'avez plus aucune raison de vous tourmenter.

— Merci, docteur, répondit-elle, en baissant les yeux vers Jacob avant de les lever de nouveau vers lui.

Il contint un sourire en voyant son expression changer. Visiblement, Helena avait remarqué la ressemblance entre Jacob et lui, songea-t-il en les précédant jusqu'à sa voiture dont il ouvrit les portières. Amy aurait du mal à garder longtemps le secret. Jacob lui-même finirait probablement par s'en apercevoir tôt ou tard. Elle allait devoir prendre une décision. Si elle envisageait de révéler la vérité à Jacob, autant le faire aussi vite que possible. Pour tout dire, il ne voyait pas ce qu'elle attendait.

A moins qu'elle n'ait toujours pas confiance en lui ?

Neuf ans plus tôt, il n'avait pas fait mystère qu'il ne voulait pas d'enfants. Mais elle avait tout de même dû se rendre compte qu'il n'était plus le même, non ? Car, s'il n'avait alors pas l'intention de fonder une famille, il avait radicalement changé d'avis aujourd'hui. Il souhaitait être un père pour Jacob. Il le voulait plus que tout. Il était même choqué de découvrir l'importance que cette décision prenait pour lui.

A présent, il lui fallait convaincre Amy de sa sincérité.

Il s'assit au volant et, redressant les épaules, tourna la clé de contact.

Après ce qu'il s'était passé entre eux, ce ne serait sans doute pas facile de la persuader, mais il était désormais déterminé à jouer, d'une manière ou d'une autre, son rôle dans la vie de Jacob.

Il leur fallut à peine une demi-heure pour atteindre les grottes, et Amy regretta presque que le voyage se termine déjà. C'était plus simple quand ils roulaient. Nico avait dû rester concentré sur les petites routes sinueuses, ce qui lui avait épargné de devoir discuter avec lui. D'un autre côté, il leur fallait à présent s'occuper de Jacob.

Jacob devait trouver bizarre qu'elle ne parle pas à Nico,

mais elle était trop nerveuse pour cela. Le souvenir de leur baiser l'obsédait, or elle ne voulait pas que cela l'influence. Son seul objectif devait être Jacob et ce qui était bon pour lui, se répétait-elle. Ce qu'elle-même souhaitait ne comptait pas.

— L'entrée des grottes est plus bas, annonça Nico en désignant un chemin creusé à flanc de falaise.

— Ç'a l'air plutôt raide, remarqua-t-elle. Tu es certain qu'il est prudent d'y aller ?

— Oui. Des marches ont été taillées dans la roche, et il y a une rampe pour s'accrocher, donc ça ne devrait pas poser de problème. Le mieux, c'est que je porte ton fourre-tout, comme ça, tu pourras t'occuper de Jacob.

— D'accord.

Dès qu'elle lui ouvrit la portière, Jacob s'élança vers le chemin.

Elle le rappela aussitôt.

— Jacob ! Tu attends que nous ayons fini de décharger la voiture, lui ordonna-t-elle fermement, ignorant son expression contrariée.

Nico l'aida à sortir son gros sac du coffre, et elle rougit alors qu'ils se frôlaient malgré eux.

Elle s'en voulait de réagir autant à sa présence. En général, elle n'était pas aussi nerveuse. Mais avec lui, c'était différent. En fait, malgré les années écoulées, il lui faisait toujours le même effet.

Après neuf ans ! Ce n'était pas normal…

Elle y réfléchissait toujours quand ils arrivèrent sur la plage, et elle soupira de plaisir devant les vagues qui s'échouaient sur le sable scintillant.

Ils étaient seuls, et elle avait à cette seconde l'impression de pénétrer dans un petit coin de paradis.

Nico s'était approché d'elle sans qu'elle l'ait entendu arriver.

— C'est superbe, non ? J'adore ce coin, et en plus il est très peu fréquenté.

— Oui, c'est magnifique, murmura-t-elle. Si je vivais ici, je crois que j'y viendrais souvent.

Comme elle levait les yeux vers lui, elle oublia une seconde de respirer en rencontrant son regard. Le désir qu'elle pouvait y lire était si intense qu'elle se sentit trembler. Et quand il chercha sa main, elle y glissa tout naturellement la sienne.

— Elles sont où, les grottes ? Je les vois pas.

La question de Jacob la fit aussitôt revenir sur terre, et elle dut prendre une longue inspiration pour se reprendre.

Elle n'imaginait que trop bien ce qui se serait passé si Nico et elle avaient été seuls. Ils auraient fait l'amour ici même, sur le sable blanc scintillant. Et elle était convaincue que c'était exactement ce que Nico avait en tête aussi.

Nico eut du mal à réprimer le désir inopiné qui s'était emparé de lui. Il n'avait rien vu venir, songea-t-il en regardant Amy s'éloigner de quelques pas. Il était en train d'admirer le panorama, quand il s'était retrouvé tout à coup saisi par l'envie impérieuse de lui faire l'amour. Et le plus troublant, c'était sa certitude qu'Amy l'avait souhaité aussi.

S'efforçant de se ressaisir, il se déshabilla, ne gardant que son short de bain sur lequel il avait enfilé son jean. Amy devait avoir eu la même idée car elle était en train d'ôter sa robe.

Il retint un instant sa respiration en la découvrant dans son très sobre maillot une pièce.

Très sobre mais très échancré, ce qui enflamma brusquement ses sens, au point qu'il attrapa précipitamment sa serviette pour dissimuler la réaction très physique qui en résultait.

— Tu penses que je devrais enduire Jacob d'écran solaire, ou il n'en aura pas besoin dans les grottes ? demanda-t-elle.

Sa voix tendue et presque enfantine déclencha une sonnette d'alarme en lui, et il se traita d'idiot.

Peut-être avait-il *vraiment* envie de faire l'amour avec Amy, et peut-être était-ce ce qu'elle voulait aussi, mais ils savaient l'un et l'autre que ce serait une erreur. Ils devaient avant tout penser à Jacob. Elle ne tenait certainement pas à ce qu'il vienne perturber leur vie alors que tous les deux se débrouillaient très bien sans lui depuis neuf ans.

— Non, pas besoin, répondit-il d'une voix rauque. En plus, il vaut mieux ne pas polluer l'eau avec des produits huileux qui pourraient nuire au plancton qui vit dans les grottes. Il est recommandé à ceux qui viennent nager ici de renoncer à toute crème ou huile solaire.

— Oh. D'accord.

Elle drapa donc une serviette sur les épaules de Jacob pour le protéger du soleil.

— On est prêts.

— Parfait. Gardez vos sandales, on va avoir de la varappe à faire. En revanche, vous pourrez les ôter dans les grottes, elles sont tapissées de sable.

Ils atteignirent les cavernes une vingtaine de minutes plus tard, et il les aida l'un après l'autre à descendre au niveau de l'entrée.

— C'est bas et étroit au départ, mais ça s'élargit très vite. Tu n'es pas claustrophobe, j'espère ?

— Pas que je sache, répondit Amy.

A la légère tension qu'il perçut dans sa voix, il sut qu'elle connaissait la même émotion que lui lorsqu'il avait dû la prendre par la taille pour sauter du rocher. Leur désir était à fleur de peau, indéniable.

Mais où cela pourrait-il les mener ? Ils avaient eu leur chance, et ce serait naïf d'imaginer qu'ils puissent remonter le temps et reprendre leur histoire là où ils l'avaient interrompue. Ils n'étaient plus les mêmes aujourd'hui, jamais ils ne retrouveraient ce qu'ils avaient partagé neuf ans plus tôt.

Il avait le cœur lourd en se baissant pour entrer dans les grottes.

Même s'il avait conscience que c'était totalement vain, il ne pouvait s'empêcher de regretter son attitude d'alors. Si par miracle une chance lui était donnée de retourner dans le passé pour le modifier, jamais il ne laisserait Amy le quitter.

10.

Au bout d'une heure de baignade, Amy se hissa sur un rocher. Tout en se frictionnant avec sa serviette, elle regarda Jacob éclabousser Nico et rire aux éclats lorsque celui-ci lui répondit en le soulevant pour le projeter dans l'eau, pour le plus grand plaisir de l'un et de l'autre.

Jamais elle ne pourrait jouer avec son fils comme Nico le faisait ! Elle se rendait compte à cet instant de ce que Jacob avait manqué en traversant ces années sans père.

— C'est bon, déclara Nico en sortant de l'eau, je capitule.

Il secoua la tête alors que Jacob insistait de sa voix flûtée pour qu'il revienne.

— Accorde-moi une récréation, d'accord ? Je vais souffler un peu et peut-être revenir après.

Elle fut surprise de constater que Jacob acceptait sans rechigner.

— Je suis bluffée, avoua-t-elle comme il la rejoignait. Jacob n'a pas l'habitude de céder aussi facilement.

— Ah bon ?

Attrapant sa serviette, il commença à s'en frictionner.

— Il a peut-être simplement compris que j'avais besoin d'un répit.

Ou plutôt, que Nico n'était pas du genre autoritaire et qu'il n'avait donc pas à se comporter en rebelle.

C'était un point de plus pour Nico, car Jacob aurait tout à gagner de son influence. Il avait besoin d'une figure masculine à prendre pour modèle.

Sur le point d'en parler à Nico, elle se ravisa.

Même si sa présence serait très bénéfique pour Jacob, il y avait également des aspects négatifs à mettre dans la balance. Le plus sérieux de tous étant sa santé. Même si Nico lui apparaissait très en forme, elle ne pouvait ignorer le risque qu'il subisse une nouvelle attaque cardiaque, ainsi qu'il l'en avait avertie. Et l'idée que Jacob en souffre lui était insupportable. Sans parler d'elle-même…

La force de son émotion la prit au dépourvu.

Se rallongeant sur sa serviette, elle ferma les yeux.

Pourtant, il y avait longtemps que Nico était sorti de sa vie. Neuf ans, c'est long. Evidemment, elle avait souvent pensé à lui. Comment s'en étonner alors que Jacob était un rappel constant de son existence ? Mais, depuis le temps, elle aurait dû passer à autre chose, et si elle ne pouvait pas rester indifférente au sort de Nico, elle devrait pouvoir au moins maintenir une certaine distance. Et, pourtant, non. Elle savait avec certitude que le monde s'effondrerait pour elle si Nico mourait.

Quelques minutes plus tard, Nico annonça qu'il était temps de rentrer.

Elle se réjouit de cette diversion. Elle avait besoin de se retrouver seule pour ordonner ses pensées. Elle aida Jacob à se sécher, se demandant toujours s'il était judicieux de lui révéler que Nico était son père.

A cet instant, Nico ramassa une bouteille de soda et une boîte en plastique abandonnée sur les rochers.

— Les gens sont vraiment inconscients ! pesta-t-il. Ce genre de chose peut être fatal pour la faune locale. Les poissons et les oiseaux s'étouffent en avalant les détritus. C'est catastrophique pour eux.

— Tu as raison, trop de gens sont irresponsables. Ils ne…

Elle s'interrompit en percevant un cri.

— Tu as entendu ça ? On dirait que ça vient des autres grottes.

— Oui.

Aussitôt, il s'avança sur l'étroite bande de sable qui longeait la paroi.

Elle le suivit en tenant fermement la main de Jacob.

Une enfilade de plusieurs grottes prolongeait celle où ils avaient nagé, mais Nico les avait avertis qu'il était dangereux d'y entrer en raison de la force des courants. Une fois devant la plus vaste, ils perçurent nettement des cris venant de l'intérieur.

— Quelqu'un a un problème. J'y vais, déclara Nico.

Sans hésiter, il y pénétra et disparut aussitôt.

Elle ne tergiversa pas longtemps : il était hors de question qu'elle le laisse y aller seul.

Se tournant vers Jacob, elle se montra aussi convaincante que possible pour bien lui faire prendre conscience de la gravité de la situation.

— On va suivre Nico. Mais toi, tu ne vas pas dans l'eau. Tu m'entends, Jacob ? Tu *n'y vas pas*. D'accord ?

Son fils acquiesça avec un sérieux qu'elle lui avait rarement vu. Il avait peur, aussi, c'était évident. Elle serra sa main dans la sienne en priant le ciel d'avoir pris la bonne décision. Elle n'aimait pas l'effrayer, mais elle ne voulait pas non plus laisser Nico se débrouiller seul.

La grotte était bien plus vaste que celle dans laquelle ils avaient nagé ; elle était aussi bien plus claire, car ouverte directement sur la mer. Elle dut attendre un instant que ses yeux s'adaptent à la lumière avant de pouvoir distinguer ce qu'il se passait.

Quelqu'un était dans l'eau, un jeune garçon d'après ce qu'elle pouvait voir, et il était manifestement en difficulté.

Près de l'entrée de la grotte était ancré un bateau, qu'elle reconnut sans mal : c'était celui sur lequel ils avaient fait leur sortie la veille. L'adolescent devait en avoir sauté. A moins qu'il n'en soit tombé accidentellement. L'équipage était en train de mettre un dinghy à l'eau, mais elle doutait qu'ils arrivent à temps. Le courant ne cessait d'entraîner le garçon vers le fond, et elle retint son souffle en le voyant disparaître une fois de plus sous l'eau.

— Je vais le soutenir en attendant que le dinghy arrive jusqu'à lui, lança Nico avant de plonger.

Elle sentit son angoisse monter d'un cran devant les efforts qu'il devait fournir pour ne pas se laisser entraîner par le courant, lui aussi. Alors qu'il allait enfin atteindre le garçon, celui-ci fut une fois de plus aspiré sous la surface.

Elle ne put contenir un cri d'alarme lorsque Nico plongea. Et elle eut l'impression qu'il mettait beaucoup trop longtemps à réapparaître. Mais quand ce fut le cas, il n'était pas seul — il tenait l'adolescent dans un bras et devait visiblement lutter pour rester avec lui hors de l'eau.

Le dinghy approchait, non sans mal, et elle pria pour qu'il reste à Nico assez de force pour tenir le coup jusqu'à ce qu'il arrive jusqu'à eux.

Enfin, l'adolescent put être hissé dans la petite embarcation, suivi de Nico, que les hommes déposèrent ensuite là où Jacob et elle l'attendaient. Tandis que Nico recommandait aux hommes de conduire le garçon directement à la clinique dès qu'ils seraient de retour au port, elle lui tendit une serviette sans un mot — aucun ne pouvait franchir ses lèvres à cet instant. Elle avait eu si peur en le voyant disparaître sous l'eau…

Des larmes lui montèrent aux yeux, qu'elle n'eut pas le temps d'essuyer avant qu'il ne les voie.

— Amy, que se passe-t-il ? Il y a un problème ?

— Non. Ce n'est rien, répondit-elle en se tournant vers Jacob. C'était stupide de la part de ce garçon de vouloir aller nager dans la grotte, hein ?

Jacob hocha la tête puis regarda Nico avec une expression de pure vénération.

— C'était super comme t'as plongé dans l'eau pour le sauver !

— Si je n'avais pas été là, quelqu'un d'autre l'aurait

fait à ma place, répondit-il sur un ton proche de la désinvolture, en lui ébouriffant les cheveux. Bon, on a eu assez d'émotions pour aujourd'hui, non ? Il est temps que je vous raccompagne à l'hôtel, ta mère et toi.

Jacob fit la moue.

— Oh… Faut vraiment qu'on y aille ? Tu veux pas nous emmener chez toi ? On pourrait retourner pêcher !

— Pas aujourd'hui, intervint fermement Amy. Après toute cette agitation, je suis sûre que Nico a besoin de calme.

— Détrompe-toi ! Un peu de compagnie serait au contraire la bienvenue. Tu sais, à un moment, je me suis vraiment demandé si je n'avais pas présumé de mes forces. Le courant dans cette grotte est vraiment très fort.

Il était sincère, elle le savait. Ce qui la plaçait dans une position très inconfortable : si elle refusait sa proposition, Jacob et lui seraient déçus. Mais était-il vraiment raisonnable de se rendre chez lui dans l'état d'esprit où elle se trouvait ? Voir Nico happé par les vagues avait cristallisé ce qu'elle avait pensé plus tôt : elle ne pourrait pas supporter qu'il lui arrive quoi que ce soit parce que… Parce que ses sentiments pour lui étaient encore très forts, voilà pourquoi.

Un sentiment proche de la panique se saisit d'elle.

Admettre ce qu'elle éprouvait avait été difficile, mais le cacher à Nico lui semblait carrément impossible. Toutefois, elle ne devait pas oublier que son fils aurait toujours la première place dans son cœur, quoi qu'il arrive. Si elle jugeait qu'il n'était pas dans l'intérêt de Jacob de lui révéler que Nico Leonides était son père, alors, une fois qu'ils auraient quitté l'île, ils ne le reverraient pas.

Tout en conduisant, Nico sentait la tension monter en lui.

Il s'était brièvement arrêté à la clinique en chemin afin de prendre des nouvelles de l'adolescent qui, Dieu merci, se remettait très bien de sa mésaventure. Il l'avait sermonné avant de le laisser partir en espérant lui avoir mis un peu de plomb dans la cervelle.

Comme s'il était bien placé pour donner des conseils ! S'il avait un tant soit peu réfléchi aux conséquences, il n'aurait pas invité de nouveau Amy chez lui ce soir. Il voulait tester les limites de sa volonté ? Eh bien, il allait être servi ! Le simple fait de penser à elle réveillait un insupportable désir.

Arrivé devant la maison, et comme Amy aidait Jacob à descendre de la voiture, il croisa son regard. Il se rendit compte de sa nervosité et éprouva alors une bouffée de tendresse pour elle.

Quoi qu'il arrive, il protégerait cette femme. Il l'avait blessée par le passé, mais il ferait en sorte que cela ne se reproduise pas. Quitte à ressortir de sa vie et de celle de leur fils, si c'était le prix à payer pour garantir leur bonheur et leur tranquillité.

Amy rangea dans le Frigidaire la salade qu'elle venait de préparer puis regarda sa montre une fois de plus.

Elle avait poussé Nico et Jacob à retourner pêcher le temps que ce soit prêt, mais pourquoi tardaient-ils autant ? Plus vite ils reviendraient, plus vite Jacob et elle pourraient dîner et rentrer. Même si Nico n'avait rien fait pour l'alarmer, elle se sentait toujours terriblement nerveuse en sa présence. Et si elle continuait comme ça, Jacob finirait par se demander si elle lui cachait quelque chose — ce en quoi il n'aurait pas tort.

— On n'a pêché qu'un poisson, m'man. Et c'est même pas moi qui l'ai eu, c'est Nico ! annonça Jacob sur un ton dépité, alors qu'ils arrivaient tous les deux.

— Ce n'est pas grave, mon cœur. Tu auras bien d'autres occasions de réessayer… Et d'y parvenir !

Consciente que Nico pourrait prendre cela pour une invitation, elle leva les yeux vers lui.

— C'est exactement ce que je lui ai dit.

Au-delà de son sourire, il lui parut tendu.

Pourquoi ? Regretterait-il de les avoir invités ?

Elle aurait mauvaise grâce à le lui reprocher. Après tout, la situation devait être aussi stressante pour lui que pour elle. Cette réflexion la poussa à prendre une rapide décision.

— Bon, eh bien, puisque vous n'avez pas rapporté ce qu'il faut pour le dîner, nous allons rentrer à la pension. Non, Jacob, dit-elle au petit garçon qui s'apprêtait à protester. On ne va pas demander à Nico de nous offrir le repas.

— Pas de problème, remarqua calmement ce dernier. Le frigo est plein.

— Oh ! maman ! On reste, hein ? Dis que tu veux bien qu'on mange avec Nico. *S'il te plaît…*

Devant son ton implorant, elle sentit sa volonté vaciller.

Elle devrait insister pour qu'ils rentrent, ce qui, en mettant un peu de distance entre Nico et elle, lui donnerait la possibilité de réfléchir. Il n'était pas question pour elle de prendre une décision dictée par l'émotion plutôt que par un solide bon sens.

— Jacob, essaie de comprendre. Nico a sûrement autre chose à faire que de nous préparer un repas.

— Nous serions trois, intervint Nico. Tu ne penses tout de même pas que vous me regarderiez en vous tournant les pouces ?

Il ouvrit le Frigidaire et s'adressa à Jacob avant qu'elle ait pu protester davantage.

— Je te charge du dessert, mon gars. Tu trouveras des fruits, des yaourts, du fromage… A toi de choisir ce que tu veux mettre dedans.

— Ouais !

Un sourire jusqu'aux oreilles, Jacob plongea dans le frigo.

Amusée malgré elle, elle secoua la tête.

— Tu te rends compte au moins que tous tes petits plats

préférés risquent de finir dans une improbable bouillie au goût totalement indéfinissable ?

— Oh ! tu sais, ça ne pourra pas être pire que certains des repas que je me suis cuisinés quand j'ai dû me débrouiller seul, ironisa Nico en sortant des couverts d'un tiroir.

— A ce point-là ?

— Tu n'as pas idée ! Je n'y connaissais strictement rien. J'avais toujours eu quelqu'un pour s'en charger à ma place, et j'étais incapable de me faire cuire un œuf.

— Mais si j'en juge par le repas que tu nous as mijoté l'autre soir, tu as fait de gros progrès depuis. C'était vraiment très bon.

— Merci. En fait, après mon infarctus, j'ai compris que je devais apporter de grands changements dans ma vie, et apprendre à cuisiner en faisait partie…

Son ton s'était soudain fait plus grave. Et elle se raidit en devinant qu'il s'apprêtait à lui révéler quelque chose d'important.

— Ce que j'essaie de te dire, Amy, c'est que je ne suis plus celui que tu as connu. Et je… Je comprendrai si tu me considères différemment aujourd'hui.

11.

Nico guetta la réponse d'Amy en retenant son souffle.

Sans doute serait-ce trop lui demander que de mettre son cœur sur la table, mais il ne pouvait pas s'empêcher d'espérer qu'elle le ferait. Il avait besoin de savoir si l'homme qu'il était aujourd'hui valait moins à ses yeux que celui qu'elle avait connu. Moins que son premier amant.

Il avait été surpris et ému quand elle lui avait révélé qu'elle n'avait fait l'amour avec aucun homme avant lui. C'était la première fois qu'il se retrouvait dans cette situation. Les femmes qu'il avait fréquentées étaient comme lui cramponnées à leur indépendance, et le sexe était pour elles une agréable expérience qui ne les engageait certainement pas pour la vie. Mais Amy, elle, était vierge, ce qui avait déclenché une étrange réaction de sa part. Non seulement, il avait eu le sentiment qu'elle lui offrait un cadeau très précieux, mais il avait pris conscience de sa responsabilité. En tant que son premier amant, il s'était senti investi d'un devoir : celui de lui rendre cette expérience aussi belle que possible.

Et elle l'avait été.

Une étrange chaleur se répandit en lui alors qu'il revivait le plaisir qu'il avait pris à la voir frémir et à l'entendre gémir sous ses caresses. Et le plus étonnant était l'impression qu'il avait eue d'expérimenter lui aussi une sorte de baptême. Le baptême de la volupté. Rien ne l'avait préparé à la puissance de cette expérience. Et il était d'autant plus ému aujourd'hui de constater la force et la clarté intactes de ce souvenir.

Il croyait réellement avoir relégué une fois pour toutes

ces souvenirs dans le passé, mais non. Rencontrer Amy Prentice avait été une étape essentielle de sa vie. S'il n'avait pas été aussi stupidement déterminé à faire ses preuves, il se serait rendu compte de l'importance des moments qu'ils passaient ensemble. Il ne l'aurait pas quittée, il serait resté avec elle. Avec elle et Jacob. Et, il en était certain, il ne se retrouverait pas dans la situation actuelle. Parce qu'Amy ne l'aurait pas abandonné après son infarctus. Elle l'aurait soutenu en dépit de tout.

Oui, il avait eu sa chance, et il ne l'avait pas saisie.

Il fut reconnaissant à Amy de ne rien dire car il n'aurait pas pu supporter des mots de réconfort ou, pire, de pitié.

— Et si on se faisait des kebabs ? suggéra-t-il avec un enthousiasme forcé. Ce sera prêt en vingt minutes, et on peut les cuire dehors sur le barbecue.

— Super, répondit-elle d'une voix plate qui l'alarma.

Devait-il comprendre que, pour elle, il n'était plus l'homme qui lui avait fait découvrir la passion ? Que son aveu l'avait diminué à ses yeux ?

Cette idée le déprimait, aussi se força-t-il à se concentrer sur la préparation des brochettes en piquant les morceaux de viande enduits d'huile d'olive et d'ail. Il avait allumé le feu, et une bonne odeur de pin l'accueillit lorsqu'il sortit. Les mâchoires serrées, il jeta une poignée d'herbes fraîches sur les braises afin de donner plus de goût à la viande.

S'il était incapable de faire ses preuves en tant qu'amant, au moins pouvait-il se montrer capable de concocter un repas décent.

Tout en dégustant les brochettes, Amy ne cessait de ressasser ce que Nico lui avait dit. Elle s'en voulait de n'avoir rien répondu.

Le considérait-elle différemment ? Oui. Elle ne pouvait le nier. Il n'était plus le Nico qu'elle avait connu neuf ans plus tôt, c'était indéniable. A cause de son infarctus ou autre chose. Il avait été plus dur, plus déterminé, plus égoïste aussi. Alors, comment s'étonner que son regard sur lui se soit modifié ? Prétendre le contraire reviendrait à admettre qu'elle était toujours aussi follement amoureuse de lui.

Ayant fini son assiette, Jacob quitta un instant la terrasse pour aller chercher le dessert, et Nico et elle se retrouvèrent seuls.

Comme elle portait le dernier morceau d'agneau à sa bouche, elle rencontra le regard de Nico et sentit son cœur se serrer devant le mélange de nostalgie et de désir qu'elle y lut.

Nico avait envie d'elle. Comme un homme a envie d'une femme qu'il trouve attirante. Cela n'avait rien de surprenant. Après tout, n'était-ce pas ce qu'elle éprouvait pour lui, elle aussi ?

Elle fut soulagée lorsque son fils revint cinq minutes plus tard et déposa les coupes sur la table, l'air très content de lui.

Yaourt, figues, miel liquide et feta, le délicieux fromage caillé de brebis, composaient un dessert original et très appétissant.

— Mmh, très alléchant, remarqua Nico en plongeant sa cuillère dans sa coupe.

L'intermède lui avait permis de se ressaisir à lui aussi.

Etait-elle encore amoureuse de cet homme ? Après toutes ces années et ce qu'il s'était passé depuis ?

Oui, bien sûr, elle éprouvait quelque chose pour lui, mais ce n'était plus de l'amour. Comment un sentiment aussi fort aurait-il pu survivre sans encouragement ? Sans le moindre espoir qu'il lui soit retourné ? Leur séparation avait certainement tué ce qui avait brûlé pour lui dans son cœur…

Pourtant, plus elle cherchait à s'en convaincre, moins elle y parvenait. Ç'aurait été plus simple si ses sentiments pour Nico étaient morts, mais à quoi bon se mentir ? Elle éprouvait toujours quelque chose pour lui, et le temps seul pourrait lui révéler ce que c'était.

Quand Nico rangea les assiettes dans le lave-vaisselle, la nuit tombait et les lanternes baignaient la terrasse d'une lueur dorée.

Il était temps de raccompagner Amy et Jacob à la pension Marina, même s'il n'avait pas envie de les voir rentrer. Mais les retenir ne serait pas raisonnable. Pas raisonnable du tout. Amy et lui ne pourraient pas résister, et ils se retrouveraient dans le même lit. Or, même s'il était certain qu'elle le souhaitait autant que lui, il n'en était pas question. Laisser le désir prendre le pas sur la raison serait le plus sûr moyen d'aller droit dans le mur…

Soudain, une brusque bourrasque venant de la mer renversa un des fauteuils, en même temps que les premières gouttes s'écrasaient sur le sol.

A cette époque de l'année, si les pluies étaient rares, elles étaient en général le signe avant-coureur de terribles orages. Et si Amy et Jacob espéraient regagner leur hôtel, ils devaient se mettre en route immédiatement.

— Désolé, mais si vous voulez rentrer, il faut partir tout de suite. La tempête qui s'annonce risque d'être violente, et je ne voudrais pas qu'on reste coincés au bord de la route.

— D'accord, répondit Amy en se précipitant pour retenir une chaise qu'une rafale menaçait d'envoyer valser. Mais d'où sort-elle, cette tornade ? C'est incroyable ! Il n'y avait presque pas de vent et…

— Je sais. Et c'est d'autant plus dangereux. Beaucoup de bateaux se perdent à cause de ça. Moins maintenant, parce que les pêcheurs ne sortent presque plus sans consulter les avis météo.

Tout en parlant, il était allé décrocher des cirés. Il en

tendit un à Amy et aida Jacob à mettre l'autre, trop grand pour lui, bien sûr, avant d'en enfiler un lui-même.

Un vrai déluge se déversait désormais du ciel, devenu en quelques minutes d'un noir d'encre, et des rafales rabattirent la pluie sur eux alors qu'ils couraient vers la voiture.

Pourtant, cet ouragan n'était rien en comparaison de celui qui faisait rage en lui. Il avait tellement envie d'Amy ! Avec une passion qui défiait toute raison. Toute mesure.

Parce qu'il n'avait pas fait l'amour depuis longtemps ?

Ce serait tellement plus simple. Mais non, inutile de se mentir, c'était elle qu'il désirait. *Amy.* Elle seule était capable d'éveiller ses sens à ce point. Et même s'il ne devait plus jamais la tenir dans ses bras, son désir pour elle ne se désavouerait pas.

Amy se cramponnait à son siège tandis que Nico, totalement concentré, négociait les virages de la route battue par le vent. Mais ce n'était pas tant la tempête qui l'effrayait que ce désir puissant qui les poussait l'un vers l'autre. Et cela ne faisait que confirmer ce qu'elle redoutait. Car décider du rôle de Nico dans la vie de Jacob n'en serait que plus difficile.

— Hé ! Qu'est-ce que… ?

Brusquement arrachée à ses réflexions quand la voiture pila, elle découvrit sans mal la raison de cet arrêt brutal : des rochers qui avaient dévalé du flanc de la montagne bloquaient la route.

Nico se tourna vers elle.

— Ne bouge pas, je vais aller voir si on peut passer. Mais j'en doute.

Anxieuse, elle le suivit des yeux alors qu'il devait presque se plier en deux pour combattre les bourrasques. Il venait d'atteindre les rocs quand un grondement retentit.

Un nouvel éboulement s'annonçait.

Elle s'apprêtait à descendre pour lui crier de revenir quand il vint en hâte reprendre sa place au volant.

— Ferme la portière, ordonna-t-il en passant la marche arrière. Il ne faut pas qu'on reste ici.

Il recula pour s'éloigner aussi vite que possible du danger, ne s'arrêtant que lorsqu'ils atteignirent une section plus large de la route lui permettant de faire un demi-tour.

— Je crains que vous ne puissiez pas rentrer à votre pension ce soir, remarqua-t-il.

Avec pour seule lumière les faibles lueurs du tableau de bord, elle ne parvenait pas à lire son expression.

— Jacob et toi, vous allez devoir passer la nuit chez moi, ajouta-t-il. Ou plus. Tout dépendra du temps qu'ils mettront à dégager la route.

— Tu crois que ça peut être long ?

Elle put voir ses doigts se crisper sur le volant.

— Aucune idée. Au moins quelques heures, mais il peut y avoir eu d'autres éboulements sur le chemin, auquel cas ça peut carrément prendre plusieurs jours.

Oh non ! Quelques heures, elle pourrait le supporter, mais quelques jours ? Saurait-elle résister à la tentation ? Et lui ?

Les yeux fermés, elle fit de son mieux pour apaiser son anxiété.

Mais la bataille était perdue d'avance, surtout dans les circonstances où ils se trouvaient.

Rouvrant les yeux, elle regarda le profil de Nico à la dérobée et éprouva un petit coup au cœur d'appréhension et d'excitation mêlées.

Qui sait ce qu'il pourrait arriver si les intempéries les contraignaient à cohabiter plusieurs jours ?

12.

— Désolé, c'est un peu chiche question mobilier, je n'ai pas encore pu meubler toutes les pièces. Mais vous avez une salle de bains-toilettes pour vous deux, annonça Nico en ouvrant la porte des chambres d'amis.

Le sourire d'Amy fut un peu forcé, mais quoi d'étonnant ? La tension entre eux était presque palpable. Si Jacob n'était pas là, il ne savait que trop bien ce qu'il se passerait. Il ne se fatiguerait pas à jouer le rôle d'hôte parfait, c'est certain…

Pour quelqu'un qui s'était toujours targué d'exercer un contrôle rigoureux sur ses émotions, il devait reconnaître que, à cette seconde, celles-ci le menaient par le bout du nez. Mais pas question de se laisser faire. Amy devait se sentir libre de décider si elle souhaitait qu'il intervienne dans la vie de Jacob, sans qu'il ait recours à une sorte de chantage émotionnel.

— Bien. Je vais chercher ce qu'il faut pour faire les lits.

Elle l'arrêta en posant la main sur son bras.

Un geste anodin, qui eut pourtant un effet galvanisant sur eux deux. Elle retira sa main, mais pas avant qu'il ait pu voir dans ses yeux le reflet de son propre désir.

— Dis-moi simplement où c'est, et je m'en occuperai. Je ne veux pas que tu déranges tes habitudes pour nous, Nico.

— Dans ce cas…

Il la conduisit jusqu'à la vieille armoire à linge dont des années d'usage avaient poli les rayonnages en cèdre.

— Prends ce qu'il te faut, dit-il en lui indiquant la pile de draps.

Il la vit respirer l'odeur si particulière des draps, mélange d'air frais de la montagne et de lavande.

— Mmh… Ça sent si bon, remarqua-t-elle avec une lueur de ravissement dans le regard.

— C'est vrai. C'est une femme du village qui se charge de mon linge. J'ignore son secret pour me le rendre aussi discrètement parfumé, mais j'apprécie chaque fois que je me glisse dans mes draps.

— Ah, ah ! fit-elle, l'air faussement accusateur. Donc, tu ne maîtrises pas toutes les tâches domestiques…

— Non, c'est vrai. Le repassage n'est pas dans mes cordes, par exemple.

Il lui retourna son sourire puis s'empressa de se détourner de crainte qu'il ne soit trop révélateur.

— Tu peux te débrouiller ? Tu trouveras des couvertures dans l'armoire, et aussi des serviettes. Prends ce qu'il vous faut. Pendant ce temps, je vais nous faire des cafés. Je suis sûr que tu en as besoin, comme moi.

Il avait conscience de la sécheresse de son ton, mais, à cet instant, c'était le seul moyen pour lui de maintenir une distance entre eux. Même s'il regrettait déjà le sentiment d'intimité qu'il avait éprouvé avec elle un instant plus tôt. Il allait devoir se montrer très prudent et s'assurer que ces instants de plaisir partagés ne prennent pas trop d'importance. Il ignorait combien de temps Amy devrait rester, et il n'était pas question de baisser sa garde et de laisser ses émotions prendre les commandes.

— Un café sera le bienvenu, merci.

Il alla dans la cuisine le préparer.

Une tâche simple, mais à laquelle il accorda toute son attention : Amy aimait le boire bien chaud, avec une larme de lait…

Et, brusquement, il fut de nouveau assailli par un flot de souvenirs : le nez d'Amy se plissant tandis qu'elle respirait l'arôme du café, sa bouche qui en aspirait une gorgée, le goût un rien amer sur ses lèvres alors il l'embrassait…

La scène était si vivante qu'il s'en sentit presque étourdi.

Ce n'était pas un simple souvenir. Non, il *revivait* cet instant. Il goûtait *réellement* le café sur la bouche d'Amy. Au point qu'il avait du mal à croire que cela ne se passait pas ici et maintenant. Et qu'arriverait-il s'il poursuivait cette scène ? Eprouverait-il le même désir impérieux de l'embrasser ?

Un gémissement sourd monta de sa gorge.

Oui. Incontestablement.

Amy termina de faire le lit puis s'avança devant le vieux miroir au tain piqué de l'antique coiffeuse.

Jamais ses émotions ne l'avaient plongée dans une telle confusion. Sa tête lui disait de se ressaisir, mais le message de son cœur était d'une nature tout autre, et impossible à ignorer : serait-ce vraiment grave si elle s'abandonnait à ses sentiments et s'autorisait à faire de nouveau l'amour avec Nico ? Si elle acceptait que ce ne soit que pour une fois et sans y accorder trop d'importance, qu'aurait-elle à craindre ?

Elle était une adulte, après tout. Une mère, quelqu'un de responsable professionnellement, pas une gamine incapable d'affronter les aléas de la vie. Et si elle avait des besoins comme toute femme, pourquoi ne pas y céder ? Qui pourrait l'en blâmer, d'autant plus que personne ne le saurait. Ils pourraient passer la nuit ensemble et y prendre plaisir sans que le monde en soit bouleversé pour autant…

Elle sentit la tentation enfler en elle, mais parvint à la juguler. Car, elle le savait, elle serait ensuite hantée par la crainte que sa vie et, pire, celle de Jacob, n'en soit perturbée. Parce que, au bout du compte, ce n'étaient ni ses désirs ni ses besoins qui comptaient, mais ceux de son fils.

Tournant le dos au miroir, elle se dirigea vers la cuisine où elle retrouva Jacob et Nico.

Devant les moustaches de lait qu'arborait Jacob, elle força un sourire amusé à ses lèvres et lui ébouriffa tendrement les cheveux.

— J'espère que tu en as laissé pour Nico ?

— Il adore le lait, ajouta-t-elle à l'intention de ce dernier. Il en boirait des litres par jour si je le laissais faire.

— Pas de soucis de ce côté-là. Un des fermiers du coin m'approvisionne. Encore que ce n'est pas du lait de vache, mais de chèvre. Il n'y a pas de vaches ici, la terre ne leur convient pas.

— Oh ! Et tu aimes ça, Jacob ?

— Oui. Ç'a un drôle de goût au début, mais après ça va. Je peux aller regarder la télé, maintenant ?

— Bien sûr, vas-y.

Dès qu'ils furent seuls, Nico l'observa en inclinant la tête.

— Tu as l'air surprise, Amy. Pourquoi ? Jacob est si difficile que ça ?

— Non, pas du tout. C'est juste qu'il aime tellement le lait de vache que je suis surprise qu'il accepte aussi facilement quelque chose de différent.

— Peut-être est-ce son héritage grec qui fait surface, suggéra Nico avec un sourire. J'ai toujours adoré le lait de chèvre, alors Jacob doit tenir de moi.

— C'est bien possible.

Elle rit avec lui, même si l'idée d'un autre point commun entre le père et le fils lui était douloureuse. Et tandis que Nico leur servait le café, elle songea qu'elle n'avait pas le droit de les séparer, tous les deux. D'ailleurs, quelle raison aurait-elle vraiment de cacher la vérité à Jacob ? Il avait le droit de savoir que Nico était son père.

Quoi qu'il en soit, elle ne pourrait pas tergiverser très longtemps. Il ne leur restait plus qu'une semaine à passer ici, et ce serait stupide d'attendre la dernière minute pour révéler la vérité à leur fils. Jacob aurait ainsi une chance de parler à son père, ce qui serait essentiel s'ils devaient poser les jalons de leur relation à venir.

Elle se sentit frissonner alors qu'elle regardait Nico en train d'ajouter du lait dans son café.

Si elle expliquait la situation à Jacob, Nico et elle devraient aussi fixer certaines règles quant à leur propre relation…

Nico ne parvenait pas à trouver le sommeil. Peut-être était-ce dû au café qu'il avait bu… Il finit par se lever pour sortir sur la terrasse et respirer l'air de la nuit.

Il était minuit passé, et même si l'orage s'était calmé, le vent était frais et la mer toujours très agitée.

Une fois que les dégâts de la tempête seraient nettoyés, tout reprendrait son cours normal. Et lui aussi. Encore que… Il ne lui serait pas facile de faire semblant. Il avait été si près de faire l'amour avec Amy, ce soir… Même si rien ne s'était passé, il ne pouvait ignorer le désir qui l'avait saisi. De toutes les femmes qu'il avait connues, elle était la seule à l'émouvoir ainsi.

Un mouvement attira son attention.

Elle était là, sur la terrasse, appuyée contre la balustrade. Les bourrasques toujours fortes soulevaient ses cheveux, qui dansaient comme une bannière de soie. Elle portait toujours ses vêtements, et il se demanda si elle avait seulement essayé de dormir.

Peut-être l'attendait-elle ?

Il n'eut même pas conscience de bouger et de s'avancer vers elle. Avec le vent, elle ne devait pas l'avoir entendu approcher, mais elle ne frémit même pas lorsqu'il lui posa doucement les mains sur les épaules.

— Amy.

Le vent emporta son nom sitôt qu'il franchit ses lèvres,

mais ils n'avaient pas besoin de mots. Ils n'avaient besoin de rien ni de personne — sauf d'eux.

Se penchant, il pressa sa bouche sur son cou, très doucement. Un baiser qui l'aurait détendue si c'était simplement ce qu'elle avait souhaité. Ce qui n'était manifestement pas le cas. Oh non. Comme elle ouvrait les yeux, il put y lire les mêmes questions que celles qui le tourmentaient : était-ce bien ce qu'ils voulaient ? Devaient-ils s'abandonner à leur désir ? Une nuit de passion suffirait-elle à l'apaiser ?

Il n'existait peut-être pas de réponses, songea-t-il, étrangement résigné, en s'écartant pour lui tendre la main. Rien que des conséquences.

Amy y plaça la sienne, et il la guida vers la porte-fenêtre de sa chambre.

Sur le seuil, il s'arrêta afin de lui accorder le temps de décider, elle aussi. Et quand elle le franchit en l'entraînant avec elle, son soulagement fut aussi fort que sa joie.

Même si tous deux avaient conscience des problèmes auxquels ils seraient confrontés par la suite, cela ne changeait rien au fait qu'ils avaient toujours autant envie l'un de l'autre.

13.

La fraîcheur de la nuit entrait par la porte-fenêtre. Amy entendait les vagues se briser sur la grève et marteler les rochers en un rythme qui semblait faire écho aux battements de son cœur. Curieusement elle n'éprouvait aucune peur. Pour la première fois depuis des jours, elle savait que c'était exactement ce qu'elle voulait faire. Ce qu'elle *devait* faire. S'efforcer d'ignorer ses sentiments ou de les museler était finalement aussi vain que de tenter de remettre du champagne renversé dans sa bouteille. Elle se devait d'affronter ses émotions, de les gérer et d'aller de l'avant — si c'était possible…

A cette idée, un frisson de panique lui parcourut le dos sans toutefois entamer sa détermination. Pas alors que Nico était là, derrière elle.

Elle se retourna lentement, s'autorisant à absorber tous les détails.

Contrairement à elle, il avait dû essayer de dormir, car il portait un pantalon de jogging et un T-shirt large. Devant ses cheveux en bataille et la barbe naissante qui ombrait ses joues, elle sentit son ventre se crisper. Ses yeux sombres rivés sur elle semblaient deux aimants qui l'attiraient inexorablement à lui.

Elle réduisit la distance qui les séparait jusqu'à ce qu'elle perçoive la chaleur de son corps. Il tenait toujours sa main, et elle le sentit desserrer délibérément son étreinte.

Avait-il des scrupules ? S'inquiétait-il des conséquences possibles sur Jacob ? Ou sur lui-même ?

Ces questions et bien d'autres l'étourdissaient, semaient toujours plus le doute en elle.

— Rien ne nous oblige à faire quoi que ce soit, Amy. Pour tout dire, je crois même qu'il est tout à fait décommandé pour nous de franchir ce pas.

L'angoisse dans sa voix l'interpella.

— Tu le crois vraiment ?

— Bien sûr, murmura-t-il en relâchant sa main. Si nous faisons l'amour, il sera d'autant plus difficile pour toi de décider du rôle que je dois jouer dans la vie de Jacob.

— Et… C'est ton seul souci ?

— Le seul, non. Mais le principal, oui.

Son regard se riva au sien.

— Amy… Ce que je ressens ne compte pas. Il s'agit de Jacob et de l'impact que cela peut avoir sur lui. C'est cela qui importe. Je refuse de faire quelque chose que tu regretterais plus tard.

— Alors, pourquoi ne pas en faire une exception ? Une sorte de chant du cygne plutôt que l'amorce d'autre chose ?

— Parce que tu crois sincèrement pouvoir le vivre comme ça ? Tu pourrais faire l'amour avec moi et tourner la page ?

Le pourrait-il, lui ? L'oublier après avoir vécu des instants de volupté avec elle ? L'idée lui était odieuse, mais comment le lui reprocher, alors que c'était ce qu'elle devrait faire elle-même.

Elle eut un petit rire bref qui, du moins l'espérait-elle, masquait sa tristesse.

— Pourquoi pas ? Nous sommes en âge de comprendre que nous n'avons pas besoin d'être follement amoureux pour nous offrir mutuellement du plaisir, non ?

— Donc, ce ne serait rien de plus que ça… Une façon pour nous de combler notre envie l'un de l'autre ? demanda-t-il lentement.

— Exactement. Autant satisfaire notre désir une bonne fois pour toutes et passer à autre chose.

— Mmh… Pourquoi pas ? Après tout, ça nous permettra peut-être ensuite de penser plus rationnellement.

Lui saisissant la main, il l'attira contre lui.

— Je suis prêt à tenter l'expérience. Et toi ?

Elle n'eut pas le temps de répondre, car Nico s'était déjà penché pour l'embrasser.

Un baiser fougueux, auquel elle répondit avec un enthousiasme égal malgré la petite voix intérieure qui lui rappelait que, non, ça ne devrait pas se passer ainsi, qu'ils ne devaient pas faire l'amour pour de mauvaises raisons, au risque de le regretter. Mais à cet instant elle aurait été bien en peine de résister, et elle se contenta de suivre son instinct là où il choisissait de la conduire.

La prenant dans ses bras, Nico la déposa sur le lit, et elle respira la très subtile odeur de lavande des draps. Seule la faible lueur de la lune lui permit de voir, comme en ombre chinoise, Nico se dévêtir.

Quand il s'allongea près d'elle, elle laissa aller ses mains sur ses épaules, sur son torse, reconnut la cicatrice sur son bras — un souvenir de chute de vélo — et sourit.

Elle connaissait ce corps par cœur, elle ne l'avait jamais oublié. C'était comme redécouvrir un chemin qu'on a aimé et qui, on le sait, mène à des plaisirs enivrants.

Ses doigts atteignirent son ventre dur et plat, où ils marquèrent une pause. A l'évidence, Nico s'efforçait de dompter son ardeur. Il avait toujours été un amant généreux, attentif à son désir à elle. Attendrie à cette pensée, elle poursuivit sa progression jusqu'à ce que ses doigts s'enroulent doucement sur son sexe.

— Oh ! Amy…

Sa voix rauque porta son excitation à son comble, et elle se pencha pour s'emparer de ses lèvres. Elle ne voulait pas entendre ce qu'il avait à dire, pas plus ses objections que ses encouragements. Si elle pouvait satisfaire le désir qu'elle avait de lui, du moins le réduire, alors la situation serait plus aisée à comprendre.

Elle sentit une infime résistance de sa part, vite balayée par une avidité égale à la sienne. Et, curieusement, des larmes lui montèrent aux yeux.

Peut-être avaient-ils tort de céder à leur désir, mais elle ne le pensait pas. Pas alors que Nico l'emportait dans le tourbillon de sa passion. Pas alors qu'il lui donnait l'impression, à cette seconde, de l'aimer.

La lune baignait la chambre d'une lueur argentée, les nuages s'étaient dissipés, et la fenêtre ouverte découpait un morceau de ciel d'un noir d'encre piqueté d'étoiles.

Nico, couché sur le dos, laissait son regard s'évader dans le firmament, conscient que cette nuit resterait à jamais gravée dans sa mémoire.

Il avait toujours cru que l'amour n'était pas pour lui, et il découvrait qu'il avait eu tort. Ce soir, il était tombé amoureux d'Amy Prentice — s'il ne l'était pas déjà depuis longtemps sans le savoir.

Se tournant vers elle, il la regarda qui dormait, presque roulée en boule comme un chat, et son cœur se serra.

L'avait-il aimée, neuf ans plus tôt ? Il n'en était pas certain. Anxieux de faire ses preuves, il était alors sourd et aveugle à tout ce qui l'entourait, et surtout à ses émotions. Son seul objectif était de réussir dans sa vie professionnelle, quitte à rejeter tout ce qui pouvait y faire obstacle. Même Amy et leurs enfants. Celui qu'elle avait perdu et celui qu'elle avait mis au monde. Son fils à lui. Jacob. Comment pourrait-il jamais racheter sa lâcheté ? Et comment pourrait-elle jamais lui pardonner suffisamment pour lui faire confiance ? Serait-ce seulement possible alors qu'il n'était pas certain de pouvoir jouer son rôle de père ? Saurait-il en assumer les responsabilités ? Il n'était pas seulement question de sa santé, même si c'était un problème majeur. C'était aussi sa propre éducation qui le tracassait. Il n'avait eu aucun modèle à suivre, aucun souvenir de bons moments passés avec son père, qui ne s'était jamais intéressé à lui et ne s'était pas privé de le lui faire comprendre. Et s'il avait hérité de ses gènes ? Et s'il devait devenir comme lui ? L'idée qu'il puisse gâcher la vie de Jacob le terrifiait.

— Aurais-tu déjà des regrets ?

Amy l'observait avec insistance.

S'il ne souhaitait à aucun prix lui causer de peine, il se refusait aussi à lui mentir.

— Plutôt des doutes.

— Parce que nous avons fait l'amour ?

Il se pencha pour effleurer ses lèvres.

— Non. Pour ça, je n'ai ni doutes ni regrets.

L'idée de refouler ses craintes et de l'étreindre était très tentante, mais il devait résister. Ce qu'il se passait à cet instant était trop important pour Jacob et son bonheur à venir.

— Alors, lesquels ?

Elle exprimait une telle anxiété, soudain, qu'il s'en voulut de l'affoler ainsi.

En soupirant, il l'attira contre lui.

— J'ai peur de ne pas être un père à la hauteur pour Jacob, avoua-t-il bien qu'il ne lui soit pas facile de mettre ainsi son âme à nu.

Jamais encore il n'avait évoqué son enfance malheureuse. Même avec sa sœur, il avait toujours évité d'en parler. Le faire lui aurait donné l'impression d'être totalement vulnérable. Toutefois, Amy méritait de connaître la vérité avant de pouvoir prendre sa décision. Après tout, il devait tenir de Christos Leonides, ne serait-ce que parce qu'il n'avait jamais voulu d'enfants.

— Je ne t'ai jamais parlé de mon père, commença-t-il après avoir pris une forte inspiration. C'était un homme froid et brutal. La seule chose qui a toujours compté pour lui, c'est l'argent. Et c'est aux moyens de le gagner qu'il a consacré sa vie. Il ne s'est jamais occupé de ma sœur et de moi quand nous étions enfants. Aucune affection, aucun attachement pour nous. J'ai peur de fonctionner comme lui avec Jacob.

Elle secoua aussitôt la tête.

— Je te rassure tout de suite, Nico. Il n'y a aucun danger que ça arrive. Je t'ai vu faire, avec lui. Tu es attentionné, tu le soutiens, tu l'encourages…

— Aujourd'hui, oui. Mais plus tard ? Je pourrais avoir une réaction épidermique en découvrant que je suis un père. Qui peut dire ce qu'il arrivera une fois que je me serai habitué à cette idée ?

— Nico, arrête, dit-elle en soupirant. Tu n'es pas le Dr Jekyll, et tu ne te transformeras pas en Mr Hyde. C'est ridicule !

— Pourquoi ? Qui te dit que je n'ai pas hérité des gènes de mon père et que je serai capable d'aimer Jacob comme il le mérite ?

Brusquement, elle s'assit dans le lit.

— En fait, tu as peur, n'est-ce pas, Nico ? Tout à coup, tu te rends compte que si tu endosses ce rôle de père, c'est toute ta vie qui en sera transformée, et tu n'es pas certain d'aimer cette idée.

— Ce n'est pas ça, Amy, objecta-t-il.

Mais elle refusa de l'écouter. Sautant du lit, elle attrapa ses vêtements et commença à se rhabiller.

— Epargne-moi tes arguments mesquins. Je vois très bien ce que tu veux dire. Et je suis soulagée que nous ayons réglé ce problème avant que Jacob ne se soit trop attaché à toi.

Elle quitta la chambre sans rien ajouter.

Sur le point de la rattraper, il s'immobilisa, la mort dans l'âme.

Qu'aurait-il à lui dire de plus ? Il ne pourrait pas en toute honnêteté lui promettre d'être toujours là pour Jacob. Car, même s'il ne suivait pas les traces de son père, il ne pouvait pas ignorer sa propre santé. Il se sentait en très bonne forme, d'accord, mais rien ne garantissait qu'il le reste longtemps. Il avait déjà eu un infarctus et avait de forts risques d'en subir un autre, même s'il prenait scrupuleusement ses remèdes et menait une vie aussi saine que possible. Serait-il raisonnable de nouer une relation père-fils s'il devait disparaître dans les années à venir ?

Il se laissa lourdement retomber sur le lit, accablé par un désespoir sans nom alors qu'il était impitoyablement confronté à la réalité : non seulement il devrait sortir de la vie de Jacob, mais aussi de celle d'Amy.

La route fut rouverte en fin de matinée.

Amy rassembla ses affaires et celles de Jacob pour les porter dans la voiture. Elle refusait délibérément de réfléchir à ce qu'il s'était passé entre elle et Nico quelques heures plus tôt, repoussant à plus tard l'impact de ce qui avait été dit.

— Tu n'as rien oublié ? lui demanda Nico.

— Non, je crois que j'ai tout pris.

Il ouvrit la portière, et elle s'assit en évitant son regard alors qu'elle réglait sa ceinture de sécurité après s'être occupée de celle de Jacob.

D'un accord tacite, ils s'évitaient depuis leur discussion.

D'ailleurs, qu'auraient-ils eu à se dire de plus ? La position de Nico était désormais très claire : il ne voulait pas jouer le moindre rôle dans la vie de Jacob, et de ce fait, il la rejetait aussi. Pourquoi devrait-elle en être étonnée ? Ce n'était finalement qu'une répétition de ce qu'il s'était passé neuf ans plus tôt, ni plus ni moins, songea-t-elle en essuyant furtivement ses larmes afin que Jacob ne les voie pas. Il n'était pas question qu'il soit blessé, d'une manière ou d'une autre. Elle préférait encore qu'il n'apprenne jamais la vérité plutôt qu'il ne découvre que son père ne voulait pas de lui.

— Pourquoi on reste pas ? demanda Jacob. On pourrait retourner dans les grottes cet après-midi, hein, Nico ?

— Je crois que non, mon bonhomme, répondit celui-ci en bouclant à son tour sa ceinture.

Sa voix trahissait une certaine gêne.

Se sentait-il coupable de rejeter son fils ? Non. Depuis quand aurait-il des scrupules ? Et même des émotions ? Cet homme, neuf ans plus tôt, n'avait eu aucun mal à les évacuer de sa vie, elle et son fils. Alors, pourquoi en serait-il autrement aujourd'hui ?

— Il faut que j'aille à la clinique. Mais je suis sûr que ta mère te proposera quelque chose d'excitant à faire.

Jacob baissa la tête, visiblement déçu, avant de la relever soudain.

— Et ce soir ? T'y vas pas, le soir, à ta clinique, hein ?

— Arrête, Jacob, intervint-elle. Nico n'a pas le temps de s'occuper de nous, il a bien d'autres choses à faire.

Comme il s'apprêtait à protester, elle l'arrêta en levant la main.

— J'ai dit non, Jacob. Ça suffit, maintenant.

Plus vite ils rentreraient à la pension, mieux ce serait. Il ne leur restait plus que quelques jours à passer ici. Ensuite, ils quitteraient l'île et reprendraient leur vie habituelle.

— J'ai vraiment tout gâché, hein ?

Nico s'était exprimé à voix basse afin que Jacob ne l'entende pas, mais elle frémit malgré tout.

Elle savait qu'il serait stupide de prendre ses justifications au sérieux et d'imaginer qu'il soit réellement désolé. Nicolaus Leonides ne s'était jamais intéressé à personne d'autre qu'à lui-même.

Dieu merci, il n'ajouta rien durant le reste du trajet. Il les déposa devant la pension Marina et s'excusa brièvement de ne pas pouvoir rester en raison de son planning bousculé. Soulagée, elle s'empressait d'ouvrir sa portière, quand il la retint en posant la main sur son bras.

— Je regrette, Amy. Je regrette vraiment.

Que pouvait-elle répondre ? Rien. Rien qui puisse soulager la douleur d'être rejetée une seconde fois.

Elle repoussa sa main et sortit de la voiture pour aider Jacob à en descendre.

Croisant le regard de Nico, elle y vit une telle détresse qu'elle faillit flancher. Mais pas question. S'il avait eu des sentiments pour elle, de *vrais* sentiments, jamais il ne les aurait abandonnés, elle et son fils.

Elle saisit la main de Jacob et gravit les quelques marches de l'entrée.

Le grondement du moteur, le crissement des graviers sous les pneus… Nico s'en allait, mais elle ne se retourna pas.

Pour la seconde fois, il ressortait de sa vie. Mais, cette fois-ci, elle s'assurerait qu'il n'y revienne jamais.

14.

Nico avait l'impression d'évoluer dans une nappe de brouillard, en mode automatique.

Le regard d'Amy, lorsqu'il l'avait déposée avec Jacob à l'hôtel, le hantait. Il avait failli à plusieurs reprises aller la trouver pour lui expliquer la raison de son attitude, avant d'y renoncer. Même si elle le croyait, ça ne changerait rien. En fait, Jacob s'en sortirait mieux sans lui. Tout ce qu'il réussirait à faire serait d'appliquer un peu de baume sur sa propre conscience.

Leur départ approchait. Jacob avait dit qu'ils voleraient de nuit, ils prenaient donc sans doute le ferry de midi pour retourner sur le continent.

Ne voulant pas y songer, il choisit d'adresser un e-mail à un confrère d'Athènes.

Il avait pris sa décision : il exercerait de nouveau en tant que chirurgien-plasticien. Non seulement c'était ce qu'il savait faire, mais cela exigerait de lui une telle concentration qu'il finirait par oublier le gouffre qu'allait creuser leur absence dans sa vie. Du moins l'espérait-il.

Les valises étaient bouclées depuis la veille au soir. Aussi, quand Amy descendit avec Jacob pour le petit déjeuner, ne restait-il plus grand-chose à faire pour leur dernier jour.

Elle n'avait pas vu Nico depuis trois jours, et le temps ne lui avait jamais paru aussi long. Il était constamment dans ses pensées, elle ne cessait de revivre les instants de plaisir qu'elle avait vécus dans ses bras. C'était comme si les années qui les avaient séparés n'avaient jamais existé : elle retrouvait la même douleur, la même tristesse que lorsqu'il l'avait quittée, presque neuf ans plus tôt. Et s'il lui était difficile de se montrer enjouée devant Jacob, elle faisait de son mieux pour ne pas l'inquiéter.

La famille Roberts était déjà dans la grande salle à leur arrivée, Donna en train de tâter les figues dont elle perçait la peau du bout de ses longs ongles d'un rouge flamboyant.

— Je serai heureuse de retrouver des repas décents, soupira-t-elle quand Amy la rejoignit devant le buffet. C'est vrai, quoi. Quelle idée de proposer ce genre de chose au petit déjeuner ? Harvey attend avec impatience d'avoir de nouveau son bol de céréales favorites.

Pour toute réponse, Amy esquissa un mince sourire.

La dernière chose qu'elle souhaitait était d'être entraînée dans une discussion sur les mérites du régime alimentaire des enfants de Donna.

— Votre fils, lui, doit aimer ce genre de chose, insista Donna. C'est naturel, pour lui.

Perplexe, Amy se tourna vers elle. Que voulait-elle dire ?

— Pardon ?

— Eh bien oui. Il est grec, n'est-ce pas ? Enfin, du côté de son père, en tout cas. Parce que c'est bien le fils du Dr Leonides, non ? C'est son portrait craché. Le docteur ne peut pas le renier, ils se ressemblent comme deux gouttes d'eau, tous les deux.

Ne sachant que répondre, Amy emporta son plateau, mais ses mains tremblaient lorsqu'elle le posa sur la table.

Penser que Jacob aurait pu découvrir la vérité ainsi s'il

avait été à portée d'oreille la faisait frémir. Elle dut pourtant avaler son petit déjeuner comme si de rien n'était, en se rassurant du mieux qu'elle le pouvait : plus que deux heures à passer sur cette île, et ensuite le problème ne se poserait plus.

Ce qui s'appelait prendre ses désirs pour des réalités…

Une demi-heure plus tard, elle s'arrêta à la réception pour demander à Helena de lui commander un taxi pour 11 h 30 qui les conduirait Jacob et elle au ferry.

— Philo et moi avons vraiment été heureux de vous avoir ici, lui dit spontanément Helena. Et nous comptons bien vous revoir bientôt.

Amy la remercia en souriant, la gorge serrée.

Jamais elle ne reviendrait à Constantis, du moins pas tant que Nico y serait. Il lui faudrait un jour révéler la vérité à Jacob, bien sûr, mais pas maintenant. Elle attendrait quelques années pour pouvoir lui en parler sans émotion. De plus, il pourrait alors mieux comprendre la complexité de la situation. Du moins l'espérait-elle.

Après avoir rejoint Jacob dehors, elle l'emmena à la plage se baigner une dernière fois, se forçant à repousser les idées noires qui l'assaillaient. Nico avait été clair : il ne voulait rien avoir affaire avec leur fils, donc elle n'avait pas le choix : pour Jacob, mieux valait encore qu'il n'ait pas de père plutôt que d'en avoir un qui ne s'intéresse pas à lui.

Nico ne comptait pas revoir Amy et Jacob avant leur départ. Il avait dit tout ce qu'il avait à dire, et même si cela lui était insupportable, il devait s'en tenir à sa décision. Jacob s'en sortirait bien mieux sans lui, et Amy aussi. Au moins pourraient-ils envisager plus librement leur avenir.

Ça le surprenait tout de même qu'Amy n'ait pas refait sa vie avec un autre homme. Avec toutes ses qualités, pourquoi était-elle toujours seule ?

Mais qu'en savait-il, après tout ? Peut-être avait-elle quelqu'un dans sa vie qui attendait impatiemment son retour ?

Cette idée le tarabusta toute la matinée. Jusqu'à ce qu'une alerte pour intoxication alimentaire dans un des hôtels de la côte le force à la reléguer dans un coin de son esprit.

Les personnes concernées n'étant pas en état de se rendre par elles-mêmes à son cabinet, il se déplaça lui-même avec Sophia. Il leur fallut s'occuper de trente-trois personnes souffrant de vomissements et de diarrhées, sans compter celles dont les symptômes risquaient de se déclencher à retardement. Il passa son temps à distribuer des conseils ainsi que des sachets de sel de réhydratation orale, à commencer par les plus menacés — les jeunes enfants, les vieillards et les infirmes. Ce genre de problème pouvait rapidement dégénérer. Il expliqua au directeur de l'hôtel qu'il devait impérativement informer les autorités concernées et que, par conséquent, des contrôles seraient effectués dans les cuisines de l'établissement afin que l'origine de l'intoxication soit déterminée. Lorsque Sophia et lui furent de retour à la clinique, il appela aussitôt l'inspecteur de la santé publique pour lui expliquer la situation.

Comme il raccrochait, il regarda l'heure.

15 heures passées. Amy et Jacob devaient être en route pour l'aéroport. Et une chose était certaine : il ne les reverrait plus.

Une pensée qui pesa lourdement sur ses épaules alors qu'il se dirigeait vers la réception, où Theodora lui tendit plusieurs messages arrivés en son absence. Heureusement, aucun n'était urgent, cela pourrait attendre le lendemain.

— Nico !

Se retournant, il vit Amy, hors d'haleine, courir vers lui.

Il la soutint alors qu'elle se jetait presque dans ses bras.

— Quoi ? Que se passe-t-il ?

— C'est Jacob. Il… Il a disparu. Je ne le trouve nulle part !

La panique la rendait hors d'haleine.

Il l'entraîna dans son bureau, la fit asseoir et s'accroupit devant elle.

— Essaie de te calmer et dis-moi ce qu'il s'est passé, lui conseilla-t-il avec un calme qu'il était loin de ressentir.

Elle hocha la tête et prit une forte inspiration.

— J'avais loué un taxi pour nous conduire au port, expliqua-t-elle non sans mal. Je voulais être sûre qu'on y soit à l'heure.

Après ce qu'il lui avait confié, il pouvait comprendre qu'elle soit anxieuse de repartir.

— D'accord. Et alors ?

— Il est arrivé en retard. On a dû courir quand on est arrivés. Presque tous les passagers avaient déjà embarqué, alors j'ai dit à Jacob de rester près de moi, et j'ai couru pour gravir la passerelle avec notre valise.

Comme elle s'interrompait pour respirer, il serra doucement sa main dans la sienne.

— Prends ton temps, Amy. Je comprends que ce soit très dur pour toi, mais je dois savoir exactement ce qu'il s'est passé.

— Oui. Donc… Il y avait d'autres gens en retard, comme nous, et tout le monde essayait de monter à bord en même temps. Un moment, j'ai cherché Jacob des yeux, et je l'ai vu au pied de la passerelle. Je croyais qu'il me suivait, mais quand j'ai réussi à atteindre le pont, il avait disparu.

Elle secoua la tête et essuya ses joues mouillées.

— J'ai cherché partout, j'ai demandé aux gens, à l'équipage s'ils l'avaient vu, j'ai remué ciel et terre, mais on ne l'a pas retrouvé. Le ferry avait quitté le port, alors, et le capitaine m'a expliqué qu'il ne pouvait pas faire demi-tour. J'ai dû aller jusqu'à Athènes et revenir sur le même bateau. Je priais pour que Jacob m'ait attendue sur place, mais non… Et personne ne l'a vu nulle part ! Oh ! Nico…

Lui prenant les mains, elle lui enfonça presque les ongles dans la paume.

— Où est-il, Nico ? Qu'est-ce qu'il lui est arrivé ?

15.

Amy s'efforça de recouvrer un semblant de calme pendant que Nico expliquait la situation à l'officier de police, lequel promit de se mettre séance tenante à la recherche de Jacob avec son équipe. Non sans leur avoir assuré que, compte tenu de la taille de l'île, il ne devait pas être bien loin.

— Il m'appellera dès qu'ils l'auront trouvé, annonça Nico en revenant dans son bureau après l'avoir raccompagné.

Ses traits étaient tirés par l'inquiétude qui marquait sûrement les siens aussi.

Elle en fut surprise malgré elle : pourquoi devrait-il se sentir aussi concerné, alors qu'il n'avait jamais voulu de cet enfant ? Son affection pour Jacob était manifeste, ce qui rendait d'autant plus incompréhensible la décision qu'il avait prise de ne pas intervenir dans sa vie.

A moins que… A moins que ce ne soit la perspective de devoir continuer à la voir, elle, qui lui ait posé problème ? Nico avait peut-être eu envie de jouer son rôle de père, mais sans se sentir contraint de poursuivre une relation avec elle ?

Cette idée, en plus de ce qu'elle vivait à cet instant, fut la goutte qui fit déborder le vase. Un sanglot monta de sa gorge, puis un autre, et brusquement ce fut comme un barrage qui cède. Toute la douleur, toutes les désillusions qui s'étaient accumulées en elle ces derniers jours se déversèrent sans qu'elle soit capable de les contenir plus longtemps.

Nico voulut aussitôt la prendre dans ses bras, mais elle le repoussa en se levant.

Il pouvait garder sa pitié. Elle ne voulait rien de lui qui lui soit inspiré par le sens du devoir.

— Je n'ai pas besoin que tu me consoles, Nico ! Je sais très bien comment tu me considères, alors inutile de faire semblant.

— Comment je te considère ? Que veux-tu dire ?

— Que je suis une gêne pour toi ! Non seulement j'ai donné le jour à un enfant dont tu ne voulais pas, mais j'ai eu le culot de débarquer ici et de semer une fois de plus la pagaille dans ta vie. A la rigueur, ajouta-t-elle sur un ton sarcastique, tu aurais pu accepter Jacob, mais pas si j'étais incluse dans le lot. Ç'aurait été trop lourd pour toi, n'est-ce pas ? C'était plus facile, au bout du compte, de nous tourner carrément le dos à tous les deux !

— Tu as faux sur toute la ligne, Amy ! C'en serait même comique si ce n'était pas aussi insultant.

Elle recula instinctivement devant ses yeux brillant de colère. Et pas seulement de colère. Il y avait autre chose dans son regard. De l'angoisse, du désespoir.

— Ce n'est pas à cause de toi que j'ai renoncé à intervenir dans la vie de Jacob. Au contraire, si j'avais eu besoin d'une bonne raison, tu aurais été la plus puissante de toutes. J'ai dû me battre avec moi-même et me rappeler constamment que seul le bien-être de Jacob comptait, et non ce que *je* souhaitais.

Son cœur battit plus vite.

— Ce que tu souhaitais ? répéta-t-elle, déconcertée. Je ne comprends pas. Que veux-tu exactement, Nico ?

— Toi.

Nico pria intérieurement pour ne pas commettre une erreur qui gâcherait tout, mais il en avait assez de feindre. Le moment était venu de dire la vérité, et si ce n'était pas ce qu'Amy voulait entendre, eh bien, tant pis.

— Je t'aime, Amy. Je suis prêt à tout pour vivre avec toi, mais pas au point de faire du mal à Jacob.

— Tu… Tu *m'aimes* ?

Elle semblait sceptique, et comment l'en blâmer puisqu'il l'avait rejetée à deux reprises. Il allait devoir la convaincre, sinon qu'il disait vrai, tout du moins ne pas douter de sa bonne foi.

Il prit ses mains dans les siennes.

— Oui, je t'aime. Comme un fou. J'en ai pris conscience quand nous avons passé cette nuit ensemble, même si je t'aimais déjà avant. Je l'ignorais encore, ou bien je n'étais pas prêt à l'admettre.

— Je… Je ne sais pas quoi te dire…

Il lui pressa les mains avant de les relâcher.

— Dans ce cas, ne dis rien.

Il n'avait aucune intention de lui arracher une réponse maintenant. Pas alors que leur principal souci, pour l'instant, était de retrouver Jacob. Et puis, il avait tout à fait conscience de ne pas mériter son amour après la façon dont il s'était comporté avec elle.

— Dans l'immédiat, seul compte Jacob. D'abord, dans quel état d'esprit était-il ? As-tu remarqué quelque chose d'inhabituel chez lui ?

— Je… Je n'en sais rien.

Sa déclaration l'avait manifestement ébranlée. Et sa surprise ne confirmait-elle pas que son amour n'était pas partagé ?

— Etait-il excité à la perspective de rentrer et de retrouver ses amis ?

— Il l'était ce matin, oui, mais… Maintenant que j'y pense, il était très calme quand on est revenus de la plage. Ce qui ne lui ressemble pas.

— Il s'est passé quelque chose, là-bas ? Tu ne l'as pas disputé pour une raison ou une autre ?

— Non. On s'est baignés, et ensuite il a joué avec les

enfants Roberts. Mais, comme je viens de le dire, il m'a juste paru un peu distant quand on est rentrés à l'hôtel pour se doucher avant d'aller au port.

— Mmh... Et pourquoi penses-tu qu'il puisse être ici ?

— Parce qu'il voulait absolument te revoir. Ce matin encore, dans le taxi qui nous conduisait au ferry, il m'a demandé si tu étais à ta clinique aujourd'hui. Je lui ai dit que oui, sans doute, mais qu'il était de toute façon trop tard pour passer te voir.

— Donc, il est possible qu'il soit venu ici me chercher, réfléchit-il à voix haute.

Il avait le cœur serré à l'idée que Jacob tenait à garder le contact avec lui. Avait-il eu raison de ne pas intervenir dans sa vie ? Il avait cru alors que c'était préférable, mais il n'en était plus si sûr à présent.

— Oui. Sauf que tu l'aurais vu, non ?

Rapidement, il lui expliqua le problème d'intoxication alimentaire à l'hôtel.

— Et, dans ce cas, en ne voyant pas ma voiture, il a pu supposer que je n'étais pas là.

— Et, donc, il ne serait pas entré, suggéra-t-elle. Tu crois qu'il aurait pu chercher à aller chez toi, alors ? C'est loin, il n'aurait pas su comment s'y rendre...

— Je crois qu'il faut tout de même chercher dans ce sens.

Déterminé, il décrocha le téléphone pour appeler le commissariat, où il expliqua rapidement les faits à son interlocuteur, qui lui promit d'envoyer quelqu'un chez lui pour voir si Jacob y était. Après avoir raccroché, il attrapa ses clés et fit signe à Amy de le suivre.

— Je t'emmène directement là-bas. Si ça se trouve, il est sagement assis sur les marches en train de nous attendre.

— Que le ciel t'entende, murmura-t-elle d'une voix tremblant d'émotion.

Impulsivement, il l'attira pour l'embrasser sur la tempe.

— Nous le retrouverons, Amy. Je te le promets.

Il l'entraîna vers la voiture après avoir informé Theodora de l'avertir séance tenante si un jeune garçon venait demander à le voir. C'était peu probable, mais mieux valait tout envisager. S'il avait laissé parler son instinct au lieu de sa tête, ils n'en seraient pas là. Il n'aurait jamais dit à Amy qu'il ne voulait plus rien avoir à faire avec Jacob, et dès qu'il l'aurait retrouvé, il avait bien l'intention de rectifier la situation.

Si elle l'y autorisait.

— J'ai du mal à croire qu'il ait pu marcher jusqu'à la ferme, grommela Nico.

Amy, assise à côté de lui dans la voiture, les mains crispées l'une contre l'autre, tourna les yeux vers lui.

Il exprimait ses propres craintes.

— Moi aussi. Mais alors, où pourrait-il aller ? Il ne connaît pratiquement rien, ici, à part l'hôtel et chez toi…

— Et les grottes ! s'exclama brusquement Nico. Il sait qu'il m'arrive d'y aller quand je ne travaille pas. Tu crois qu'il aurait eu l'idée de m'y rejoindre en ne voyant pas ma voiture devant la clinique ?

— Je ne sais pas… Mais pourquoi pas ?

— Autant vérifier. En plus, c'est sur le chemin.

Il tourna pour emprunter un raidillon cahoteux qu'il descendit à toute vitesse vers la baie, stoppa et jaillit de la voiture pour courir au bord de la falaise d'où le sentier dévalait vers la crique.

Elle le suivit en hâte et s'abrita les yeux de la main pour examiner le sol en contrebas.

— Regarde, là-bas ! s'exclama-t-elle immédiatement. La tache rouge sur la corniche. Jacob avait un T-shirt rouge, aujourd'hui.

— Oui. Je le vois ! C'est sûrement lui.

Sans hésiter, il s'engagea le long de l'étroit chemin. Des

pierres roulèrent sous ses pieds, mais il ne ralentit pas, ignorant le danger.

Elle retint son souffle lorsqu'il sortit du sentier pour se diriger vers la corniche. A cet endroit, la paroi s'était effondrée, et il lui serait impossible de se raccrocher à quoi que ce soit s'il glissait. Il s'approcha prudemment du bord, et elle eut du mal à contenir son cri lorsqu'elle le vit écarter des buissons, découvrant ainsi Jacob roulé en boule sur la mince saillie. Elle s'apprêtait à descendre vers eux lorsque Nico éleva la voix dans sa direction.

— Il respire, mais il est inconscient. Amy, tu peux appeler la clinique ? Le numéro est en évidence sur le tableau de bord. Il nous faut une ambulance, et le plus vite possible.

Elle courut jusqu'à la voiture, prit le portable de Nico dans le vide-poches et composa le numéro. La réceptionniste, après qu'elle lui eut expliqué la situation et l'endroit où ils se trouvaient, lui promit de faire en sorte qu'une ambulance se mette en route aussitôt.

— Les secours arrivent, annonça-t-elle à Nico lorsqu'elle revint en haut du sentier.

— OK. A mon avis, il s'est cogné la tête en tombant. Il va falloir faire un scanner. Et, pour ça, on va devoir aller sur le continent.

— Il s'en sortira, n'est-ce pas, Nico ? dit-elle, anxieuse, tout en cherchant comment elle pourrait les rejoindre.

Mais Nico, devinant sans doute son intention, secoua la tête.

— Tu restes là-haut. Il n'y a pas assez de place pour deux sur ce rebord, qui n'a pas l'air très stable, en plus.

Elle se sentait malade d'appréhension devant la paroi à pic sous Nico et Jacob. Ils n'auraient pas la moindre chance si la saillie devait céder. Et l'ambulance qui mettait des heures à arriver. Enfin, elle entendit la sirène et se précipita vers les infirmiers pour les guider sitôt qu'ils descendirent du véhicule. Des pompiers arrivèrent peu après, équipés de cordes et de harnais. L'opération de sauvetage fut mise en place en un temps record.

Jacob fut remonté le premier, bien sanglé sur une civière qui fut hissée le long de la paroi. Et il avait l'air si petit, si vulnérable, qu'elle ne put contenir ses larmes alors qu'elle se penchait pour l'embrasser.

A cet instant, il ouvrit les yeux et la fixa d'un air égaré.

— Maman…

— Tout va bien, mon chéri. Tu ne crains plus rien, maintenant. On va t'emmener à l'hôpital pour être sûr que tu ne t'es pas fait mal, d'accord ?

— Il est là, Nico ?

— Oui. Il sera là dans une seconde. On est en train de l'aider à remonter, et… Tiens, le voilà, justement.

Jacob voulut se redresser, mais elle le repoussa gentiment. Tant qu'il n'aurait pas été examiné, il devrait rester aussi immobile que possible.

Elle s'écarta pour laisser Nico s'accroupir devant lui.

— Alors, mon gars… Comment te sens-tu ?

— J'ai mal à la tête, marmonna Jacob, dont les yeux se fermèrent tout seuls.

Sans perdre de temps, Nico fit signe aux ambulanciers de charger la civière dans le véhicule avant d'inviter Amy à s'asseoir à l'arrière.

— Je pars en avant pour organiser son transport sur le continent le plus vite possible.

— Il y a plus d'une heure de bateau, observa-t-elle, anxieuse.

— C'est pour ça que je demanderai qu'on l'y transfère en hélico.

Avant de courir jusqu'à sa voiture, il se pencha et l'embrassa fugacement sur les lèvres.

— Il s'en sortira bien, Amy. Je ferai tout ce qui est en mon pouvoir pour cela.

Elle souhaitait plus que tout le croire, mais elle connaissait

mot, joignirent leurs forces pour prier afin que Jacob se sorte bien de cette épreuve.

Au matin, Amy était épuisée. Nico et elle avaient passé la nuit au chevet de Jacob. Elle aurait pu dormir plus confortablement dans la salle prévue pour les familles, mais elle avait tenu à rester près de lui afin d'être là à son réveil.

Elle releva la tête pour observer l'infirmière qui venait contrôler les signes vitaux du petit garçon.

Le cerveau présentait un léger œdème. Nico lui avait expliqué que le chirurgien envisageait de maintenir Jacob sous sédation afin de donner à son cerveau le temps de guérir et de faciliter son rétablissement. Elle avait beau savoir que c'était la procédure habituelle, elle ne serait pas rassurée tant que Jacob n'aurait pas rouvert les yeux. Elle saurait alors que tout irait bien, mais l'attente lui était insupportable.

Une fois sa tâche terminée, l'infirmière ressortit non sans leur avoir adressé un sourire d'encouragement.

Le personnel avait été fantastique et très prévenant. Tous savaient manifestement que Jacob était le fils de Nico. Ce dernier leur avait-il parlé ou avaient-ils simplement remarqué la ressemblance entre eux deux ? Peu importe. L'essentiel était que Jacob se relève sans problème de cet accident.

Comme de nouvelles larmes lui montaient aux yeux, Nico s'approcha d'elle pour lui presser l'épaule.

— Il s'en sort bien, Amy. Ses constantes sont correctes, et il tient très bien le coup.

— Dieu merci, dit-elle avec un sourire vacillant. Je ne m'étais jamais rendu compte du stress que représente ce genre de veille. L'esprit a la très fâcheuse faculté de te présenter les scénarios les plus horribles.

— C'est sûr. Mais j'ai la conviction que toute cette histoire aura une fin heureuse pour nous tous.

— Tu as changé d'avis, finalement, remarqua-t-elle. Tu ne voulais pas t'impliquer dans la vie de Jacob, mais…

— Mais je me suis ravisé, oui. Si tu es d'accord, bien sûr.

— Oh oui ! Je le souhaite même de tout mon cœur. Si tu es certain que c'est ce que tu veux vraiment.

— C'est mon plus cher désir. Je veux être un vrai père pour Jacob, et je veux aussi faire partie de ta vie, Amy. Si tu le souhaites, bien sûr.

— Rien ne me comblerait plus de joie.

— Oh ! Amy…

Il l'attira contre elle, et elle put sentir son cœur battre à l'unisson du sien.

— J'ai du mal à croire que tu es disposée à me donner une nouvelle chance. Et je suis prêt à tout pour me racheter à tes yeux.

— Tu l'as déjà fait. Tu as accepté d'être le père de Jacob, et je sais que tu l'aimeras comme moi. Que pourrais-je demander de plus ?

— Je ne te mérite pas, dit-il avec un soupir. Le souci, c'est ma santé et l'impact qu'un infarctus fatal aurait sur Jacob et sur toi. Je ne supporte pas l'idée que vous souffriez à cause de moi…

— Chut, fit-elle en posant les doigts sur ses lèvres. Pourquoi se tourmenter pour quelque chose qui n'arrivera peut-être jamais ? Bien sûr, tu es sans doute plus fragile qu'un autre, mais aujourd'hui tu es en pleine forme, et c'est tout ce qui compte. Nous allons nous concentrer sur Jacob et former des projets pour les années à venir.

Lui prenant la main, il déposa un baiser dans sa paume.

— Merci… Merci de m'avoir offert ce merveilleux cadeau qu'est Jacob, et merci d'être toi. J'ai tellement de chance, Amy ! Je suis l'homme le plus heureux du monde.

— Et moi la femme la plus comblée, murmura-t-elle.

Deux ans plus tard…

— Hé ! Attention !

Amy courut sur la pelouse et souleva sa fille avant qu'elle ne bascule dans la petite piscine gonflable.

A onze mois, Luisa venait juste d'apprendre à marcher, et elle prenait un grand plaisir à explorer son univers.

— Je vais m'occuper d'elle, m'man.

Jacob abandonna le match de foot qu'il disputait avec ses cousins pour venir chercher sa petite sœur. Lui prenant la main, il l'aida à enjamber le bord de la piscine et entra dans l'eau avec elle.

Amy sourit en les entendant rire aux éclats.

— Jacob est une vraie mère poule avec sa sœur, hein ? remarqua Nico en venant s'asseoir sur l'herbe à côté d'elle.

— Oh oui ! Il est vraiment fou de sa sœur.

Jacob s'était rapidement remis de son traumatisme crânien sans en garder de séquelle. Il avait été aux anges d'avoir la confirmation que Nico était son père, ce qu'il espérait en secret à de nombreux indices.

Comme prévu, Nico avait repris un poste de chirurgien esthétique à l'hôpital à mi-temps. Il refusait de laisser sa carrière interférer avec sa vie familiale et passait le plus de temps possible avec Jacob et Luisa. Elle-même avait tous les jours l'occasion de découvrir le père et le mari merveilleux qu'il était. Elle remerciait chaque jour le ciel du bonheur qui lui était offert. Nico et elle étaient désormais mariés depuis presque deux ans, et ces deux années avaient été les plus belles qu'elle ait vécues.

Après être retournée quelque temps en Angleterre pour y régler ses affaires, elle était vite revenue à Constantis où elle avait remplacé Sophia à la clinique jusqu'à ce qu'elle soit enceinte de cinq mois de Luisa. Elle était ravie d'accueillir ses parents et ses amis ici, mais l'Angleterre ne lui manquait pas. Elle avait trouvé le bonheur sur cette île avec Nico, et elle ne regrettait rien de ce qu'elle avait laissé là-bas.

Quant à Nico, sa relation avec son père s'était curieusement améliorée. Christos Leonides faisait l'effort de maintenir le contact avec eux et paraissait même prendre un certain plaisir à voir ses petits-enfants et à jouer avec eux. Quoique modérée, cette ouverture avait permis à Nico de tourner le dos au passé et à se concentrer sur l'avenir. Un avenir si plein de promesses qu'elle devait parfois se pincer pour s'assurer qu'elle ne rêvait pas.

Alors que Nico se penchait vers elle, elle sentit son cœur se gonfler d'amour et de gratitude pour tout ce qu'il lui avait offert.

— Jacob est fou de sa sœur comme moi je suis fou de toi, dit-il en prenant son visage dans ses mains pour l'embrasser avec une tendresse qui lui fit presque monter les larmes aux yeux. Je t'aime, mon amour. Maintenant et toujours.

— Moi aussi, je t'aime, Nico. Pour l'éternité, chuchota-t-elle sous son baiser.

NANCY ROBARDS THOMPSON

Le choix du Dr Thayer

Traduction française de
GENEVIÈVE BLATTMANN

BLANCHE

HARLEQUIN

Titre original :
CELEBRATION'S FAMILY

Ce roman a déjà été publié en 2016.

1.

Une enchère de célibataires ?

Le Dr Liam Thayer attendit que Cullen Dunlevy, chef du personnel du Celebration Memorial, et la jolie blonde à son côté se mettent à rire et lui annoncent qu'ils le mettaient simplement en boîte. Histoire de se détendre un peu après la séance d'information organisée au pied levé.

Ce qui serait bienvenu. Après la matinée qu'il venait de vivre, un peu de distraction pour alléger son humeur ne serait pas du luxe. Pour commencer, les jumelles, Amanda et Calee, n'avaient pas voulu sortir du lit. Puis, cinq minutes avant de quitter la maison, Amanda s'était rappelée qu'elle était censée apporter des muffins pour la réunion du club prévue après l'école.

Afin de les secouer un peu, il leur avait promis que, s'ils partaient à l'heure, ils pourraient s'arrêter à la boulangerie. C'était alors que le chien avait filé par la porte restée entrouverte, ce qui l'avait obligé à courir pendant dix bonnes minutes avant de le rattraper et de le ramener à la maison.

Ils avaient dû oublier les muffins et étaient encore un peu sur les nerfs quand ils s'étaient arrêtés devant l'école. Sauf Calee, bien sûr, qui vivait comme toujours dans son petit univers de fées et de princes charmants. Tant qu'elle pouvait danser, le monde était pour elle un endroit merveilleux. Elle tenait tellement de sa mère, qui avait elle-même été ballerine avant d'abandonner sa carrière pour l'épouser et fonder une famille avec lui…

Amanda et lui, par contre, semblaient être sortis du

même moule. Ce matin, il l'avait quittée avec la promesse que Rosalinda, leur gouvernante, laisserait une dizaine de muffins à la réception de l'école, à temps pour la réunion du club — qu'Amanda devrait quitter plus tôt afin que sa sœur et elle arrivent à l'heure à leur cours de danse.

A cette perspective, Amanda s'était renfrognée.

— Rosie pourrait emmener Calee pendant que je reste au club et elle reviendrait me chercher après. Ou alors je pourrais aussi ne pas y aller du tout.

— Non, Amanda. Tu as pris l'engagement d'aller à ce cours, et il n'est pas question que Rosie bouleverse ses habitudes à seule fin de t'arranger. Elle devra déjà se démener pour que tu aies tes muffins. De toute façon, la prochaine fois, débrouille-toi pour me parler de ce genre de chose avant la dernière minute.

Même si c'était vrai et qu'elle avait eu besoin d'en prendre conscience, il avait manqué une bonne occasion de se taire. Tout du moins aurait-il pu le dire différemment. Et, là, assis à cet instant dans la salle de conférences, il ne pouvait effacer de sa mémoire l'expression triste d'Amanda.

C'était dans des moments comme celui-ci que l'absence de Joy, sa femme, se faisait terriblement sentir. C'était toujours elle qui s'était chargée de toutes ces choses comme les muffins, les chaussons de danse à changer et les permissions exceptionnelles de manquer un cours de danse. Elle avait eu le don de lire dans les pensées de ses filles et de trouver des solutions à tous les problèmes. Avec elle, tout s'arrangeait invariablement pour le mieux.

Comment y arrivait-elle ? Petite, menue, intuitive et toujours de bonne humeur, Joy n'avait vécu que pour sa famille.

Alors, comme bien souvent quand il pensait à elle, il revécut ce terrible soir, quand un policier était venu sonner à leur porte.

« Je suis bien chez Joy Thayer ? » avait-il demandé avant

de lui annoncer que Joy avait eu un accident, mais sans lui fournir plus d'informations. Sur son invitation, Liam l'avait suivi à l'hôpital où il avait dû identifier le corps de Joy, et, à cette seconde, c'était sa vie et celle de leurs filles qui avaient éclaté en des milliers de fragments irréparables.

Il se passa une main sur les yeux, s'efforçant, comme toujours, de repousser ce souvenir. Deux ans s'étaient écoulés depuis, mais la douleur était toujours là. S'effacerait-elle un jour ? Quand cet engourdissement céderait-il enfin la place à cette sorte d'acceptation, que lui avait promis le psychothérapeute spécialiste du deuil ? Peut-être jamais. Parce qu'une partie de son âme était morte avec sa femme, ce soir-là. La partie qui vivait, qui riait et ressentait les émotions.

Aujourd'hui, s'il continuait à vivre, c'était pour ses filles. Parce que la vie, elle, ne vous donne pas le temps de s'arrêter pour pleurer l'être cher. Elle poursuit sa course, inexorablement, et si l'on ne se remet pas assez vite sur ses pieds, on est condamné à se faire traîner…

Il se ressaisit donc, mais pour être aussitôt agacé par ce projet inepte dont lui faisaient part son chef et cette femme à propos d'une… une *enchère de célibataires* ? Non, mais franchement…

Toutefois, la chaleur du regard de Dunlevy sur la jeune femme le dissuada d'exprimer tout haut ce qu'il pensait tout bas…

— Kate MacIntyre s'occupe de la Fondation MacIntyre, expliqua Dunlevy. Avec l'aide de ses employés, elle s'est démenée afin de trouver une solution pour lever des fonds destinés au nouveau service chirurgical ici même, au Celebration Memorial. Ce qu'elle va vous expliquer elle-même.

Le nouveau service chirurgical… Joy avait été si investie dans ce projet. C'était même elle qui, la première, s'était proposée pour organiser la collecte de fonds initiale.

— Bonjour, dit la blonde.

C'était quoi son nom, déjà ?

— Merci, docteur Dunlevy. Je vous remercie de m'accorder cette chance d'exposer ce projet qui me tient spécialement à cœur. Cette future aile de chirurgie pédiatrique a une signification toute particulière pour ma famille et moi, et c'est vous tous, ici, que je remercie aussi d'accepter de m'aider à lever des fonds afin d'en permettre la construction.

Liam baissa les yeux sur la main gauche de la jeune femme. Non, pas d'alliance. Machinalement, il fit tourner l'anneau qu'il portait encore à son annulaire. Un réflexe qui le rappelait à la réalité et le confortait dans sa certitude qu'une seule chose comptait dans sa vie — la famille. Apparemment, ils se rejoignaient sur ce sujet…

La blonde se tourna vers un confrère à lui, Charlie Benton, l'interne, assis à sa gauche, pour lui tendre un paquet de brochures.

— Pourriez-vous les distribuer, s'il vous plaît ?

A voir l'empressement de Charlie, Liam n'aurait pas été étonné de le voir filer ventre à terre jusqu'à la pâtisserie pour lui acheter trois douzaines de pains au chocolat si elle le lui avait demandé. Discrètement, il regarda les autres hommes autour de lui. Tous étaient visiblement subjugués. Il devait être le seul, ici, que ce joli visage et ces superbes jambes laissaient indifférent…

— Depuis trois ans, la Fondation familiale MacIntyre travaille en partenariat avec le Celebration Memorial, en vue de la construction de cette aile de chirurgie pédiatrique si attendue, reprit-elle. Pendant tout ce temps, nous avons étroitement collaboré avec le service des dons de bienfaisance de l'établissement, et je remercie tous les participants pour l'enthousiasme qu'ils ont investi dans ce projet. Il ne nous faut plus que 5 % de plus pour atteindre notre objectif des deux millions de dollars, et nous ne serons jamais assez reconnaissants au Dr Dunlevy d'avoir accepté le projet qui vous donne à tous, médecins du Celebration

Memorial, l'occasion de jouer un rôle-clé dans cette levée de fonds. Par ailleurs, en apprenant que je travaillerai avec sept médecins célibataires, j'ai compris que la chance m'adressait un clin d'œil.

Ses yeux bleus brillant d'enthousiasme passèrent de l'un à l'autre.

— L'idée s'est très vite imposée. Aussi je vous demanderai à tous de réserver votre week-end de la semaine prochaine pour une enchère exceptionnelle des célibataires du Celebration Memorial.

Liam s'agita nerveusement sur son siège en refrénant son désir de s'exclure de cette opération. Le but en était très louable, bien sûr, mais il n'avait aucune intention de se prêter à une telle humiliation. Etre mis aux enchères ! Et puis quoi, encore ?

En tant que pédiatre hospitalier et père célibataire, il avait beaucoup de mal à consacrer une journée de temps à autre à ses deux adolescentes. Alors, pourquoi irait-il perdre une soirée entière avec une femme qui miserait sur lui comme sur un bœuf à une vente de bétail ? Au plan pratique, ses filles ne manquaient de rien, il s'en assurait, en revanche, il ne pouvait être aussi présent avec elles qu'il le souhaiterait. C'était sa femme qui avait toujours été là pour régler les soucis émotionnels de leurs enfants.

Mais, surtout, participer à ce genre de divertissement lui semblerait irrespectueux envers la mémoire de Joy. Car même si elle n'était plus à ses côtés, ce n'était pas pour autant qu'il se sentait célibataire. Certainement pas.

— Un ennui, Thayer ? demanda Dunlevy. Vous avez l'air contrarié…

Il faillit dire ce qu'il pensait de cette « opération », mais croisa brièvement le regard de Kate MacIntyre, et s'efforça d'être plus circonspect dans le choix de ses mots.

— Est-on obligé de participer à cette… « enchère » ?

Kate cligna les yeux, mais son sourire resta toutefois bien en place.

— En fait, oui. Nous avons une motivation précise pour cela dont je vous ferai part dans un instant.

Elle se tourna alors vers Dunlevy comme pour lui demander de venir à la rescousse…

— Oui, docteur Thayer, c'est une obligation, intervint-il. Est-ce que ça vous pose un problème ?

— Dans la mesure où j'ai deux enfants en pleine adolescence, oui. Je ferai un don, c'est évident, mais là s'arrêtera ma coopération.

Il vit le sourire de Kate s'effacer.

— Oh ! excusez-moi, je… Le Dr Dunlevy m'avait précisé que tous les membres cités étaient célibataires.

— Et nous le sommes, dit Dunlevy en adressant à Liam un regard direct — tout à la fois un avertissement, une supplique et un vif engagement à jouer le jeu.

Les brochures circulèrent parmi l'assemblée. Liam en prit une et passa les autres à Austin Roberts, un des médecins des urgences assis à côté de lui. Il put y voir l'image d'un homme, d'une femme, de deux enfants et d'un gros labrador jouant sur la pelouse d'une maison de banlieue type.

La famille idéale…

Il attendit de ressentir quelque chose — un coup au cœur ou une douleur dans les tripes. Mais non. Rien. Il était comme engourdi. La seule émotion qui montait en lui était la colère. Au bas de la page étaient imprimés le logo de la Fondation MacIntyre ainsi que le slogan « Famille, Communauté & Education » en lettres dorées.

— C'est vrai que je fais de nouveau partie des célibataires, reprit-il. Je suis veuf.

— Oh ! je l'ignorais. Je suis vraiment désolée.

Même si elle semblait sincère, il refusa sa compassion d'un haussement d'épaules. Tout ce qu'il voulait, c'était en finir au plus vite.

— Mettre les célibataires aux enchères n'est pas à mon avis une très bonne idée. On pourrait peut-être trouver autre chose ?

— Thayer… Comment passer une soirée avec une jolie femme pourrait-il être une mauvaise idée ? intervint Nick Chamberlin qui secondait Roberts aux urgences.

— C'est une corvée, c'est sûr, mais il faut bien que quelqu'un s'y colle…, ironisa Jake Lennox, le second interne.

Liam regarda sa montre.

— Eclatez-vous autant que vous voulez, les gars, mais ne comptez pas sur moi. Maintenant, désolé, mais j'ai des patients qui m'attendent. Y a-t-il autre chose au programme ?

— Oui, docteur Thayer, répondit Dunlevy, manifestement contrarié par son attitude. Mais nous terminerons d'abord avec Mlle MacIntyre afin de la libérer. Donc, j'insiste sur le fait que nous sommes une équipe, et que je tiens à ce que tous les joueurs participent.

Des joueurs. Il travaillait avec des joueurs ! Si Liam respectait ses six confrères au plan professionnel, il avait le sentiment de vivre dans un monde très différent sitôt qu'il quittait l'hôpital.

Car lui, contrairement aux autres, était un père célibataire.

— Hé, ne fais pas cette tête-là, Thayer, dit son voisin, Quinn Vogler, l'orthopédiste qui venait de rejoindre l'équipe. Tu n'es pas le seul père célibataire du lot. Moi aussi, j'ai une fille, mais ce n'est pas pour autant que cette initiative me dérange.

C'était vrai. Vogler était arrivé récemment dans l'équipe après un divorce de toute évidence très conflictuel. Liam en ignorait les détails, mais il savait en revanche que la fille de Vogler, à peu près de l'âge de Calee et d'Amanda, suivait les mêmes cours de danse qu'elles.

— De nous tous, c'est toi qui aurais le plus besoin de

t'aérer l'esprit. Tu travailles bien trop dur et tu prends la vie trop au sérieux.

— Et peut-être que toi, tu la prends trop à la légère, Vogler, rétorqua-t-il.

Liam se rappela alors que ses filles lui avaient confié ne pas aimer la fille de Vogler, parce que c'était « une vraie brute ». Tel père, telle fille ? Possible. Mais Liam avait pour règle de ne jamais s'occuper de la vie de ses confrères, et il attendait le même respect et la même discrétion de leur part.

Resserrant autour de lui son armure émotionnelle, il croisa les bras et se renversa dans son fauteuil. A cet instant, il se sentait le seul adulte dans la salle, et regrettait que Kate MacIntyre soit contrainte d'assister à ce genre de scène pitoyable.

Donc, il n'était pas le seul à être un père célibataire. Et alors ? Ce n'était pas pour autant qu'il avait envie de sortir. Ces abominables premiers jours sans Joy s'étaient très lentement dissous dans les semaines, les mois, puis les années rythmés par les anniversaires et les vacances qui, sans elle, avaient perdu tout intérêt pour lui.

Il avait descendu du grenier les guirlandes et les boules pour le sapin et ses filles et lui avaient trouvé l'énergie de le décorer. Depuis la disparition de Joy, toute vraie joie les avait désertés et ils s'accrochaient les uns aux autres en s'efforçant de surmonter son absence, jour après jour.

Liam investissait presque toute son énergie physique à l'hôpital et gardait ses réserves émotionnelles pour ses filles. Il n'allait certainement pas les gaspiller pour une sortie avec une femme qui le gagnerait à une vente aux enchères de célibataires ! Même si c'était pour une bonne cause.

Kate MacIntyre continua sur sa lancée.

— Je viens de vous préciser que cet événement se déroulerait dans un délai très court, car nous avons en fait une motivation particulière.

Elle marqua une pause pendant laquelle elle considéra les collègues de Liam avec un regard brillant d'enthousiasme.

— Avez-vous entendu parler de l'émission *Dîner à Dallas* ? C'est ma belle-sœur, Pepper Merriweather, qui la présente, et elle est diffusée internationalement. Ce sont des chroniques du travail effectué par l'entreprise de restauration locale — Celebrations Inc — qu'elle dirige avec trois associées : Sydney James, A.J. Sherwood-Antonelli et Caroline Coopersmith. C'est très drôle, et ç'a beaucoup de succès. Mais je viens d'apprendre qu'un des programmes venait d'être annulé, et la production nous autorise à utiliser ce créneau horaire. Notre émission sera donc enregistrée et diffusée plus tard sur une chaîne internationale. La production a aussi accepté de donner au public la possibilité de contribuer à notre cause à la fin du show, et les fonds seront versés tout de suite à l'hôpital sans attendre la diffusion.

Tout le monde applaudit ces bonnes nouvelles avec enthousiasme — tout le monde sauf Liam qui se leva.

— Désolé de gâcher l'ambiance, mais je ne compte pas participer… Dites-moi simplement le montant moyen des enchères pour un célibataire et je vous signerai un chèque.

Il attendit qu'elle lui donne un chiffre, mais elle se contenta de le fixer, les yeux ronds et le sourire figé.

— C'est une première, pour nous, donc je ne peux pas vous répondre, répliqua-t-elle enfin. Mais je vous garantis, docteur Thayer, que ces enchères ne basculeront jamais dans le mauvais goût ou la vulgarité. Cependant, je vous rassure, je ne chercherai en rien à vous forcer la main…

Il ne manquerait plus que cela…

Mais il dut reconnaître qu'elle était habile. Elle venait ni plus ni moins que de lui renvoyer la balle et rendre ainsi son refus plus difficile. Dommage qu'il n'avait pas l'esprit joueur… Dans un autre temps, elle aurait aisément pu le faire changer d'avis.

— Je dois aller voir mes patients, à présent. Dès que vous aurez un chiffre à me donner, je vous enverrai le chèque.

Il rencontra le regard du chef du personnel qui se racla la gorge. Dunlevy n'avait que quelques années de plus que lui, mais son expression autoritaire annonçait clairement que, s'il choisissait de se taire pour l'instant, choisissant de ne pas le contredire devant leur invitée et le reste du personnel, l'affaire n'était pas terminée.

Franchement, Liam n'était pas fier de lui. Mais au moins avait-il gagné cette manche.

— Je comprends que vous soyez occupé, docteur Thayer, et je vous remercie d'avoir pris sur votre temps ce matin pour venir, reprit Kate MacIntyre. Mais verriez-vous un inconvénient à ce que je vous appelle afin que nous décidions d'un moment pour discuter de tout ceci ?

Elle sortit alors une carte de visite de sa poche qu'elle lui fit passer. Il lut « Kathryn MacIntyre, Présidente de la Fondation de la Famille MacIntyre », puis hocha la tête.

— Désolé, je n'ai pas de carte sur moi, mais vous pourrez me joindre à l'hôpital.

Puis il quitta la salle sans rien ajouter. Toutefois, il venait à peine de s'engager dans le couloir quand une voix le retint.

— Une minute, Liam.

Se retournant, il se retrouva face à Dunlevy qui l'avait suivi. Sa posture figée n'annonçait rien de bon…

Aussitôt Liam se raidit à son tour, prêt à défendre sa position.

Recadre-toi.

C'était la technique que lui avait enseignée son psychothérapeute, quand il avait été en proie à des épisodes de colère. Après la mort de Joy, il avait oscillé entre une sorte de néant émotionnel — le « déni », ainsi que l'avait appelé le psychothérapeute — et le besoin de tout casser.

A cette époque, la direction de l'hôpital lui avait donné le choix : se faire aider ou prendre un congé sabbatique.

Sachant que cela n'aurait fait qu'accélérer son autodestruction, il avait d'emblée refusé cette seconde option. Les filles, entre l'école et leurs cours de danse, étaient souvent absentes et il aurait eu beaucoup trop de temps seul avec lui-même. Non, ce ne serait bon ni pour lui ni pour elles, et pas davantage pour sa carrière.

Cullen Dunlevy avait été l'un des initiateurs de cet ultimatum, et Liam avait encore du mal à le lui pardonner. Alors qu'il s'avançait vers lui, toutefois, il était conscient qu'il valait mieux taire sa rancœur s'il ne voulait pas que le chef du personnel déclare que le soutien psychologique n'avait aucun effet sur lui ou qu'il ne faisait pas assez d'efforts pour s'en sortir.

Mais il n'avait pas perdu sa femme, lui. Il ne se retrouvait pas seul avec deux enfants pour affronter la disparition de celle auprès de laquelle il avait espéré vieillir.

Qu'il aille au diable ! D'ailleurs, comment Dunlevy pourrait-il comprendre ce qu'il traversait ? Il n'avait jamais été marié, songea Liam qui dut serrer les dents pour contenir tout le mal qu'il pensait de lui, à cet instant.

— Vous avez vécu l'enfer, Liam, j'en ai conscience, seulement il est temps pour vous de vous ressaisir, poursuivit Dunlevy. Nous en avons déjà parlé.

— Oui, je sais. Mais ma vie privée restera privée. Mon temps en dehors de l'hôpital m'appartient, et, si j'ai bonne mémoire, mon contrat ne stipule aucune participation à des levées de fonds ou une enchère de célibataires…

— Mais une clause évoque les primes de rendement. Même si vous n'êtes pas motivé par l'appât du gain, vous savez très bien que Joy aurait souhaité que vous preniez part à cet effort. Elle était en première ligne pour encourager la création de ce nouveau service pédiatrique.

Liam eut du mal à ne pas crier ou abattre son poing sur le mur.

— Laissez Joy en dehors de ça, Cullen. J'ai proposé

de faire une donation pour cette cause, et je trouve que ça suffit largement.

— Ah oui, vous croyez ? Alors que vous êtes le plus haut placé hiérarchiquement dans le service qui en sera bénéficiaire ? Je serai moi-même présent, à la tribune.

Le ton de Dunlevy était devenu plus dur, et Liam comprit qu'il avait franchi une frontière interdite. Mais, bon sang, de quel droit se servait-il de Joy pour le persuader ? Toutefois, Liam savait qu'en persistant dans son attitude, il risquait d'y laisser quelques plumes… De quelle manière, il l'ignorait, mais il n'avait pas envie de trop tirer sur la corde.

— A quoi jouez-vous, Cullen ? A m'acculer au mur ?

Dunlevy poussa un soupir exaspéré.

— Liam… Vous savez que je suis complètement avec vous. Nous le sommes tous, d'ailleurs. Perdre Joy a été…

Il leva les mains qu'il laissa mollement retomber.

— C'est horrible et injuste, mais vous ne pouvez pas continuer à en vouloir au monde entier. Il faut que vous repreniez votre place dans l'équipe.

— Je ne l'ai jamais quittée.

— Votre corps est ici, oui, mais pas votre tête. Liam, avant ce drame, vous étiez une référence pour tous. Vos avis, vos conseils étaient recherchés. Ils le sont toujours, et j'aurais bien besoin de votre aide pour ce projet.

— Ce projet ? Vous voulez dire, ce… cette bouffonnerie !

— Allez, calmez-vous. Vous savez très bien que cette enchère servira une grande cause. Nous sommes sept, ici, à ne pas être mariés. Nous allons passer à la télé et faire la une des journaux locaux. Dallas et toute la région vont se passionner pour cette enchère de médecins célibataires.

Liam comprit qu'il valait mieux garder pour lui le fait qu'il ne se sentait pas célibataire. Car son cœur, lui, était toujours attaché à Joy. Il avait tenté, peu après sa mort, d'aller se consoler dans les bras d'une femme, et l'épisode avait été un désastre. Mais à quoi bon le dire à Cullen qui lui répondrait qu'il ne s'agissait pas de se trouver une future épouse et pas davantage de prendre cette histoire au sérieux. Que c'était l'affaire d'un soir, pas plus ; enfin, deux, si l'on comptait celui de cette humiliation publique et le tête-à-tête qui en résulterait.

— Je vais être franc et direct, poursuivit Dunlevy. Vous êtes le plus haut placé après moi au Celebration, et je n'ai pas l'intention de vous forcer la main, mais j'insiste sur le fait que votre aide me serait précieuse.

Cet ultimatum tacite résonna entre eux durant quelques secondes, puis Dunlevy haussa les épaules.

— Réfléchissez bien, Liam. Et venez me trouver quand vous aurez décidé de reprendre votre vraie place dans cette équipe.

2.

Joy Thayer.

Mon Dieu… Tout devenait clair, songea Kate, seule dans la salle de conférences de la Fondation MacIntyre, avec, entre les mains, son mug de thé dont la chaleur se répandait en elle, dissipant quelque peu le stress de la matinée.

Après la réunion, alors qu'elle attendait l'ascenseur, elle avait remarqué une plaque commémorative à côté des photographies des membres du conseil d'administration, et, depuis, elle était obsédée par cette révélation.

Pourquoi le Dr Dunlevy ne l'avait-il pas informée qu'il y avait un veuf dans ce lot de célibataires ? Et pas n'importe quel veuf… Liam Thayer avait été le mari de Joy Thayer. Elle comprenait déjà mieux sa réaction.

Il n'avait de toute évidence pas encore fait son deuil. Si tant est, bien sûr, qu'on puisse jamais se remettre d'une telle tragédie. Elle-même avait traversé suffisamment de drames pour le comprendre.

Elle n'avait rencontré Joy qu'une seule fois, quand cette femme avait, toute seule, organisé un défilé de mode payant à l'heure du déjeuner, afin d'en faire bénéficier le service chirurgical pédiatrique. Pourtant, elle avait été touchée par sa disparition.

Joy Thayer avait cette aura charismatique et enthousiaste de ceux qu'on a spontanément envie de connaître et d'aimer. Elle irradiait un charme irrésistible. De plus, c'était une très belle femme, ce qui ne gâchait rien. Petite, menue, avec des boucles blondes qui encadraient son visage fin et qu'elle rassemblait en une sage queue-de-cheval.

Apprendre qu'elle avait été l'épouse d'un homme aussi séduisant que le Dr Thayer n'étonnait pas Kate. Sans doute avaient-ils formé le couple idéal : tous deux beaux, heureux, appréciés de tous... Même si l'attitude de Liam aujourd'hui laissait à désirer, il avait des excuses.

Distraitement, Kate remua le sachet de thé dans son mug avant de le jeter dans la corbeille. A quand remontait la mort de Joy ? Au moins deux ans. Elle ne l'avait pour ainsi dire pas connue, mais elle était certaine que cette femme avait dû laisser une profonde impression chez ceux qui l'avaient rencontrée.

Tout en regagnant son bureau, Kate réfléchit à la façon dont elle pourrait modifier sa levée de fonds, afin de ne pas indisposer Liam. Sans qu'il soit pour autant question de renoncer à la publicité — et aux dons — que la diffusion sur la chaîne de télé pourrait leur apporter. Par ailleurs, les six autres célibataires avaient semblé enthousiastes...

C'était la meilleure idée qu'elle avait eue pour recueillir les cent mille dollars dont elle avait besoin. Au moins six des sept médecins célibataires étaient prêts à se « vendre », et cette enchère aurait lieu, avec ou sans Liam.

Cependant, elle avait beau savoir qu'elle avait raison, que cette opération servait une bonne cause, elle ne se sentait pas en paix. Refermant la porte de son bureau, elle s'assit dans son fauteuil, posa son mug et ouvrit son ordinateur portable.

Un veuf père de deux adolescentes.

S'il ne tenait qu'à elle, elle n'insisterait pas. Mais il était clair que son chef ne serait pas d'accord.

Après le brusque départ de Liam, le Dr Dunlevy lui avait dit de ne pas l'exclure, mais elle ne savait pas ce que cela signifiait exactement : devait-elle simplement compter sur le don qu'il avait promis, ou sa participation à l'enchère était-elle encore envisageable ?

En attendant, Liam avait pris sa carte et l'avait encouragée à l'appeler à l'hôpital. Ce qu'elle ne manquerait pas de faire une fois qu'elle aurait trouvé une solution qui mettrait tout le monde d'accord.

A vingt-neuf ans, elle ne s'était jamais mariée. Mais elle avait vu son père, après la mort de sa mère, sombrer dans un désespoir dont il n'était jamais totalement remonté. Elle-même et Bob, son frère, l'avaient soutenu du mieux qu'ils l'avaient pu et, à eux trois, ils étaient peu à peu sortis de ce trou noir où les avait plongés le drame.

Puisque leurs enfants étaient adolescents, le Dr Thayer et Joy avaient dû se marier très jeunes. Pourtant, il ne lui semblait pas être beaucoup plus âgé qu'elle-même.

Son petit garçon à elle, s'il avait vécu, aurait eu bientôt cinq ans. L'évocation de cette tragédie était revenue avec force depuis que le sujet de la mort et des enfants avait été abordé ce matin. Mais avait-il jamais disparu de son esprit ? Non, bien sûr. Un tel drame ne peut jamais s'oublier. Pour cette raison, elle trouverait une façon élégante d'écarter ce médecin de la compétition.

Renonçant à répondre à son courrier, elle pivota sur sa chaise vers la baie vitrée lui offrant une vue saisissante des gratte-ciel de Dallas et laissa son esprit vagabonder loin du souvenir de cet enfant qui n'avait pas vécu.

Enchère de célibataires. Levée de fonds…

« Réfléchis. Trouve des solutions. »

Le refus de Liam avait visiblement contrarié Cullen Dunlevy, et sa proposition de simplement faire un don ne l'avait pas apaisé non plus. Si quelqu'un d'aussi occupé que Liam Thayer n'avait ni le temps ni l'envie, de se prêter à ce jeu, pourquoi Dunlevy insistait-il à ce point ? Elle l'ignorait, mais la tension qu'elle avait ressentie entre les deux hommes était bien présente.

Toutefois, ce n'était pas son problème. Tout du moins ça ne devrait pas l'être. Mais elle ne pouvait s'empêcher de se creuser l'esprit pour trouver une solution qui arrangerait tout le monde.

Dommage qu'il n'ait pas envie de participer parce que j'aurais sans hésiter misé sur lui, songea-t-elle en fixant, sans réellement le voir, le dôme géodésique de la tour Réunion, l'un des monuments les plus reconnaissables de Dallas.

Ce fut alors qu'une idée lui vint à l'esprit. Une solution qui, s'il était prêt à jouer le jeu, lui permettrait peut-être de se sortir de façon élégante de cette histoire.

Quelle heure était-il ? Presque 18 heures. Il avait sans doute déjà quitté l'hôpital. Tant pis. Elle en profiterait pour bien peaufiner son plan, et, demain, elle l'appellerait pour savoir s'il était prêt à donner son argent pour une bonne cause.

Liam soutenait sans réserve l'aile de chirurgie pédiatrique, d'autant plus que c'était un projet dans lequel Joy avait investi toute son énergie. Mais pourquoi faudrait-il qu'il se prête à cette enchère stupide qui déshonorerait sa mémoire, embarrasserait ses filles et salirait la douleur et les tourments qu'il avait traversés ?

L'horloge du tableau de bord marquait presque 20 heures lorsqu'il s'arrêta devant chez lui, et la nuit obscurcissait peu à peu le ciel telle une tache d'encre. Il avait dû s'attarder à l'hôpital afin de terminer ses visites à ses patients, et c'était à ces occasions qu'il était soulagé de pouvoir compter sur Rosalinda qui cumulait tout à la fois les qualités de nounou, de gouvernante et de cuisinière. Une vraie perle.

A cette heure, son repas serait prêt, et les filles, elles, auraient déjà mangé — à son grand regret, mais ses horaires, hélas, ne lui permettaient pas de rentrer à temps pour dîner avec elles. Rosalinda allait les chercher à la salle de danse après leur cours. Que ferait-il sans elle ?

Comme il attendait que la porte automatique du garage s'ouvre, son regard se porta machinalement sur le rétroviseur où reflétait le pavillon d'un étage, de l'autre côté de la rue. Celui de Kimela Herring. Depuis qu'il avait eu la mauvaise idée de la laisser un peu trop s'immiscer dans leur vie après la mort de Joy, il restait sur le qui-vive sitôt qu'il quittait la maison. Tous les deux avaient fini par s'éviter.

Même s'il regrettait d'avoir dû mettre un peu vivement les choses au point avec elle, il se savait dans son bon droit : en essayant d'utiliser ses filles pour l'atteindre, Kimela avait enfreint une règle capitale pour lui. Pire, il avait finalement découvert son véritable objectif : éloigner les filles afin qu'elle et lui puissent mener leur vie sans être dérangés…

Le plus étrange était qu'il ne s'était rendu compte de rien. Immergé dans son deuil, il n'avait pas vu que Kimela avait presque refait la décoration de la maison à son goût à elle, et cela en tant que « bonne voisine » qu'elle était.

Il ne risquait pas de refaire la même erreur. Calee et Amanda avaient treize ans et, dans cinq ans, elles entreraient à l'Université. D'ici là, elles restaient, avec ses patients, son principal centre de préoccupation.

La porte du garage se referma, chassant par la même occasion Kimela Herring de son esprit ainsi que la colère que son évocation déclenchait systématiquement en lui, et il se retrouva comme toujours… vide. Seul demeurait en lui ce besoin de surprotection farouche dont il entourait ses filles, afin de s'assurer que plus rien ni personne, jamais, ne les blesserait.

Soudain, sans qu'il s'y attende, ses pensées revinrent à Kate MacIntyre et à sa proposition de lui parler afin de trouver une solution avec lui. Elle n'était pas le genre à le forcer à participer, ce qui était déjà beaucoup. De plus, elle était clairement passionnée par son travail au sein de la fondation de sa famille et il était presque rafraîchissant de rencontrer une femme intéressée par le bien de la communauté plutôt que par son petit ego, à l'instar de sa voisine manipulatrice.

Il avait à peine ouvert la porte que Frank, leur chien, un bâtard aux origines indéfinissables, vint lui faire la fête. Liam prit le temps de le caresser en respirant une bonne odeur qui le fit saliver.

— Bonsoir, Rosie, dit-il en entrant dans la cuisine.

— *Hola,* docteur Thayer !répondit Rosalinda. Vous avez passé une bonne journée ?

— Un peu fatigante, et je suis heureux d'être enfin rentré. Merci d'être restée ; je n'avais pas prévu d'arriver aussi tard. Où sont les filles ?

— A l'étage. Elles se douchent et elles s'attaquent à leurs devoirs. Quand c'est pour vous aider, ça ne me pose pas de problème de rester. Vous avez faim, je suppose ?

— Je ne peux rien vous cacher, vous savez toujours lire dans mon esprit… Et même si ce n'était pas le cas, je ne vois pas comment je pourrais résister à l'odeur divine de votre cuisine.

Le temps qu'il se soit changé et rafraîchi, Rosalinda lui avait servi une copieuse assiette — deux tranches fines de rosbif, purée et haricots verts.

— Merci, Rosie. Hmm… Ç'a l'air délicieux.

— J'espère que vous trouverez ça bon. J'ai fait aussi les muffins comme vous me l'aviez demandé et je les ai déposés pour Amanda à l'école. Elle est si mignonne… Elle m'a embrassée quand je suis allée la chercher après son cours de danse. Vous pouvez être fier de vos filles, docteur Thayer. Elles sont vraiment adorables.

Il fut heureux d'apprendre la réaction d'Amanda. Elle avait toujours été la plus réservée des jumelles, mais depuis la mort de leur mère, elle pouvait parfois se montrer franchement maussade et distante. Il en avait parlé à leur psychothérapeute qui l'avait rassuré. Il n'y avait là rien que de très normal, mais si cette attitude devait s'aggraver, il devrait lui en faire part.

En fait, il avait bientôt compris que le meilleur moyen pour eux trois de surmonter ce drame était de rester occupés. Il avait l'hôpital pour cela, et les filles l'école et leurs cours de danse. Cela leur permettait de rentrer le soir suffisamment fatigués pour avoir tout juste l'énergie d'avaler un rapide dîner avant d'aller se coucher. Oui, ils s'en sortiraient, tous les trois. Ensemble. Et la meilleure façon d'y arriver était de continuer à avancer, inexorablement, en regardant le moins possible en arrière.

— Ah, Rosie… Que deviendrions-nous sans vous ?

Elle partit de son rire en cascade.

— Eh bien, vous allez vous en rendre compte maintenant, parce que je dois vous quitter. Maria a un autre service à faire ce soir et elle doit donc partir plus tôt. Vous avez besoin de quelque chose avant que je m'en aille ?

Rosie avait une fille, Maria, qui venait d'avoir un bébé dont le père s'était empressé de disparaître en apprenant que le plaisir qu'il avait pris avec elle avait eu des conséquences… A présent, Maria vivait avec Rosie qui s'occupait du petit, pendant que sa fille assurait la garde de nuit à l'hôtel Magnolia, au centre de Celebration.

— Non, merci, Rosie. Rentrez vite chez vous et passez une bonne soirée. On se revoit demain.

Sitôt qu'elle fut partie, il s'installa dans le fauteuil avec sa tablette et chercha Kate MacIntyre sur le Net. Il était curieux d'en savoir plus sur la fondation de cette femme et de sa famille.

Il cliqua sur le premier article concernant les Entreprises MacIntyre dans l'hebdomadaire local, et ce fut à ce moment-là seulement qu'il prit conscience que Kate faisait partie de cette famille … L'importante compagnie pétrolière MacIntyre. Toutefois, au fil de sa lecture, il apprit que son frère, Rob MacIntyre, et elle n'avaient pas grandi avec une petite cuillère d'argent dans la bouche… Apparemment, tous deux avaient dû batailler pour se sortir de la pauvreté et c'était son frère qui avait amassé la fortune.

Un autre article évoquait l'accident qui avait tué leur père, et tout juste épargné la vie du jeune fils de Rob. Un drame qui était à la base de ce projet de nouveau service de chirurgie pédiatrique. Car le garçon avait dû être aérotransporté à Dallas, où se trouvait le seul hôpital pour enfants de la région — un trajet qui aurait pu lui coûter la vie, à lui aussi. A la suite de quoi, les MacIntyre, afin de s'assurer que rien de tel n'arrive à une autre famille, avaient organisé une levée de fonds pour créer la nouvelle aile.

Autant d'informations qui avaient échappé à Liam, comme bien souvent en ce qui concernait ce qui survenait en dehors de sa bulle. Il était au courant pour l'extension en cours, bien sûr, mais il avait jusqu'à présent ignoré l'histoire qui se cachait derrière, et il n'en admirait que plus les efforts de Kate.

En fait, s'agissant de la vie de la communauté, il se sentait complètement incompétent. C'était Joy qui s'était occupée de ce genre de détail. Elle l'avait tenu au courant de ce qui se passait, l'avait aidé à se rappeler les noms et les rôles de chacun, afin qu'il ne commette pas d'impairs.

Il pouvait presque encore l'entendre, alors qu'elle lui désignait les personnages sur la photographie de la famille parue dans un journal local : « Elle, c'est Kate MacIntyre. Son frère, Rob, est à l'origine des Entreprises MacIntyre, mais c'est ensemble qu'ils ont créé la Fondation MacIntyre. Pepper, la femme de Rob, a été l'héritière de l'empire de Texas Star avant que la compagnie s'effondre. Ils jouent tous un rôle clé dans la communauté ».

Cela faisait-il pour autant de Kate une mondaine ? Elle n'en avait pas le comportement, en tout cas, semblant bien trop humble et ancrée à la terre.

De toute façon, mieux valait qu'il reste dans sa bulle.

Il n'avait jamais eu ni le temps ni l'envie de fréquenter ce genre de milieu du vivant de Joy, et ce n'était pas aujourd'hui qu'il s'y mettrait. Il devait s'occuper de choses bien plus importantes, en l'occurrence de ses filles et de son job. Et à ce propos…

Il entra le nom de l'enchère — *En Célébration des Célibataires* — dans le moteur de recherche et une page web surgit aussitôt. Voyant que Charlie Benton, Quinn Vogler et Jake Lennox avaient déjà mis leurs photos en ligne, ainsi que les descriptions de la femme de leurs rêves, Liam secoua la tête avec un sourire amusé. Ils étaient la démonstration même de la théorie de Pavlov : dès qu'on leur parlait de femmes, ces gars-là se mettaient à baver…

L'idéal féminin de Charlie avait été baptisé 007.

« Tu seras sur ton trente et un, dans un fourreau que tu auras acheté lors d'une sortie shopping gracieusement offerte par Benton, Charles Benton. Je viendrai te chercher dans une Aston Martin DB5, la réplique exacte de celle de James Bond, et je t'emmènerai dans un endroit connu de moi seul où nous pourrons admirer le coucher de soleil en sirotant des martinis. »

A sa description du dîner et des slows langoureux s'entremêlait une notion de danger imaginaire, un soupçon de séduction et une bonne dose de sentimentalisme poisseux.

Mais qu'est-ce qu'il lui prenait, à Benton, de s'exprimer ainsi ?

Danger et séduction. Ils étaient autorisés à inclure la séduction dans le pack ? Là résidait peut-être le vrai danger — en voyant Benton se prendre pour James Bond, la fille risquait de s'en étouffer de rire ! songea-t-il avant de passer aux autres descriptions.

Celle de Vogler, sous-titrée « Une soirée tapis rouge », était illustrée par une limousine, une bouteille de champagne et l'entrée d'un cinéma. Quant à Lennox, il avait choisi d'annoncer la couleur par un titre aguicheur : « A nous,

Paris ! » Jake proposait d'y emmener la gagnante pour lui offrir un dîner au restaurant Le Jules Verne, au deuxième étage de la tour Eiffel, suivi d'une nuit au Ritz.

Liam secoua la tête en regrettant qu'il n'y ait pas de place réservée aux commentaires ; il aurait pu encourager les filles à répondre à ses confrères. Même s'ils passaient trop de temps à l'hôpital et sur les cours de golf, aux dépens de ce qui comptait vraiment dans la vie…

D'ailleurs, qu'est-ce qui comptait vraiment ? Il n'y avait assurément pas de réponse universelle à ce genre de question.

Pour lui, sans hésitation, c'était la famille. Ses filles. Et son but était de les protéger de toutes les autres adversités que la vie avait en réserve.

Donc, ses six confrères étaient célibataires et Vogler était le seul autre, à part lui, à avoir un enfant. Et sans doute était-ce pourquoi il restait en ville pour l'événement.

« Au moins ces gars savent s'amuser, et ils sont prêts à prendre sur leur temps pour soutenir une bonne cause. »

Mais pourquoi ne pas simplement faire un don plutôt que de gaspiller de l'argent dans un vol pour Paris, le shopping et les limousines ? Liam se promettait de poser la question à Kate lorsque ses filles arrivèrent en courant dans la salle à manger.

Sur le point d'éteindre sa tablette, il n'eut que le temps de changer de page à l'écran.

— Papa ! s'écria Calee en enroulant les bras autour de son cou.

Amanda resta trois pas en arrière et il put l'observer alors qu'il répondait au câlin un peu étouffant de Calee. Elle avait encore grandi. Elle dépassait de dix bons centimètres sa sœur qui avait hérité de la finesse de leur mère, alors qu'elle, qui tenait de lui, était en revanche plus charpentée.

De plus en plus elles devenaient les jumelles fraternelles qu'elles étaient.

Dès que Calee le relâcha, ce fut au tour d'Amanda de venir l'étreindre.

Il aimait voir que ses filles avaient chacune leur personnalité propre, elles étaient très différentes l'une et l'autre et un puissant lien les unissait.

Toutes les deux, les cheveux encore mouillés de leur douche, étaient en pyjama, et il prit plaisir à respirer leur fraîche senteur de shampooing et de savonnette. Mélangé aux bonnes odeurs de cuisine de Rosie, c'était peut-être le seul parfum capable d'apaiser son âme meurtrie.

— Tu vas être mis aux enchères, toi aussi ? demanda Calee.

— Des enchères ? De quoi parles-tu ?

C'était sa manière à lui de gagner du temps et d'en dire le moins possible lorsqu'il s'agissait d'un sujet sensible. Mais Calee, qui avait dû lire le titre du site web sur sa tablette, avant qu'il l'efface, tapota sur l'écran pour faire réapparaître la page suspecte.

— De ça ! Pourquoi tu fais comme si tu savais pas ?

Les mains sur les hanches, elle lui lança un regard réprobateur. C'était le problème avec ces adolescentes : peu de chose leur échappait. D'où ses efforts pour ne rien faire qui puisse les contrarier, les embarrasser ou saper les règles strictes qu'il leur avait imposées dès le départ. L'honnêteté figurait en tête de liste, et comme il se posait en exemple pour elles, le moment était bien choisi pour faire preuve de franchise.

— Je regardais le site parce que j'ai assisté à une réunion, aujourd'hui, et que c'était le sujet du jour. Certains de mes confrères vont y participer, et les gains recueillis serviront à la construction de l'aile chirurgicale pédiatrique.

Est-ce qu'une vérité tronquée comptait ? Il passa sous silence le fait qu'il avait refusé de concourir.

— Je me suis absenté pour aller voir mes patients avant

qu'elle se termine, et j'ai donc consulté la page web pour savoir de quoi il s'agissait réellement.

Amanda s'était avancée près de sa sœur.

— Attends…, dit Calee, les sourcils froncés. Tu veux dire que toi tu vas pas le faire ? Pourquoi ?

Il fut soulagé qu'elle ne lui laisse pas le temps de répondre.

— Il faut que tu le fasses, papa. C'est vrai ! Ce soir, au cours de danse, Lacy Vogler était toute fière d'annoncer que son père avait été presque forcé par les autres de s'inscrire parce que, d'après elle, c'est le papa le plus sexy de l'hôpital.

Lacy Vogler ? Elle devait être la fille de Quinn…

— Mais je lui ai dit que c'était pas vrai, que c'est toi le père le plus sexy. Parce que t'es son chef, hein ? Hein ?

Elle parlait si vite, une vraie mitraillette, qu'il avait du mal à suivre. Mais, a priori, elle voulait qu'il participe. Flûte…

— En fait, non, je ne suis pas exactement son chef. Il exerce au Celebration Memorial, comme moi, mais je m'occupe de la pédiatrie, alors que lui c'est l'orthopédie.

— Mais y a bien plus longtemps que lui que tu travailles là, toi. Lacy, elle vient juste d'arriver ici, pas comme nous qu'on y a toujours été, et elle essaie de devenir la chef. Donc, faut que tu te mettes aux enchères parce que si tu le fais pas, elle va croire qu'elle a gagné et que son père est plus fort et plus sexy que toi alors que c'est toi qui…

Il leva les mains, paumes ouvertes.

— Oh là, oh ! Respire, Calee, respir…

Il secoua lentement la tête, souriant malgré lui devant cette avalanche de compliments, mais conscient qu'il devait intervenir avant qu'elle le hisse pour de bon sur un piédestal. Surtout que ce n'était pas la première fois…

— Calee, nous ne sommes en compétition avec personne. Alors Lacy peut dire ce qu'elle veut, on s'en fiche. Par ailleurs, cette enchère n'est pas destinée à désigner le père le plus sexy.

Le père le plus sexy… Depuis quand une adolescente pensait à son père en ces termes ?

La façon dont sa fille réagissait était exactement la raison pour laquelle il ne voulait pas participer. Enfin, pas seulement… Mais la vie et le bonheur n'étaient pas une question de physique ou de charme. Et pas non plus de capacité à récolter le plus d'argent.

— Elle servira à aider la communauté, expliqua-t-il.

— Alors, tu vas le faire aussi, toi, comme les autres médecins ? insista Calee.

Il lança un coup d'œil à Amanda qui n'était pas encore intervenue dans la discussion. Sans doute parce qu'elle ne pouvait jamais placer un mot quand Calee était lancée. Ou peut-être aussi parce qu'elle avait compris les implications s'il acceptait.

Il se passa une main dans les cheveux en soupirant.

— Je ne sais pas. Je contribuerai en faisant un chèque, c'est sûr, parce que la ville et l'hôpital ont réellement besoin d'un service de chirurgie pédiatrique. C'est une excellente initiative, et je tiens à m'y associer, mais j'ignore encore si je prendrai part à l'enchère. En fait, ce qu'il se passe, c'est que les femmes misent sur les hommes, et que l'argent qu'elles dépensent sera versé à l'hôpital. Mais les gars devront passer une soirée avec celles qui ont misé sur eux. Or, je trouve dommage d'aller dépenser de l'argent dans un restaurant ou ailleurs. Je préférerais nettement le verser directement pour la cause. Vous ne trouvez pas que c'est mieux ?

Il n'était pas certain que Calee ait bien compris que, s'il remportait ce stupide concours, il devrait passer une soirée avec une femme qui n'était pas sa mère. Il attendit donc que ce qu'il venait de leur dire fasse son chemin dans leurs têtes…

Mais toutes les deux le faisaient calmement, sans manifester la moindre contrariété.

— Vous vous rendez bien compte que, si je suis candidat, je devrais passer une soirée avec une femme ?

— C'est pas comme si tu trompais maman, dit Amanda.

Ses yeux se portèrent sur elle. Elle était incontestablement la plus calme des deux et, parfois, elle semblait même avoir une sagesse très adulte. Joy disait d'elle qu'elle était une « vieille âme ».

Il soupira.

— Oui, je sais, répondit-il avec l'impression de voir ses raisons de ne pas se prêter au jeu s'envoler l'une après l'autre. En fait, j'avais surtout peur que le fait de me voir sortir avec une femme vous contrarie.

Calee et Amanda échangèrent un regard. Elles avaient beau être très différentes, elles étaient très proches et se serraient les coudes en toute situation. Calee, la plus assurée des deux, veillait toujours sur sa sœur et s'exprimait en son nom. Il leur arrivait de se chamailler, naturellement, mais celui ou celle qui se hasardait à critiquer l'une d'elles devait s'attendre à voir l'autre sortir ses griffes…

Souvent, comme maintenant, elles donnaient l'impression de partager un langage secret et ésotérique, presque télépathique, dont elles seules posséderaient les clés.

— Papa, c'est pas parce qu'une femme a misé sur toi et que tu dois sortir avec elle un soir que t'es obligé de bien l'aimer, dit Amanda qui avait de toute évidence été élue porte-parole pour l'occasion. Je veux dire, même si elle est moche, bête et pas marrante, tu t'en fiches.

Cette réflexion toute simple, sans reproche ni critique, fut le coup auquel il avait cru échapper, et, s'il l'accusait aussi fort, c'est parce que, soudain, il se sentait idiot.

— Oui, tu as raison, Amanda. Donc, si je comprends bien, vous m'encouragez à participer ?

— Ben, oui… Du moment que c'est pour un soir, qu'est-ce que ça peut faire ?

3.

Liam arriva en avance à son rendez-vous avec Kate. Elle avait appelé ce matin de bonne heure, afin de lui annoncer qu'elle avait trouvé une solution pour que Dunlevy ne l'ennuie pas davantage, mais dont elle préférait ne pas parler au téléphone. Pourrait-il la retrouver pour déjeuner ?

Il avait d'abord failli refuser en lui expliquant qu'il participerait finalement à cette enchère, puis s'était dit qu'il serait peut-être intéressant d'entendre ce qu'elle avait à lui dire.

A cet instant, seul à une table pour deux chez Luigi, il regarda sa montre. 11 h 55. Il avait encore cinq minutes pour reprendre son souffle. Il n'avait pas eu une seconde à lui de la matinée. Rien d'exceptionnel, sauf qu'il avait dû, pour venir ici, se ménager un créneau entre une réunion et le tour du service. Généralement, il ne s'arrêtait pas pour déjeuner, se débrouillant pour avaler quelque chose entre deux patients. Aussi trouvait-il tout drôle de se retrouver à l'extérieur à cette heure…

Si Kate avait une alternative valable à lui proposer, il serait prêt à l'accepter.

Il buvait une gorgée d'eau quand il la vit entrer et reposa son verre pour se lever aussitôt et lui adresser un signe de la main. Lorsqu'elle s'avança vers lui en souriant, il fut frappé par la chaleur qui émanait d'elle, alors même qu'il s'était conduit comme un imbécile la veille.

D'un autre côté, cette attitude faisait aussi partie de son rôle. On n'attrape pas les mouches avec du vinaigre, c'est bien connu. Toutefois, sa gentillesse semblait tout à fait naturelle, et elle n'avait rien d'une commerciale en représentation pour arracher un marché…

— Docteur Thayer… Merci d'avoir accepté de me rencontrer aussi vite.

Il serra sa main tendue et lui avança une chaise avant d'aller se rasseoir.

— Appelez-moi Liam, ça nous mettra plus à l'aise pour discuter. J'avoue que je suis heureux que vous m'ayez appelé.

Il vit ses yeux s'agrandir sensiblement en une question muette.

— Oui, je vous dois des excuses. En fait, j'avais eu une matinée assez difficile, et votre proposition d'enchère de célibataires m'a pris à rebrousse-poil.

Elle balaya ses justifications d'un geste de la main.

— Vous n'avez pas à vous excuser. Avec le recul, j'ai pris conscience que, surtout pour ce genre de projet, il est difficile de faire l'unanimité.

Le serveur leur apporta la carte — et il put remarquer son attention un peu plus appuyée pour Kate.

— Vous voulez un verre de vin ? proposa Liam. Je prendrai moi-même de l'eau minérale car ma journée n'est pas terminée, mais ne vous gênez surtout pas pour moi.

— Je ne préfère pas, non. Le vin m'endort. Je vais me contenter d'un thé glacé.

Comme il refermait la carte, il rencontra son regard. C'était dans ses yeux, surtout, que se concentrait toute sa chaleur. Des yeux d'un très beau bleu, et même s'ils étaient très légèrement tombants, ils exprimaient une telle gentillesse qu'ils semblaient être toujours en train de sourire.

Il y brillait incontestablement une lueur d'humour, aussi. Essentiel, l'humour…

— Deux thés glacés, alors, dit-il au serveur en lui rendant la carte des vins avant de se pencher vers elle. Donc, comme je le disais, je regrette de créer autant de problèmes. Mais il n'est pas toujours facile de faire en sorte que les enfants soient prêts à l'heure pour l'école. Vous en avez ?

Elle tenait le menu devant elle, mais leurs yeux s'accrochèrent, et pendant une brève seconde, il eut l'impression de voir une certaine tristesse voiler fugitivement son regard.

— Non. Mais j'ai un neveu, Cody, que j'adore autant que s'il était mon fils, et c'est lui la raison pour laquelle ma famille a décidé de s'impliquer dans l'extension des services de l'hôpital consacrés aux enfants. Mais c'est une autre histoire… Ce qui m'importe, c'est d'avoir compris ce qui vous gêne dans cette enchère. J'ignorais que l'un d'entre vous avait une famille. Encore que rien, dans cette opération, ne soit critiquable. Je vous rassure, elle sera garantie tout public.

— Rien de scandaleux, alors ?

— Absolument pas. Mais les plaisanteries et une bonne dose de malice seront sans doute inévitables.

Devant la lueur qui brilla dans les yeux de Kate, il essaya de deviner à quel genre de malice elle pouvait songer. Puis elle tendit la main pour la poser sur la sienne, mais si fugacement qu'il regretta aussitôt la brève chaleur ressentie.

— J'ai ma propre réputation à protéger, reprit-elle. Peut-être devrions-nous rester légers sur les plaisanteries, aussi. Je ne veux surtout pas vous effrayer.

— Je comprends. Et si nous nous penchions d'abord sur ce menu ? Vous m'expliquerez votre nouveau programme en mangcant.

Kate fut heureuse de cette brève diversion qui lui donna l'occasion de se ressaisir quelque peu. Pourquoi se sentait-elle aussi émotive ? Même si Liam était réservé, limite bourru, cela ne justifiait pas une telle anxiété. D'autant plus qu'elle avait l'expérience de ce genre de déjeuner d'affaires. En quoi Liam serait-il différent ? Etait-ce le « plan B » qu'elle voulait lui soumettre qui la rendait aussi nerveuse ?

Ainsi qu'elle le lui avait annoncé, il n'y avait rien de scabreux dans ce qu'elle proposait. Simplement, en découvrant qu'ils étaient sept célibataires, elle avait saisi l'occasion au vol.

Toutefois, elle n'avait pas inclus dans ses paramètres que « célibataire » ne signifiait pas pour autant disponible… ou enthousiasmé par son idée. Il était très possible que certains parmi eux soient pères de famille, ou encore qu'ils vivent en union libre ou en concubinage. Elle avait de la chance que Liam ait été le seul à se rebiffer.

Elle savait à quel point Rob, son frère, avait protégé Cody avant de rencontrer et d'épouser Pepper. Les enfants bouleversent une vie, c'est bien connu. Or, parce qu'elle n'en avait pas tenu compte, elle était déterminée à mettre les choses au point avec Liam, et donc à s'assurer qu'il aurait l'occasion de rester en bons termes avec son patron et de préserver les intérêts de ses filles.

Comme ils étaient tous deux déjà venus plusieurs fois dans ce restaurant très connu, ils commandèrent leurs plats favoris — raviolis aux champignons pour lui et saumon grillé avec petits légumes pour elle — puis elle entra aussitôt dans le vif du sujet.

— Alors dites-moi… Quels griefs avez-vous contre cette mise aux enchères ? Je crois le deviner, mais je préférerais que vous me le disiez vous-même.

Il ne répondit pas tout de suite, et son expression neutre ne permettait pas à Kate de deviner ce qu'il pensait. Finalement, au bout de quelques secondes, il releva la tête.

— Ce n'est rien de plus que ce que je vous ai dit hier : je ne pense pas que ce serait un bon exemple pour mes enfants.

— Filles ou garçons ?

— C'est important ?

— Simple curiosité de ma part.

Il baissa les yeux sur ses doigts qui tambourinaient sur la table puis les releva vers elle.

— J'ai deux filles, Amanda et Calee. Des jumelles de treize ans.

— Des jumelles ? Ce doit être super. J'espère en avoir, un jour, mais ça ne risque pas d'être tout de suite. Je ne me marierai sûrement pas avant longtemps.

Que lui prenait-il ? Depuis quand déballait-elle ainsi sa vie privée face à un étranger ?

Il ne répondit pas, mais son regard fixé sur le sien fit monter une légère rougeur à ses joues. En quoi ses projets et ses ambitions pourraient-ils l'intéresser ? Son seul souci, en ce qui la concernait, était la levée de fonds pour le nouveau service de chirurgie pédiatrique. Or, jusque-là, il n'avait pas franchement manifesté d'enthousiasme.

Mais il avait tout de même accepté de déjeuner avec elle.

Il ne tenait pas en place. Changeait de position toutes les dix secondes, consultait ses messages, promenait son regard sur la salle… Connaissait-il seulement le sens du mot « détente » ? En tant que médecin, il ne devait guère avoir le temps de se poser, même à l'heure du déjeuner, et il était sûrement pressé de retourner à l'hôpital.

Bien sûr, elle se doutait que son agacement ne lui était pas personnellement destiné. Il avait subi un gros choc émotionnel en perdant sa femme, et il se retrouvait à présent seul pour élever ses deux filles adolescentes, ce qui n'était sûrement pas facile. Mais elle n'était pas ici pour lui offrir des conseils de stratégie parentale… Même si, en raison de ce qu'elle allait lui demander, elle se devait de plonger un peu dans sa vie personnelle…

— Craignez-vous que cette enchère adresse un mauvais message à vos filles, ou est-ce la soirée qui suivra qui vous pose problème ?

Elle soupçonnait la seconde proposition d'être responsable de son malaise. Or, la solution de rechange qu'elle envisageait pour lui incluait précisément cette possibilité.

— Comme je vous l'ai dit, tout sera organisé de façon très correcte, sans la moindre vulgarité, et vos filles ne verront pas les gens miser ou non sur leur père, poursuivit-elle. Ce sera enregistré, mais la diffusion ne se fera pas avant plusieurs semaines.

Le regard de Liam s'assombrit sensiblement, et elle comprit que son insistance risquait de le rebuter. Aussi, de nouveau, se força-t-elle à se taire plutôt que de vouloir à tout prix combler un silence dérangeant.

— En fait, mes filles ne regardent pas trop la télé, mais elles sont terriblement excitées par cette enchère, dit-il enfin, au bout de quelques secondes. Elles sont amies avec la fille d'un de mes confrères et, étant donné qu'il y participera, elles me poussent à le faire aussi. Mais c'est surtout la soirée qui suivra qui me gêne. Leur mère est morte il y a moins de deux ans, et elles ont bien sûr vécu très difficilement cette épreuve. Donc, je ne voudrais pas ajouter à leur peine en sortant en tête à tête avec une femme. Or, j'ai l'impression qu'elles n'ont pas bien saisi que c'est l'enjeu de cette enchère.

— Je comprends tout à fait. Et j'imagine combien ce doit être difficile à vivre.

Il joua quelques secondes avec le coin de sa serviette entre ses doigts, avant de la déplier pour la poser sur ses genoux.

La perte d'un être cher pouvait prendre différents visages, de même que la douleur qui l'accompagnait. Elle-même avait d'abord perdu sa mère, puis avait assisté, impuissante, à la profonde dépression dans laquelle son père avait sombré après cette disparition. Elle avait vu son neveu, Cody, se relever petit à petit de l'accident qui avait coûté la vie à son grand-père.

Elle avait aussi connu la douleur d'une fausse couche. Dans la mesure du possible, elle évitait toutefois d'y penser, car cela lui rappelait inévitablement ces fiançailles auxquelles elle avait tourné le dos ensuite. Pour elle, c'était un peu comme une boîte de Pandore, et elle préférait la garder fermée.

Mais perdre un conjoint, une âme sœur… Elle n'osait même pas y songer. La mère de ces adolescentes que Liam protégeait avec une telle ferveur… Kate compatissait, mais elle décida malgré tout de lui exposer sa proposition, avant de ne plus en avoir le courage.

— Etiez-vous sérieux lorsque vous avez suggéré de faire un don à la fondation plutôt que de participer à l'enchère ?

Elle saisit nettement son soulagement.

— Tout à fait. Ça m'arrangerait.

— Alors, voilà ce que je vous propose… Comme vous le savez, le Dr Dunlevy tient à ce que tous les médecins se prêtent au jeu, et surtout vous, le patron du service de pédiatrie. Que diriez-vous si je misais sur vous avec ce chèque que vous proposez avec tant d'enthousiasme de signer ? Si son montant est assez important pour que personne ne surenchérisse, vous serez automatiquement retiré de la compétition. Vous serez bien vu de votre chef, mais sans avoir à subir la soirée qui devrait suivre. Pour dire les choses clairement, vous achèteriez votre liberté, mais ce petit secret resterait entre nous, bien sûr. Que dites-vous de mon plan, docteur Thayer ?

4.

L'idée était géniale et, sur le moment, Liam sentit un gros poids lui tomber des épaules.

— C'est un super plan… Vous êtes vraiment prête à faire ça pour moi ?

— Je ne vous le proposerais pas si ce n'était pas le cas, répondit-elle avec un sourire lumineux.

Toutefois, au fil du repas, son soulagement céda la place à une lutte interne, alimentée par une avalanche de questions. Dont la plus insistante le mettait face à un dilemme : devait-il l'inviter à dîner ou lui offrir une sorte de compensation postenchère pour la remercier ? Mais après tout, il appréciait sa compagnie, alors pourquoi ne pas lui proposer un restaurant ? Etant donné qu'elle savait exactement ce qu'il en était le concernant, en l'occurrence qu'il ne cherchait rien de plus qu'une simple amitié, elle n'avait aucune raison de se montrer méfiante…

D'ailleurs, imaginer que cette superbe femme pourrait envisager davantage entre eux serait franchement présomptueux. Mieux valait qu'il se contente d'offrir une obole supplémentaire à cette levée de fonds.

— Mes confrères devront récompenser « leur » gagnante, c'est clair, et ce qu'ils verseront n'ira donc pas directement à l'hôpital. Or, étant donné que ce ne sera pas mon cas, je suis prêt, bien sûr, à faire un don en plus pour compenser. Cette somme ira au projet au lieu d'être gâché pour une soirée en ville.

Il s'en sortait finalement plutôt bien. Ses réticences à

inviter une femme pouvaient paraître ridicules, mais le sentiment de trahir Joy était encore bien trop présent. Même si c'était pour une bonne cause.

— Ce que j'essaie de dire, c'est que je serais heureux de donner plus si vous pensez que c'est opportun. Surtout dans la mesure où je suis un véritable… disons « casse-pieds ». Par ailleurs, je suis conscient de vous fournir plus de travail, ce dont je suis sincèrement désolé.

Elle se mit à rire.

— Vous n'êtes pas aussi casse-pieds que vous le dites, ne vous inquiétez pas !

Comme elle se mordait la lèvre, il se rendit compte que c'était apparemment une habitude chez elle. Et il y avait quelque chose de sexy, dans cette manie. D'autant plus qu'elle avait une jolie bouche. Très… sensuelle.

— Ainsi que je vous l'ai dit, je ne vous aurais pas proposé cette solution si ça n'arrangeait pas tout le monde. Nous sommes bien d'accord ?

Elle avait vraiment un don pour mettre les autres à l'aise. Sans parler d'un sourire ravissant en accord avec son attachante personnalité. Il dut faire un effort pour se concentrer sur le sujet de leur discussion.

— Donc, admettons que vous misiez sur moi. Ça ne posera pas de problème avec votre petit ami ?

— Ça ne risque pas. Je suis célibataire. Donc pas de souci… Aucun homme jaloux ne viendra vous menacer de vous attendre à la sortie !

— C'est vrai ? Vous n'avez jamais été mariée ?

Conscient de son indiscrétion, il leva les mains, paumes ouvertes, face à elle.

— Désolé… Je retire ma question. Ça ne me regarde pas.

Toutefois, elle ne semblait pas le moins du monde contrariée…

— Ça n'a rien de secret. Je peux répondre, mais après, ce sera votre tour…

— Normal… Alors je vous écoute.

— Donc, je n'ai jamais convolé. J'ai failli, une fois, mais… ça ne s'est finalement pas fait. Pour l'instant, étant trop occupée pour avoir le temps de sortir, je suis en quelque sorte mariée à ma carrière. En tant que médecin, vous devez bien comprendre ce que je veux dire, je suppose ?

— Tout à fait. C'est la question que vous vouliez me poser ? Si c'est le cas, elle est plus simple que je l'imaginais.

Sa plaisanterie la fit rire.

— Ne rêvez pas ! Ce que je veux savoir, en fait, c'est pourquoi, si vos filles sont d'accord pour vous voir participer à cette enchère, vous préférez quand même que je fasse semblant de miser sur vous. Je le ferai, pas de problème, c'est seulement que ça m'intrigue parce qu'il s'agit juste d'une sortie d'un soir. Je veux dire, il n'est pas question à proprement parler d'un rendez-vous. Rien ne vous obligerait à revoir votre « gagnante », ensuite. En quoi un dîner en compagnie féminine pourrait-il être aussi pénible ?

— Je ne sais pas comment l'exprimer sans avoir l'air prétentieux, mais je vais tout de même essayer. Des femmes… enfin plutôt une femme en particulier, pourrait être tentée de miser sur moi, rien que pour me mettre dans une situation disons… inconfortable.

L'air perplexe, elle inclina la tête.

— Vous pourriez être plus précis ?

— Peu après la mort de Joy, mon épouse…

Sa voix se brisa et il se demanda s'il n'avait pas tort de s'aventurer sur ce terrain…

— Je crois que tout le monde, à Celebration, connaissait et aimait votre femme, Liam, dit Kate avec douceur. C'était quelqu'un d'exceptionnel.

Il s'éclaircit la gorge.

— Oui. Elle l'était. Et je crois que ça fait partie du problème. Certaines s'imaginent que, parce que je reste seul avec mes deux filles, je dois impérativement être assisté.

— Je suppose que ce n'est pas la première fois que ça vous arrive ?

Soudain, il eut l'impression de s'engager sur une pente savonneuse.

— Peu importe, je ne vais pas vous ennuyer avec ça…

Il n'avait aucune intention de se décharger de ses soucis sur elle. Juste lui exprimer sa reconnaissance, pour faire en sorte que son rôle, dans cette enchère, lui soit aussi facile et léger que possible. Mais il en avait déjà trop dit, et mieux valait s'arrêter là.

— Non, attendez, Liam… Vous avez besoin d'aide, c'est ça ? Pour empêcher des hordes de femelles en chaleur de se jeter sur vous ?

Il voyait bien qu'elle cherchait à le décrisper, rien de plus, mais pour lui, ce n'était pas un sujet de plaisanterie.

— Je ne l'aurais pas formulé comme ça.

Un doigt sur le menton et les yeux plissés, elle le considéra une seconde pensivement.

— Peut-être que je ne devrais pas miser sur vous, en fin de compte. Peut-être que je ferais mieux de rester en arrière et de voir où mène cette guerre d'enchères.

— Il n'y aura pas de guerre. Et il est trop tard pour revenir sur votre décision.

— Ce n'est pas mon vote qui changera grand-chose, et s'il y a vraiment une guerre, je ne pourrai pas l'empêcher. Nous ne pourrons que voir le Dr Thayer partir avec sa groupie…

Sa réflexion le fit rire, cette fois, mais brièvement. A vrai dire, il ne savait plus trop sur quel pied danser.

— L'idée n'est peut-être pas si bonne que ça, en fait.

Tendant la main, elle lui effleura de nouveau fugacement le bras.

— Je plaisante, Liam. Je sais que vous avez traversé des moments très douloureux, et j'espérais vous offrir une chance de vous détendre. Nous avons passé un accord, et je tiendrai parole.

Sur le point visiblement d'ajouter quelque chose, elle y renonça.

— Quoi ? Qu'alliez-vous dire ? demanda-t-il.

Elle posa alors les deux mains à plat sur la table.

— Très bien, je vais parler franchement. Vous êtes un homme encore jeune avec de nombreuses années devant vous. J'ai connu Joy, mais juste en passant, cependant, je sais, pour l'avoir entendu dire souvent, que c'était une femme très douce, pleine d'humour et généreuse. Alors, je suis certaine qu'elle ne souhaiterait pas vous voir vous enfermer dans le rôle de veuf le reste de votre vie.

Cette vérité demeura comme suspendue entre eux telle une odeur âcre, une odeur de brûlé, et même s'il détestait l'admettre, Kate avait raison. Joy aurait souhaité qu'il aille de l'avant, qu'il rencontre une femme fantastique qui aimerait les filles, et qu'il connaisse de nouveau l'amour.

Mais il y voyait deux inconvénients. Le premier était qu'il n'avait jamais envisagé avec elle ce qu'il ferait s'il devait lui arriver quelque chose, et inversement. Comment aurait-il pu imaginer que sa femme sorte un jour pour aller chercher de la glace à la vanille au coin de la rue et ne revienne jamais ? Le second était que personne ne pourrait jamais aimer Calee et Amanda comme elle. Cette malheureuse expérience avec Kimela Herring en avait hélas été la preuve…

Il s'éclaircit la gorge.

— Je sais. Et j'y travaille. Enfin, j'essaie… Je vois un psy spécialisé dans le travail de deuil, mais, jusqu'à présent, je ne peux pas dire que ça m'ait aidé. En fait, je ne suis même pas sûr de vouloir continuer. Après la mort de Joy, j'ai eu une mauvaise expérience avec une de ses amies. Au début, elle n'avait apparemment que de bonnes intentions en venant me voir, mais elle a assez vite dévoilé son jeu avec moi. En fait, ce n'était pas les filles qui l'intéressaient… Je vous passe les détails, disons seulement que ça s'est mal terminé, et je suis sans doute responsable, aussi. J'étais encore bien trop sous le choc pour savoir ce que je faisais et pour me rendre compte des manigances de Kimela, ce qui n'est pas une excuse. Mais à partir de là, j'ai pris la décision de ne sortir avec une femme que lorsque les filles entreront à l'Université. C'est-à-dire dans cinq ans…

— Cette Kimela, c'est une femme qui pourrait miser sur vous ?

Il acquiesça d'un signe de tête.

— Oui, mais à mon avis, elle ne le fera pas. Depuis que j'ai mis les choses au point, elle me bat froid. Et, franchement, je ne sais même pas pourquoi je vous raconte tout ça.

Kate considéra un instant ses mains en silence et il put alors remarquer qu'elle avait de longs doigts fins.

— Je comprends que cette mauvaise expérience a dû être difficile pour vous et les filles…

Il soupira.

— Oui. Et ça l'est toujours. En attendant, j'espère que je ne passe pas à vos yeux pour un affreux prétentieux s'imaginant que toutes les femmes de Dallas vont se battre pour lui. C'est juste que je refuse de donner à quiconque une fausse idée, comme ça c'est passé avec elle. Et je veux aussi que vous sachiez que votre gentillesse me touche. Voilà…

— Quant à moi, je regrette d'avoir eu l'air de prendre les choses à la légère.

Ils se regardèrent alors, et il sentit quelque chose passer entre eux. Puis elle sourit et haussa les sourcils d'une façon qui, malgré lui, lui arracha à son tour un léger sourire.

— Soyez tranquille, reprit-elle enfin. Je n'ai aucune intention de vous jeter en pâture aux lions — ou plutôt aux lionnes, en l'occurrence.

Tous deux se détendirent, et l'ambiance en fut heureusement allégée.

— Je vous devrai une fière chandelle…

— Votre participation à cette enchère sera ma plus belle récompense. Mais si vous vous sentez vraiment redevable, aidez-moi à trouver ce que vous allez soi-disant m'offrir pour cette sortie.

— Ah…

Il l'étudia un instant tout en s'efforçant de deviner les goûts d'une femme comme elle. Une femme élégante, avec beaucoup de classe, qui semblait avoir toutes les qualités… Que pourrait-elle aimer ? Quel genre d'ambiance pourrait lui plaire ?

— Etant donné que c'est vous qui en profiterez, dites-moi tout de suite ce qui vous tenterait. Un week-end dans un vignoble ? Une excursion sur un yacht privé ?

— Hé ! Vous allez trop vite… Avec des propositions aussi séduisantes, les femmes vont faire la queue pour miser sur vous !

— Non, ça, pas question.

Il secoua la tête en souriant. Son sens de l'humour lui plaisait. Il y avait longtemps qu'il n'avait pas été aussi détendu.

— Sérieusement, sur quel genre de sortie seriez-vous prête à miser ?

— Je n'ai pas besoin de poudre aux yeux.

— Non ? Vous êtes plutôt du genre prosaïque « dîner en ville » ?

— Au risque de passer pour un vrai bonnet de nuit, offrez-moi quelque chose de très simple. Pas de froufrous ni de falbalas.

— Pas de froufrous ? Vous êtes sûre ? Je vous aurais plutôt prise pour quelqu'un qui aime faire la fête.

— Eh non. Si vous voulez me faire plaisir, un grand détour par la campagne, là où je pourrai apprécier le calme et la paix, suffira à me combler. Ça, c'est ma définition d'une bonne journée. Sans oublier la coupe de champagne ou le verre de très bon vin qui accompagnera le pique-nique, évidemment.

— Evidemment…, répéta-t-il, amusé.

— La seule chose dont j'aurai besoin, en plus du planning

de notre sortie, c'est une courte biographie avec unc photo pour le programme et la pub.

La dernière photo qu'il avait de lui était un portrait familial et où tous les quatre — Joy, lui, et les filles — étaient en jean et T-shirt blanc. C'était dans le grand parc et les bougainvilliers étaient couverts de fleurs roses. Joy n'avait pas résisté à les faire poser devant, les filles et lui.

La tristesse effaça toutefois le sourire ému que lui arrachait ce souvenir. Joy avait toujours su capter ce genre d'instant, et en toute chose, elle ne remettait jamais au lendemain. Avait-elle su, au plus profond d'elle-même, qu'elle devait vivre le plus intensément possible parce que son passage sur cette terre ne serait qu'éphémère ?

— Ça va ? demanda Kate. J'ai l'impression de vous perdre, tout à coup. Nous parlions de la photo. Vous en auriez une ?

Il se ressaisit aussitôt.

— Je regarderai, mais les seules que j'ai sont familiales, avec Joy et les enfants, ce qui ne convient pas vraiment à l'esprit de l'enjeu. D'autant qu'il n'est pas question que mes filles soient mêlées à cette histoire. Donc elles ne seront mentionnées ni dans ma bio ni dans vos arguments pour cette enchère. Pas plus que Joy, d'ailleurs. Nous sommes d'accord ?

— Absolument. En fait, nous mettrons le strict minimum dans votre bio afin de décourager les votes.

Il aurait aimé partager la confiance qu'il pouvait voir dans son sourire.

— Ne vous inquiétez pas, docteur Thayer. Tout se passera bien.

Curieusement, la sincérité qu'exprimaient ses yeux alluma en lui la timide lueur d'un espoir qu'il avait craint de ne jamais plus éprouver.

5.

Lorsque Liam, après ce déjeuner, passa au poste des infirmières pour annoncer qu'il reprenait son service, il y trouva Cullen Dunlevy en train de lire un rapport. Il avait réussi à l'éviter toute la matinée, car si Cullen lui était tombé dessus au sujet de l'enchère, avant qu'il ait eu une chance de voir Kate, il n'aurait pas eu les arguments adéquats à lui opposer. A présent, il était fin prêt.

— Salut, Cullen, dit-il en s'avançant pour déplacer l'aimant sur le tableau de service magnétique.

— Liam…

Son ton était sec, et son regard disait clairement qu'il n'était pas d'humeur à être contredit.

— Avez-vous réfléchi à notre discussion d'hier ?

Liam grimaça intérieurement en lisant le panonceau proclamant « Gagnez une soirée avec un médecin » affiché en évidence sur le tableau. Mais il allait peut-être s'en sortir plutôt bien grâce à Kate qui n'était pas seulement belle, mais intelligente. Et drôle. Et compatissante.

Malgré le temps qu'elle passait à l'organisation requise par l'événement, elle trouvait encore celui de veiller aux exigences qu'il lui imposait. Il pouvait lui être reconnaissant…

— De quelle discussion ? demanda-t-il d'un ton innocent, en se retournant pour attraper un papier sur le bureau et y jeter quelques notes.

— L'enchère, répondit Cullen.

— L'enchère ?

— Ne jouez pas au plus fin avec moi, docteur Thayer. Vous savez très bien ce que je veux dire.

— Bien sûr. Puisque j'y participerai.

— Vous participerez ? répéta Cullen, sceptique.

— Oui. A moins que vous m'ayez finalement rayé de la liste des concurrents.

— Et quand comptiez-vous m'informer ? A moins que vous envisagiez de m'en faire la surprise ?

— Les surprises sont indispensables à la vie, docteur Dunlevy. Elles lui donnent du piquant.

Il savait de quoi il parlait puisqu'il avait lui-même été étonné par le plan B de Kate. Grâce à elle, il représenterait le service sans avoir à subir les pressions qui accompagneraient la suite de l'enchère, et ce qui lui était apparu comme une détestable corvée devenait à présent un exercice prouvant que « vouloir, c'est pouvoir »… Sans compter qu'il adorait la façon de procéder de Kate. Elle aurait pu simplement lui en tenir rigueur — et à juste titre — ou le rayer de la liste. Eh bien non.

En fait, il lui devait bien plus que les cinq mille dollars promis. A présent, c'était aussi, et surtout, une énorme reconnaissance pour cette idée de génie. Et peut-être aussi un autre déjeuner chez Luigi. Voire un dîner. Mais il serait temps d'y penser au moment venu…

Dans l'immédiat, il avait des patients à voir, et Kate lui avait demandé, par ailleurs, de lui fournir une photo de lui-même pour le site Internet et le programme, ainsi qu'une description de la fausse soirée qu'il proposait. Quelque chose de semblable à celles que ses confrères avaient déjà mises en ligne. Le tout en suivant ses conseils…

« N'essayez pas de rendre cette sortie trop excitante. Dans la mesure du possible, faites en sorte de ne pas être irrésistible. »

Il aimait son sens de l'humour et sa façon de ne pas se

prendre au sérieux. Pensant encore à elle, il souriait quand il commença ses visites.

Lorsque son téléphone sonna, ce samedi à 9 h 10, Kate eut un coup au cœur en voyant le nom de Liam s'inscrire sur le petit écran. Elle avait eu tellement peur qu'il change d'avis après avoir eu le temps de réfléchir. Mais non ; il allait bien participer. Et elle ne pouvait que s'en réjouir. Même si sa présence n'était pas indispensable, cela ne serait pas la même chose sans lui.

Elle pressa la touche.

— Bonjour, Liam. Vous allez bien ?

— Bonjour, Kate. En pleine forme, merci. J'espère que je ne vous sors pas du lit…

— Ça ne risque pas ! Je suis déjà au bureau.

— Un samedi ? Vous ne vous arrêtez donc jamais ?

Elle aimait sa voix. Profonde et comme enveloppée de velours. Il n'aurait aucun mal à l'hypnotiser…

— L'enchère aura lieu au Regency, juste au coin de la rue, et il y a beaucoup à faire. Alors pas de repos pour moi avant que tout soit fini.

— En fait, c'est la raison de mon appel. Il faut que nous en parlions. Je peux passer à votre bureau ce matin ?

— Si ce n'est pas pour m'annoncer que vous renoncez, oui. Autrement, je n'aurai pas une minute à vous accorder. En fait, je ne serai pas disponible avant de vous revoir au Regency.

Elle ne plaisantait qu'à moitié, et fut soulagée de l'entendre rire.

— Non, ne vous inquiétez pas, je ne me retirerai pas du jeu, promis. Je peux venir ? Je vous apporterai le chèque. Et avec le café en prime, même…

— D'accord. Je vous attends.

Après qu'il eut déposé Amanda et Calee au studio pour leur cours de danse, il abaissa le toit ouvrant de sa Mustang 1965, programma sur son GPS l'adresse inscrite sur la carte de visite de Kate, et s'élança en direction du centre-ville de Dallas.

Il y avait des lustres qu'il n'avait pas roulé avec le toit ouvert. En tout cas pas depuis la disparition de Joy. Mais aujourd'hui, le ciel était d'un bleu limpide, sans le moindre nuage à l'horizon, et la température idéale. Comment résister ? Par ailleurs, pour la première fois depuis deux ans, il n'entendait pas ces pensées obsédantes qui n'avaient cessé de le harceler.

Durant quelques minutes, il eut même l'étrange impression d'être sorti de son corps, ce qui lui procura une puissante sensation de liberté. Toutefois, alors qu'il approchait de Dallas, le monde bétonné, peu à peu, se referma de nouveau sur lui. Mais cette grisante évasion lui avait fait un bien fou. Comme s'il avait eu droit à une permission exceptionnelle d'échapper à la prison de son esprit. Même seulement pour un instant fugace.

Tout en allant chercher deux cafés à emporter dans une cafétéria, il songea aux photographies dans la grande enveloppe qui débordait de la boîte à gants. Il avait passé une bonne partie de la nuit à en chercher une correcte qu'il donnerait à Kate pour la publicité de sa mise aux enchères, et rouvrir l'album de famille n'avait en fin de compte pas été aussi difficile qu'il l'avait redouté. Il avait surtout éprouvé le sentiment du caractère éphémère de la vie, de sa fragilité… Et du besoin d'en vivre pleinement chaque seconde.

C'est pourquoi il avait décidé de profiter au maximum de cette matinée radieuse. Il aurait bien sûr pu envoyer à Kate ses photos par e-mail et le chèque par courrier, mais il voulait entendre son avis. Il n'y avait qu'à elle qu'il pouvait se fier. Elle semblait bien comprendre ses appréhensions et la difficulté pour un père d'élever seul ses deux adolescentes.

Vingt minutes plus tard, après s'être garé dans un parking souterrain, il se dirigea vers le bureau de la jeune femme avec un gobelet de café dans chaque main et la grande enveloppe kraft contenant les scans des photos coincée sous le bras.

Elle travaillait dans un de ces gratte-ciel de verre et de chrome. Alors qu'il pénétrait dans la bâtisse, il lui vint à l'esprit que, en contraste avec la froide modernité des lieux, Kate semblait accorder à la famille la même importance que lui. Toutefois, elle lui avait confié qu'elle ne voulait pas convoler de sitôt.

Il lui souhaitait de trouver un jour le bonheur qu'il avait connu avec Joy. Mais l'amour était une chose mystérieuse et magique, et tout le monde n'avait pas la chance de le rencontrer. Il ne pouvait que se réjouir de l'avoir connu au moins une fois dans sa vie.

La porte se referma derrière lui et, alors qu'il s'avançait dans la vaste réception, les rayons dorés du soleil matinal, filtrés à travers la structure de verre, prirent une teinte légèrement bleutée. Le changement d'atmosphère fut presque palpable ; il le ressentit comme le rappel oppressant qu'une page de sa vie était close, et ce constat lui fut comme un poids cruel sur le cœur.

Peut-être était-ce le contrecoup de son incursion de la veille dans le passé ? Et peut-être acceptait-il aussi de voir enfin la véritable raison de sa présence ici…

Il était venu pour voir Kate — même s'il avait presque réussi à se convaincre qu'il souhaitait simplement son aide pour choisir une photo.

Comme il cherchait un tableau indiquant les étages des compagnies, il s'étonna du contraste existant entre ces lieux et la personnalité de Kate. Elle était si chaleureuse, si agréable, contrairement à la froideur impersonnelle de cet endroit.

— Je peux vous aider, monsieur ?

Il se retourna vers une des réceptionnistes assises derrière leur comptoir de verre et de métal chromé, à deux pas des ascenseurs.

— Je cherche les bureaux de la Fondation de la famille MacIntyre.

— Vous avez rendez-vous ? lui demanda la jolie brune avec un sourire affable.

— Oui. Kate MacIntyre m'attend.

Le sourire de la jeune femme ne vacilla pas, mais il était clair qu'elle ne le laisserait pas passer sans être certaine qu'il avait une bonne raison d'être ici.

— Je peux avoir votre nom, s'il vous plaît ?

— Liam Thayer.

Elle composa un numéro sur son téléphone high-tech et, tandis qu'elle échangeait un dialogue succinct avec son correspondant, Liam promena son regard sur la preuve éclatante de la réussite de Rob MacIntyre. Les recherches auxquelles il s'était livré lui avaient appris les origines très humbles de la famille. S'il ne l'avait pas fait, il aurait aisément pu croire que Kate et lui venaient de mondes diamétralement opposés.

— Vous pouvez y aller, lui dit la réceptionniste. Les bureaux de la Fondation sont au 25e étage.

L'ascenseur l'y conduisit directement et les portes s'ouvrirent sur un vaste espace inondé d'une lumière très légèrement teintée de bleu.

Kate, superbe en jean cigarette et chemisier rouge, l'attendait.

— Bonjour, Liam. Ravie de vous revoir.

— Moi de même, Kate.

Il put admirer sa silhouette ondoyante tandis qu'elle le précédait jusqu'à son bureau, et les idées qui l'assaillirent alors lui donnèrent le sentiment de trahir Joy. Mais Joy n'était plus là, et les filles… Non. Ce qui se passait n'avait rien à voir avec les filles.

Il s'éclaircit la gorge.

— Je vous ai apporté quelque chose.

Tenant toujours ses deux tasses de café, il lui désigna l'enveloppe coincée sous son bras. Comme leurs doigts se touchaient, elle releva les yeux vers lui en souriant, et il en fut tout à la fois troublé et excité. Et éjecté de sa zone de confort — ce rempart qu'avaient toujours été pour lui le mariage et la famille. Mais, à présent, il se sentait comme extradé dans un étrange *no man's land* : il n'était plus marié, cependant son cœur n'était pas libre pour autant. A vrai dire, il ne savait plus trop où il en était.

— Ce sont des photos, expliqua-t-il. Pour l'enchère. Vous n'aurez qu'à prendre celle qui vous plaît le mieux. Mais buvez votre café d'abord. Vous en avez sans doute besoin.

Elle sourit en acceptant le gobelet.

— Venez dans mon bureau.

Il la suivit dans une grande salle lumineuse, étonnamment accueillante, qui offrait une vue spectaculaire de la ville.

— Voilà, c'est ici que je vis en ce moment, annonça-t-elle en englobant les lieux de ses bras ouverts. Bienvenu dans mon humble bureau.

— Mmm… Pas mal.

— Merci.

Elle s'assit sur le moelleux canapé avec son café et, Liam, après une hésitation, ignora le fauteuil pour y prendre place à son tour à l'autre extrémité.

— Je dois vous avouer une chose, dit-elle après avoir bu une gorgée. En fait, quand je vous ai proposé de déjeuner, pour vous faire part de mon projet, hier, j'étais une vraie boule de nerfs. J'étais certaine que vous alliez le rejeter avant même que j'aie fini de vous l'exposer.

— Il ne me viendrait même pas à l'esprit de vous rejeter, Kate.

Il s'était exprimé sans même se rendre compte de ce que ces mots pourraient sous-entendre…

— Vous êtes sûr ? insista-t-elle.

Il eut l'impression que des sous-titres s'imprimaient sous leur échange. C'était fou. Il ne connaissait cette femme que depuis trois jours et, pourtant, il ne pouvait nier ce qui se passait entre eux. Joy avait été son unique amour, oui, mais cette page était désormais tournée. Cependant, à chaque rencontre avec Kate, il lui semblait qu'on lui en offrait une autre, vierge, afin qu'il y inscrive une nouvelle histoire.

— Oui. C'est un excellent projet.

Elle se mordilla la lèvre puis releva les yeux vers lui.

— Merci.

— Et ce qui m'a surpris, c'est la réaction de mes filles quand je leur en ai parlé. En fait, elles sont ravies. Comme quoi il ne faut jamais préjuger de rien… Mais peut-être aussi que je les protège un peu trop.

— Ne vous reprochez surtout pas d'être un père attentionné. Mon frère est pareil avec son fils. Il vaut mieux l'être trop que d'avoir à regretter un jour de ne pas l'avoir été assez…

Depuis deux ans, il se montrait d'une protection quasi maladive avec ses filles, en se gardant lui-même de toute tentation extérieure. Pas question de s'engager dans une aventure sentimentale tant que les filles ne seraient pas à l'Université. Et encore… Toutefois, il devait bien s'avouer que, depuis qu'il avait mis le pied dans la salle de réunion de l'hôpital, la vie semblait se moquer de ses résolutions. Elle n'avait pas attendu son consentement pour mettre sur son chemin une femme aussi attirante que Kate MacIntyre.

— Merci, dit Kate après avoir sorti le chèque de l'enveloppe.

— C'est le moins que je pouvais faire.

Elle étudia rapidement les photographies, s'arrêtant sur celle, en noir et blanc, issue de la banque de données de l'hôpital.

— Non. Pas celle-ci, ça n'ira pas. Il nous faut mieux. A moins que vous vouliez vraiment être éliminé d'office.

— N'exagérons rien. Elle n'est tout de même pas si moche.

Comme elle se penchait vers lui pour la lui montrer, il

put respirer l'odeur fraîche de son shampooing, mêlée à celle, discrète, de son parfum. Un mélange très agréable qu'il trouva presque… excitant.

Elle lui redonna la photo avant de s'adosser au canapé, ce qui permit à Liam de récupérer son espace personnel.

— Donc on l'élimine ? Je sais que je ne suis pas photogénique, mais…

— Mais si, vous l'êtes. Regardez, sur celle-ci, vous êtes très bien.

Il se rapprocha d'elle pour mieux la voir. Le cliché avait été pris lors d'un voyage aux Bahamas, trois ans plus tôt, et Joy y figurait avec lui. Liam et Kate l'étudièrent en silence un instant, comme si ni l'un ni l'autre ne souhaitait être celui qui suggérerait que Joy devrait être coupée du cliché, et il regretta soudain de lui avoir apporté ces photos. Mais, à part celle de l'hôpital, il n'en avait pas d'autres sans Joy.

— Elle était très belle, Liam. Je l'avais rencontrée, une fois, vous savez. Et ce n'est qu'après la réunion que j'ai compris. Je regrette sincèrement.

Liam ne savait que répondre. « Ce n'est pas grave ? Ce n'est pas votre faute ? » Bien sûr que ce n'était pas sa faute. Mais quoi qu'il dise, de toute façon, cela ne changerait rien, et il ne voulait surtout pas qu'elle le prenne en pitié.

Ils restèrent un moment silencieux, la photo toujours entre eux. Finalement, elle secoua la tête.

— Non, celle-ci ne conviendra pas non plus. Vous êtes très bien, mais une fois qu'on l'aura agrandie, vous serez trop flou.

— Ecoutez, je me fiche d'être bien ou pas bien. N'oubliez pas que notre objectif, c'est que ces femmes ne votent pas pour moi. Donc, prenez celle-ci.

Il posa le portrait de l'hôpital sur le coussin, entre eux.

— Voilà, affaire conclue…

— Vous voulez vraiment avoir l'air d'avoir avalé votre parapluie ? Eh bien, désolée, je ne suis pas d'accord. Le type de la photo n'a rien à voir avec celui à qui je m'adresse à cette seconde. C'est le jour et la nuit !

Quelque chose, dans son ton, apaisa Liam. Il reprit le cliché et l'étudia de nouveau. Bon, d'accord, il avait l'air un peu coincé. Un peu trop, même. La blouse blanche n'était pas particulièrement seyante non plus, et il y avait un moment qu'il n'avait pas dû voir le coiffeur. Comparée aux clichés que ses confrères avaient déjà envoyés sur le Net, le sien était franchement minable.

— Bon, d'accord…, soupira-t-il. J'en ferai faire d'autres. Mais je n'aurai pas le temps avant mercredi. C'est vraiment indispensable d'en mettre une sur le site, vous êtes sûre ?

— Oui. Mais, pour faire plus simple, laissez-moi essayer avec mon Smartphone.

6.

Comme elle prenait plusieurs clichés de lui, Kate vit Liam redevenir le médecin rigide qu'elle avait rencontré pour la première fois lors de la réunion du personnel. D'une certaine manière, elle le préférait ainsi, car cela lui permettait de prendre plus de distance.

— Détendez-vous, Liam. Ce serait dommage que vous ayez l'air tout crispé… Et relevez cette mèche, sur votre front. Attendez, je vais le faire.

Elle s'avança, mais ses doigts lui effleurèrent la tempe, et elle recula aussitôt. Elle n'aurait pas réagi plus vivement si elle avait mis les doigts dans une prise. Surprenant. Et lui ? Avait-il vécu la même chose ? En tout cas, il n'en laissait rien paraître.

En attendant, il était clair qu'il la laissait prendre les rênes, ce qui l'excitait étrangement. Une fois de plus, elle se sentit entraînée sur cette pente dangereuse…

Réagissant, elle s'écarta de lui et affecta de manipuler son Smartphone, histoire de s'offrir un peu de recul.

Cette fois, il sourit lorsqu'elle le cadra, et elle eut l'impression qu'il atteignait son âme. Il en était totalement transformé. C'était un autre homme qu'elle avait devant lui. Un homme presque dangereux. Du moins pour son cœur…

Cependant, lorsqu'elle pressa le bouton, son sourire avait déjà disparu.

— Hé ! Pourquoi avez-vous repris votre air coincé ?

— Coincé ? répéta-t-il en haussant les sourcils.

— Oui, coincé. Avec votre sourire, vous étiez métamorphosé.

Il l'observait, les sourcils froncés.

— Liam… Il y a un problème ? demanda-t-elle.

— Aucun. Pourquoi ?

— Parce que vous avez l'air… contrarié. Vous ne voulez pas sourire ? Comme tout à l'heure ? Ce n'est pas si difficile, tout de même, si ? Et décroisez vos bras, aussi. Détendez-vous un peu…

— Bon, je vais essayer.

Il releva le coin de ses lèvres. Pas terrible, mais c'était déjà mieux que rien.

— Et si vous vous leviez ? Ça vous aiderait peut-être à vous décontracter ?

Il se leva donc, mais croisa de nouveau les bras.

— Oh ! Liam… Faites un effort, par pitié ! Pensez à vos filles. Vous ne voudriez pas qu'elles aient honte de vous, n'est-ce pas ?

— C'est un argument perfide, protesta-t-il. Et puis quelle importance, après tout ? Pourquoi faudrait-il toujours avoir l'air heureux et bien dans sa peau ? Dans ce monde, seule importe l'image extérieure que l'on projette. Eh bien, je ne suis pas d'accord.

— Je suis certaine qu'elles sont assez intelligentes pour s'en rendre compte.

— Evidemment.

— Bien. Alors, arrêtez de rouspéter et donnez-moi quelque chose sur quoi je pourrai travailler.

— Vous voulez quelque chose d'original ? D'accord…

Il fit soudain volte-face. Allons bon… A quoi jouait-il, maintenant ?

Toutefois, alors qu'il tournait la tête vers elle, elle eut la présence d'esprit de presser le bouton de son Smartphone qui prit les clichés en continu. Elle ferait le tri plus tard.

— Génial…, dit-il en adoptant une expression presque

menaçante. On appellera cette série « le vampire du Celebration ».

Clic-clic-clic-clic-clic…

— Ce serait pas mal, oui. Vous n'avez pas autre chose à me proposer, à présent ? Par exemple, quelque chose qui embarrasserait vos filles ?

Elle le vit se figer, et craignit une seconde d'avoir franchi une ligne interdite. Mais il prit alors une expression sévère en regardant l'objectif et elle s'empressa de presser le bouton.

— Et pourquoi pas le *Penseur* ? suggéra-t-il en se penchant, le poing sous le menton, pour imiter la célèbre statue de Rodin.

— Trop intello ! plaisanta-t-elle. Liam, les filles ont juste envie de s'amuser.

— Oh ? C'est vrai ?

— Hélas, oui. On dirait bien que ce qui les intéresse chez les hommes, maintenant, ce n'est plus ce qu'ils ont dans la tête, c'est juste leur corps.

Il laissa échapper un soupir théâtral en prenant une pose de bodybuilder.

— Je ne suis donc plus qu'un simple objet…

Elle continua à le mitrailler, surprise de découvrir qu'il pouvait plaisanter ainsi. Et puis, ces poses finissaient par l'émoustiller ; elle n'avait encore jamais remarqué qu'il était dans une telle forme physique. Entre deux plaisanteries, elle parvint à le saisir en train de sourire et même de rire. Puis elle s'interrompit pour étudier ce qu'elle avait déjà emmagasiné dans son Smartphone.

Oui, elle en avait plusieurs — et surtout une — sur lesquelles elle pourrait travailler pour obtenir ce qu'il lui fallait. Mais elle avait aussi tout un tas de clichés drolatiques.

— En attendant, à partir de maintenant, vous avez intérêt à être gentil avec moi, parce que j'ai de quoi vous faire chanter, docteur Thayer…

— Ah oui ? Montrez-moi ça.

Il s'avança vers elle qui fit défiler les photos.

— Oh ! bon sang, c'est ridicule ! Je ne pensais pas que vous alliez appuyer sur le bouton. Vous allez effacer ça tout de suite.

— Pas question. Ça pourrait me servir un jour, qui sait ?

— Et puis quoi encore ? Donnez-moi ça !

Il tenta de lui prendre l'appareil des mains, elle lui tint tête, il insista, elle résista, et bientôt tous deux se mirent à rire jusqu'à ce que, tout à coup, leurs yeux se rencontrent. Elle vit le regard de Liam changer, et elle aurait été incapable de dire lequel des deux franchit le premier la ligne blanche… Mais, bientôt, leurs lèvres se rencontrèrent, et elle glissa les doigts dans ses cheveux pour l'attirer.

Leur baiser fut éphémère, le temps de trois battements de cœur à peine, mais Liam eut l'étrange impression de voir défiler sous ses paupières tout un avenir possible avec Kate…

Il avait envie de la serrer contre lui, envie que leurs corps se mêlent, se fondent l'un dans l'autre sous la fougue de leur ardeur.

Toutefois, bien trop tôt, il ressentit son hésitation et il s'écarta d'elle. Il vit alors, rivés sur lui, ses yeux dont le bleu lui parut assombri par le désir. A moins qu'il ne prenne ses propres désirs pour des réalités ? Il avait tellement envie de se perdre en elle.

Personne, depuis la mort de Joy, n'était parvenu à franchir ce mur qu'il avait érigé autour de son cœur.

Jusqu'à cet instant…

— Je devrais sans doute m'excuser, murmura-t-il. Mais je ne regrette rien, en fait.

— Alors ne vous excusez pas.

Il haussa les épaules, et elle sourit.

Avec le soleil qui jouait dans ses cheveux, elle avait l'air d'un ange, à cet instant. Sauf que les anges n'avaient sûrement pas des lèvres aussi sucrées, ni des formes qui lui donnaient envie de s'engager dans un voyage auquel il devrait renoncer dès maintenant…

Non, Kate MacIntyre n'était pas son ange-gardien, mais cela ne l'empêchait pas de penser qu'elle pourrait tout de même être celle qui le sauverait de lui-même. Celle qui l'aiderait à faire la paix avec le passé et lui ouvrirait une nouvelle fenêtre sur le futur…

Un baiser. Rien de plus que cela. Un simple baiser, songeait Kate après que Liam l'eut quittée. Ils avaient perdu la tête tous les deux, et il leur faudrait simplement prétendre que cela n'avait jamais existé.

D'ailleurs, il avait été très clair : hors de question pour lui de s'engager dans une relation avant que ses filles entrent à l'Université, soit dans cinq ans.

Après ce baiser, ils s'étaient efforcés de parler de la photo, de la biographie, et du prétendu rendez-vous.

C'était un bon père. Et elle aurait assurément mauvaise grâce à lui reprocher de n'avoir que le bien-être de ses filles en tête…

Peut-être sa grossesse avait-elle éveillé en elle son instinct maternel ? Elle ne l'avait pas menée à terme, mais ce besoin très fort de protéger les enfants et la famille avant tout le reste ne l'avait pas quittée depuis.

C'était la raison pour laquelle elle avait annulé le mariage. Elle ne pouvait plus épouser Gibson Baker parce qu'il n'occupait plus la première place dans son cœur. Lorsqu'elle avait été enceinte, ils avaient tous les deux souhaité créer un foyer pour leur bébé. Pendant un temps, elle avait voulu se convaincre que son amour pour cet enfant serait assez fort pour rendre leur mariage viable. Mais après l'avoir perdu, elle avait pris conscience qu'elle n'avait plus rien à offrir. Ce qu'elle aurait pu donner était mort avec lui.

Gibson était un homme bien, mais, après la fausse couche, elle avait dû se rendre à l'évidence : il manquait quelque chose. Elle se rassurait donc en songeant que, en fait, elle avait eu raison. Gibson méritait quelqu'un qui l'aimerait. Elle-même en était incapable, du moins pas suffisamment pour le rendre heureux.

Elle se rappelait trop l'échec du mariage de ses propres parents pour pouvoir épouser un homme qu'elle n'aimerait pas.

Son père avait vénéré sa mère dont le cœur n'avait jamais cessé de battre pour un autre. Ce n'est que plusieurs années après la mort de sa mère qu'elle l'avait su, mais elle n'en avait pas été surprise. Elle avait toujours senti une sorte de retenue chez elle, une réticence qui blessait son père et l'avait finalement poussé vers l'alcoolisme.

Après avoir appris le secret de sa mère et jugeant d'après ses propres relations, elle avait compris que l'amour était rarement un échange équitable. L'un des deux, presque toujours, aimait plus que l'autre. Et, par expérience, elle avait pu se rendre compte qu'être celui qui recevait cet amour n'avait rien à envier à celui qui le donnait. Etre incapable de retourner un sentiment aussi fort que celui dont on faisait l'objet était tout aussi douloureux.

Jamais son propre cœur n'avait battu avec une telle force, pour qui que ce soit, jusqu'à cet enfant. Et, en le perdant, c'est tout l'amour dont elle était capable qui l'avait quittée aussi.

Elle avait toutefois des exemples de couples heureux autour d'elle. Rob, son frère, après un premier mariage désastreux, paraissait avoir trouvé le grand amour avec Pepper. Il en allait de même pour A.J. Sherwood, Sydney James et Caroline Coopersmith, les amies de Pepper. Cependant, la sceptique en elle lui soufflait que le ciel est toujours bleu au début, mais que les nuages, inévitablement, venaient l'obscurcir tôt ou tard…

Elle ne demanderait qu'à avoir tort, mais il était évident qu'elle était plus réaliste que romantique.

Et, pourtant… Que devait-elle penser de Joy et de Liam Thayer ? Tous étaient d'accord pour reconnaître la force de l'amour qui les avait unis. Peut-être alors avaient-ils tout simplement été l'exception qui confirme la règle… Mais quelle place un tel amour pourrait-il laisser à une autre femme dans la vie de Liam ? Devrait-elle éternellement vivre dans l'ombre de Joy ?

Pensive, elle passa le bout de la langue sur ses lèvres où elle avait l'impression de sentir encore le baiser de Liam. Curieusement, elle avait su qu'il l'embrasserait, et son cœur avait battu très fort lorsqu'il l'avait avertie qu'il venait la voir dans son bureau.

Pourquoi l'avait-elle encouragé à se détendre ? Elle aurait mieux fait d'accepter sans commentaires une des photos qu'il lui avait apportées. Mais il était trop tard pour revenir en arrière, à présent. Ils ne pouvaient qu'aller de l'avant. Et c'était bien son intention.

Elle n'avait plus qu'une semaine pour finir d'organiser cette enchère, et elle devait se concentrer. Elle n'aurait pas droit à l'erreur.

7.

Refusant de se laisser mener par ses sentiments, Kate, les jours suivants, évita le plus possible Liam, et elle ne répondit pas non plus à ses appels. D'ailleurs, il n'avait pas laissé de message particulier. Si cela avait été important, elle n'aurait pas hésité à le rappeler.

Elle s'était toujours appliquée à respecter une attitude professionnelle. Evidemment, il y avait des exceptions à tout, leur baiser en étant une, et elle était sans doute aussi coupable que lui. L'accepter, c'était éliminer tout malentendu et toute interprétation scabreuse, et se concentrer sur l'accord qu'ils venaient de conclure. Elle miserait donc sur lui avec l'argent qu'il offrait à la cause, bénéficiant ainsi des dons pour l'aile de chirurgie pédiatrique, et, de son côté, il jouerait le jeu auquel le contraignait son chef. Tout le monde sortait donc gagnant de ce marché. Liam et elle étaient suffisamment adultes pour ne pas laisser un malheureux baiser gâcher une telle opération.

En attendant, elle avait encore une montagne de choses à faire. Pour le moment, elle se trouvait à l'aéroport de Dallas avec sa belle-sœur Pepper pour accueillir Maya LeBlanc, célèbre chocolatière internationale qui revenait du Mont-Saint-Michel où elle était allée faire la promotion de sa nouvelle gamme de chocolats et avait accepté de faire office de maître de cérémonie pour l'enchère.

— Je suis ravie de vous rencontrer, Maya, dit-elle en l'aidant à charger ses bagages dans le SUV noir de sa belle-sœur

Maya et Pepper s'étaient liées d'amitié depuis plusieurs années. Pepper jurait même que Maya lui avait prédit qu'elle se marierait avec Rob, et, Kate, qui avait donc beaucoup entendu parler de la jeune Française, avait l'impression de la connaître déjà.

— Je suis heureuse que vous ayez accepté d'animer notre enchère. Les chocolats que vous avez envoyés sont une merveille. Si je devais choisir entre une boîte et l'homme qui me l'offre, je sais déjà sur quoi se porterait mon choix… Je suis irrémédiablement amoureuse des chocolats Maya !

— C'est tout de même fantastique d'avoir une authentique entremetteuse aux commandes, non ? dit Pepper, avec une fierté somme toute légitime.

Après tout, c'était elle qui avait eu l'idée de demander à Maya de diriger cette enchère.

Un sourire serein étira légèrement les lèvres carmin de Maya.

— Arrêtez, je vais finir par avoir les chevilles enflées ! plaisanta-t-elle avec son accent typiquement français.

Le contraste entre ses lèvres écarlates, sa peau très pâle et ses longues boucles rousses était saisissant. Par ailleurs, cette femme frappait également les esprits par l'impression immédiate que sa beauté n'était pas seulement extérieure, mais rayonnait aussi de l'intérieur.

Kate posa brièvement une main sur son bras.

— Votre présence assurera le succès de notre soirée. Je ne vous remercierai jamais assez d'avoir pris sur votre temps pour venir nous aider.

— En fait, ça n'aurait pas pu tomber mieux. Pepper et Sydney ont eu l'excellente idée de profiter de cette occasion pour organiser le lancement de mes chocolats en Amérique du Nord. La gentillesse et la générosité de tous les participants à l'émission sont incroyables.

Elle avait raison. *Un traiteur à Dallas* était une émission qui permettait de mieux connaître l'entreprise de restauration Celebration Inc. que Pepper dirigeait avec ses trois associées, A.J., Sydney et Caroline.

Un couple ayant au dernier moment renoncé à renouveler ses vœux après avoir découvert à quoi il s'exposait dans une émission de téléréalité, les producteurs avaient consenti à la remplacer au pied levé par l'enchère de célibataires.

A cet instant, le téléphone de Pepper annonça l'arrivée d'un message. Comme elle conduisait, elle le tendit à Maya assise à côté d'elle.

— Tu peux me le lire ?

— Bien sûr. Il est de Sarah Cosgrove.

— Oui, c'est la nouvelle coordinatrice.

— Elle dit : « J'ai ratifié le nombre final des participants pour l'enchère de demain, et préparé les tables nécessaires pour accueillir tout le monde ».

Kate sourit. Deux tâches qu'elle pouvait rayer de sa propre liste. Parfait…

— Cette fille est une perle, commenta Pepper. Et un ange. Je ne sais pas ce que nous ferions sans elle. Tu vas l'adorer, Maya. Comme tout le monde.

Kate hocha la tête.

— Je confirme. Nous n'aurions jamais pu organiser quoi que ce soit sans elle.

— Donc, tu vois, tu n'as plus qu'à te croiser les bras et tout confier à Sarah, lui répondit Pepper en rencontrant son regard dans le rétroviseur. Elle contrôle la situation.

— Je ne sais pas…

L'idée de s'en remettre à quelqu'un d'autre pour tous les détails essentiels ne plaisait pas à Kate. Elle n'était pas une simple spectatrice, dans cette histoire. Elle ferait une brève pause durant l'enchère afin de miser sur Liam, ainsi qu'elle l'avait promis, mais elle ne serait pas là pour s'amuser. L'enjeu de cette soirée était bien trop important.

— Bien. On verra ça plus tard, dit Pepper.

— Et toi, Kate ? demanda Maya en se tournant vers elle. Tu es mariée, ou tu as quelqu'un dans ta vie ? Ça ne t'ennuie pas si on se tutoie ?

— Pas du tout. Et, non, je n'ai personne. Je n'aurais pas le temps pour ça.

Pourtant, à cette seconde, Liam s'imposa à elle ; elle revit son visage qui s'approchait du sien alors qu'il s'apprêtait à l'embrasser…, mais s'empressa de chasser ce souvenir. L'imaginer autrement qu'en ami était une cause perdue.

Mais pourquoi fallait-il qu'il soit aussi attirant ?

— Donc, c'est une occasion fantastique, pour toi, non ? insista Maya.

— Pour la fondation, oui.

— C'est une excellente cause, c'est vrai. Mais ce que je voulais dire, c'est que ce doit être drôle de participer à ce genre de projet incluant autant d'hommes séduisants en étant soi-même jeune et célibataire. Tu as déjà choisi le tien ?

Elle lui souriait, et Kate, un instant, fut à court de mots. Plaisantait-elle ? Apparemment non.

— Donne-moi ta main, dit Maya.

— Quoi ?

Maya lui tendit la sienne par-dessus le siège.

— Tu trouves ça peut-être un peu fou, mais tu sais déjà que je suis une terrible entremetteuse en plus d'être chocolatière.

— Allez, Kate ! intervint Pepper en la regardant dans le rétroviseur. Laisse-la faire.

Kate eut le sentiment d'être à cet instant victime d'une conspiration… Pepper n'avait jamais caché qu'elle voulait lui trouver « un homme », et Kate la soupçonna même à cette seconde d'avoir manigancé cette rencontre avec Maya. Mais comme elle ne voulait pas se montrer désagréable ou blessante, elle n'eut d'autre choix que de se prêter au jeu.

— D'accord, mais si tu me promets de garder les yeux sur la route. Je n'ai aucune envie de me retrouver dans le fossé.

— Pas de souci, répondit sa belle-sœur. Allez, vas-y.

Elle se pencha donc pour tendre sa main à Maya qui se concentra un instant, avant, finalement, de lui presser doucement les doigts et de la relâcher.

— C'est bien ce que je pensais.

— Quoi ? demanda Kate, curieuse malgré elle.

— Tu connais déjà ton âme sœur!

Maya n'aurait pas semblé plus heureuse en lui annonçant qu'elle avait gagné la maxi-cagnotte du loto.

Kate secoua la tête.

— Je ne voudrais pas te contredire, mais, franchement, ça m'étonnerait. Je n'ai pas eu le temps de sortir, récemment, et le dernier homme avec lequel j'ai eu une aventure ne risquait vraiment pas d'être mon âme sœur.

Maya répondit avec un sourire serein, comme si elle avait l'habitude des sceptiques…

— Tu as déjà rencontré cet homme, et je suis prête à parier que c'est à l'occasion de cette enchère. N'y a-t-il pas quelqu'un qui te vient à l'esprit ?

La prédiction de Maya lui avait coupé le souffle, et, l'espace de quelques secondes, l'image de Liam s'imposa à elle, éradiquant toute autre pensée. Jusqu'à ce que son esprit logique reprenne le pouvoir. Liam Thayer, son « âme sœur » ? C'était ridicule. Il lui avait affirmé, on ne pouvait plus clairement, qu'il n'avait aucune intention de se remarier. Mais si c'était le cas, elle plaignait la femme sur laquelle se porterait son choix, car prendre la place de Joy Thayer ne serait certes pas aisé…

— Ah ! Tu penses à lui en ce moment même.

— Pas du tout. Je pensais à l'un des plus tatillons des candidats qui exige beaucoup de conditions pour pouvoir participer.

— Et tu vas parier sur lui ?

Parce que Maya était télépathe, en plus ? Elle ne s'était confiée à personne de son attirance pour Liam.

— Oui.

Elle put voir les yeux de Maya s'arrondir, ainsi que ceux de Pepper rivés sur elle dans le rétroviseur.

— Comment se fait-il que tu ne m'en aies jamais parlé ? Je crois qu'une petite explication s'impose…

Elle ne put réprimer un sourire.

— Garde les yeux sur la route, Pepper. Si on a un accident, on pourra dire adieu à l'enchère.

Cette évocation lui rappela Joy Thayer, une pensée quelque peu angoissante qu'elle s'empressa de repousser. De toute façon, elles arriveraient saines et sauves à destination, car Pepper était toujours très prudente au volant.

— Notre relation est purement professionnelle. Tu connais le Dr Thayer ?

— Oui. Et il est plutôt irrésistible, non ? Hé ! Ne me dis pas que c'est *lui*, ton âme sœur. Si ?

— Et si c'était le cas, tu n'approuverais pas ?

— Oh que si ! Bon sang, il faudrait être difficile pour critiquer. Mais il est un peu… Mmm, comment dire ça sans tout gâcher s'il doit un jour devenir le grand amour de ta vie ?

Kate se pencha vers l'avant.

— Tu n'as rien à craindre de ce côté-là. Si je parie sur lui, c'est seulement pour que son patron lui fiche la paix. Liam est veuf et père de deux enfants. Deux filles… Il affirme qu'il n'est pas prêt à se lancer dans cette aventure, mais son chef veut que *tous* les médecins participent à cette enchère, parce qu'il s'agit d'une affaire commerciale. Il va donc faire une donation importante incognito et, moi, j'utiliserai cet argent pour l'embrasser.

— *Quoi ?*

— Je vais miser sur lui. Mais ça reste entre nous, hein ? Promis ?

— Tu as dit « embrasser », pas « miser ».

— Moi ? Mais… enfin ! Pas du tout.

— Si. C'est ce qu'on appelle un lapsus, non ? L'émergence des désirs inconscients ?

— C'est plutôt le pouvoir de suggestion de Maya sur les âmes sœurs, sûrement. Parce que si je mise sur lui, ce n'est sûrement pas pour l'embrasser.

« Tais-toi. Plus tu parles, plus tu te défends, plus tu t'enfonces… »

— Et, pendant que j'y pense, hors de question bien sûr d'aller claironner que je me suis arrangée avec lui pour l'enchère.

— Mais je peux dire que tu l'as embrassé ?

Pepper avait beau plaisanter, l'évocation de ce baiser suffisait à lancer le cœur de Kate à 100 à l'heure.

Pourtant non, elle ne voulait pas s'attacher, pas plus à lui qu'à un autre. Mais son corps lui chantait une tout autre chanson, et, de toute évidence, si elle en jugeait à la réaction de Maya, elle était incapable de le cacher.

— Très drôle, Pepper. Mais pas question non plus. Tu gardes ça pour toi, d'accord ? Bon. Qu'est-ce que tu allais dire ?

— Qu'il est un peu « cabossé ».

— Cabossé ? Pourquoi dis-tu ça ?

Pepper lui relata alors sommairement l'accident fatal de Joy et le sentiment de deuil qui s'était abattu sur tout le personnel du Celebration Memorial.

— C'est en partie la raison pour laquelle j'ai accepté de miser sur lui, intervint Kate. Et il n'est pas vraiment « cabossé », comme tu dis. C'est seulement un homme qui souffre de la disparition de sa femme.

Comme elle s'arrêtait à un feu rouge après avoir quitté l'autoroute, Pepper se tourna vers elle.

— Et si tu me disais maintenant tes vraies raisons de miser sur lui ?

— C'est vert, dit Kate en lui indiquant le feu. Le cœur de ce type est totalement indisponible. De plus, il a deux ados. Donc, même s'il n'est pas « cabossé », il traîne tout de même avec lui un bagage assez lourd, dont une relation loupée parce que, apparemment, une prédatrice a voulu faire main basse sur lui juste après la mort de Joy, et il semble que ça ait mal tourné.

— Kimela Herring ! s'écria Pepper.

— Qui est-elle ?

— Un désastre. Une blonde décolorée anorexique. Un désastre, je te dis… Un vrai vampire !

Pepper lui raconta comment Kimela Herring, une voisine des Thayer, avait entrepris de « faire main basse » — selon ses propres termes — sur Liam sitôt, ou presque, qu'il s'était retrouvé veuf.

— J'ignore les détails, mais il paraît qu'elle avait déjà mis sa stratégie de séduction en marche pendant la réception qui a suivi l'enterrement de Joy. Elle n'a même pas eu la décence de lui laisser le temps de faire son deuil. Tu te rends compte ?

— D'accord, mais pour qu'elle insiste comme ça, c'est peut-être aussi que Liam ne la repoussait pas avec assez de conviction ?

Pepper secoua la tête.

— On voit que tu ne la connais pas. Elle est tellement transparente qu'on n'a jamais de mal à deviner sa stratégie. Elle a déjà été mariée quatre fois. Son premier mari, vieux et riche, est mort en lui laissant un bon petit pactole qu'elle a fait fructifier grâce aux trois divorces qui ont suivi, tous avantageusement prononcés en sa faveur. Visiblement, elle avait Liam dans sa ligne de mire pour être le gogo suivant.

— D'après lui, elle ne porterait pas vraiment les filles dans son cœur…

L'expression de Pepper se fit ironique.

— J'ai entendu dire qu'elle leur avait trouvé une très bonne école dans un autre Etat… Si tu veux en savoir plus, je mènerai ma petite enquête.

De fait, s'il y avait quelque chose à apprendre, on pouvait compter sur elle. Pepper avait un don exceptionnel pour arracher leurs secrets aux gens à leur insu. Or, même si le procédé lui déplaisait, Kate voulait savoir.

— C'est un homme bien, même s'il est un peu coincé. Enfin, pas coincé, mais… crispé, dit-elle. Et on ne peut pas lui reprocher de protéger ses filles.

— Non, c'est sûr. Mais j'ai l'impression qu'il souffre d'un complexe de la solitude.

— Qu'est-ce que ça veut dire ?

— Qu'il veut rester seul.

Kate esquissa une moue sceptique.

— Je ne suis pas sûre de ça. Je crois plutôt qu'il a décidé de fuir délibérément toute aventure tant que les filles n'auront pas quitté la maison. Mais depuis quand es-tu devenue experte en psychanalyse, toi ?

Pepper sourit.

— Tu me connais. Il faut toujours que j'essaie de décortiquer ce qu'il y a dans le cerveau des gens. Et a fortiori dans celui d'un homme qui a des chances de se rapprocher de ma belle-sœur…

— Oui, eh bien ne mise pas trop là-dessus, murmura-t-elle, presque pour elle-même.

— Quel genre de médecin est-il, au fait ? s'enquit Maya, qui leva les yeux de l'écran de son Smartphone.

— Pédiatre hospitalier.

— Ça veut dire quoi, exactement ?

— Qu'il dirige le service de pédiatrie du Celebration.

— Alors pourquoi est-ce que je ne le vois pas sur le site de l'enchère ? Je n'ai ni sa photo ni sa bio.

Kate, mal à l'aise, soupira.

— En fait, il va y participer, mais il n'est pas sur le site, c'est vrai.

— Pourquoi ? demandèrent Pepper et Maya en chœur.

— Eh bien, étant donné que je vais miser sur lui, j'ai décidé — enfin, *nous* avons décidé de lui éviter la publicité.

C'était un peu maquiller la vérité sans s'en éloigner tout à fait. Liam lui avait demandé de lui épargner toute annonce le concernant sur le Net, et si, au début, elle s'y était refusée, elle avait réfléchi au cours de la semaine et jugé que, au bout du compte, cela faciliterait les choses. Les femmes qui allaient miser avaient été encouragées à aller sur le site. Alors pourquoi mettre ce célibataire en avant, puisqu'il préférait faire profil bas ?

Du moins était-ce la version qu'elle avait choisi d'adopter.

Au début de la semaine, elle n'avait pas pu se résoudre à regarder les photos qu'elle avait prises de lui et qui étaient restées sur son Smartphone. Puis, peu à peu, elle en était venue à adopter la version qu'elle venait de donner à Pepper et à Maya.

Mais n'était-ce pas la vérité, finalement ? Si elle choisissait d'éviter de voir ces clichés, c'était bien parce qu'elle refusait de se laisser prendre au piège du charme d'un célibataire qui préférait le rester.

8.

« Méfie-toi de tes rêves, ils pourraient se réaliser », songea Liam, planté devant le tableau d'affichage du Regency où étaient exposés les visages des participants à l'enchère.

Du moins ceux de ses six confrères. Pas le sien. Ce qui lui convenait tout à fait. Rebecca Flannigan, l'assistante de Kate, l'avait appelé le jeudi pour l'informer du déroulement de l'événement de ce soir. En l'occurrence, l'heure où il devrait arriver et la tenue souhaitée. Avant d'ajouter : « Mlle MacIntyre m'a demandé de vous dire que tout se passerait comme prévu et qu'elle vous verra donc samedi soir ».

OK. Message reçu 5 sur 5.

Mais pour le cas où il n'aurait pas compris, Rebecca lui avait aussi adressé un programme de la soirée où il avait découvert qu'il figurait en dernier sur la liste des participants. Sans doute Kate avait-elle songé que les joueuses auraient déjà presque tout misé sur les précédents et qu'il ne leur resterait donc plus assez à débourser pour lui. Une bonne idée, mais il aurait préféré qu'elle lui en fasse part elle-même.

Il n'avait pas réussi à la joindre durant la semaine, et il ne pouvait s'empêcher de penser que c'était peut-être à cause de leur baiser. Il aurait aimé s'excuser, lui dire qu'il valait mieux tout effacer et presser le bouton « réinitialiser », afin de repartir sur des bases neuves. Mais, à ce stade, il était préférable qu'il cesse carrément d'appeler. Il allait finir par la contrarier pour de bon.

A son entrée dans la grande salle, un quartet de jazz se produisait sur la scène. Un grand buffet avait été installé sur plusieurs tables et, après avoir pris une des truffes au chocolat offertes sur l'une d'elles, il alla commander une bière au bar. Les parieuses, c'était clair, auraient de quoi s'occuper avant de s'atteler à leur tâche.

Sans doute se serait-il senti comme un animal de foire sauf que, en dehors de ses collègues et de Kate, personne, ce dont il se félicitait, n'était au courant qu'il figurait parmi les candidats.

Lesquels étaient tous, ou presque, entourés de femmes, et, appuyé contre une table, Liam s'amusa à deviner avec laquelle chacun de ses confrères finirait la soirée. Il aimait observer ce qui se passait, en spectateur anonyme.

Les gars étaient visiblement à leur affaire. Ils lui faisaient penser à des gosses lâchés dans un magasin de jouets, et Liam était content pour eux. Après tout, étant célibataires, ils avaient bien raison de s'amuser avant de tomber sur celle qui saurait les assagir.

Il n'avait toujours pas repéré Kate. Pourvu qu'elle n'ait pas changé d'avis et délégué son assistante à sa place… En attendant, il souhaitait pour elle que les fonds récoltés soient à la mesure de ses espérances et des efforts qu'elle avait investis pour organiser cette soirée.

Si, au moins, il savait qui était Rebecca, juste pour le cas où Kate ne se montrerait pas. Toutefois, si une femme misait cinq mille dollars sur lui, ce ne pourrait être qu'elle. Donc, aucune raison pour lui de s'inquiéter.

— Hé, mais c'est ce cher docteur Thayer. Comment vas-tu, mon chéri ? Ça fait un bail qu'on ne s'est pas vus, tous les deux.

« Kimela Herring… », songea-t-il en soupirant avant de se retourner. Il aurait reconnu la voix sirupeuse de sa voisine entre toutes. Elle portait une petite robe orange très courte qui ne laissait rien ignorer de ses formes que les plasticiens, au fil des opérations, s'étaient ingéniés à remodeler, et dont elle était si fière. A cet instant, elle lui tendait sa main ornée d'un gros diamant qui n'était sûrement pas factice.

— Bonjour, Kimela. Pourquoi ne suis-je pas étonné de te voir ici ?

— Eh oui. Comment aurais-je pu résister à cette enchère de séduisants célibataires ? Mais j'avoue que j'ai été très déçue de ne pas voir ton nom sur la liste. J'ai même failli boycotter la cérémonie pour protester.

— Eh bien, tu vois, je suis ici, finalement.

— Je vois ça, oui. Tu sembles même très en forme, et je m'en réjouis.

Il était clair qu'elle faisait allusion au fait qu'il l'évitait depuis de nombreux mois. Mais il y avait de quoi. Ses minauderies ne l'empêchaient assurément pas de voir en elle la détestable manipulatrice qui avait voulu le convaincre d'envoyer ses filles dans un cours de danse… à New York.

A l'époque, celles-ci n'avaient que onze ans. C'était peu après la mort de Joy, et lui-même était encore sous le choc. C'était la seule explication qu'il avait trouvée pour avoir laissé cette femme s'immiscer dans leur vie et y semer un tel désordre. Y repenser ravivait chaque fois sa colère.

— Mais, explique-moi, Liam… Pourquoi ne participes-tu pas à cette enchère ? En tant que chef du service de pédiatrie, tu devrais y être. Ne me dis pas que tu fuis encore les femmes.

Songeant à Kate, il sentit son cœur se serrer. Une impression étrange… S'il ne tenait qu'à lui, il ne la fuirait pas, c'était certain. Pas *elle*. Il parcourut de nouveau l'assistance des yeux, mais une fois de plus sans la voir.

— Je n'ai jamais fui les femmes, Kimela. J'attends simplement de rencontrer la bonne.

A cet instant, et pour son plus grand soulagement, le programme de la soirée commença.

— Bonsoir, tout le monde. Je suis Maya LeBlanc, se

présenta la jeune femme rousse sur la scène. Votre maître de cérémonie.

Elle s'exprimait avec un léger accent français, mais dans un anglais parfait.

— S'il vous plaît, mesdames, laissez passer ces messieurs pour qu'ils rejoignent les coulisses. J'espère que tout le monde a bien apporté son chéquier et se montrera très généreux pour nous aider à construire cette aile de pédiatrie chirurgicale du Celebration Memorial. Vous allez aussi pouvoir acheter des billets afin de contribuer à la collecte de fonds. Et si vous êtes l'une des heureuses gagnantes, sachez que votre célibataire et vous remporterez aussi un bon pour la cérémonie célébrant la réussite de cette collecte. Autrement dit, c'est un peu comme si vous aviez droit à deux rendez-vous ce soir ! Mais, dans l'immédiat, nous appelons les sept célibataires à se rendre dans les coulisses.

— Qu'est-ce qu'elle raconte ? dit Kimela. Elle a dit sept célibataires, mais il n'y en a que six sur le programme. C'est une erreur ou on a droit à un invité surprise ?

Liam secoua la tête avec un soupir discret. Pourquoi fallait-il que cette femme, qui faisait toujours preuve d'une rare insensibilité, ait saisi justement ce qu'il ne fallait pas ?

— Il faut que j'y aille, Kimela. Amuse-toi bien.

— Tu as une place à une table ? Sinon, tu peux venir à la mienne.

— C'est gentil, mais c'est prévu, merci.

A cet instant, il repéra Kate dans le public. Son ensemble rose pâle, qui épousait souplement ses formes, lui allait à ravir. Elle lui donna l'impression de rayonner, et il se demanda comment il avait pu être assez aveugle pour ne pas l'avoir aperçue plus tôt. Croisant son regard, il la vit qui se penchait ensuite vers la femme avec qui elle discutait pour lui murmurer quelque chose à l'oreille. Alors que toutes les deux se tournaient vers lui, Kimela choisit cet instant pour lui ôter une poussière probablement imaginaire sur le revers de sa veste, avant de lui brosser l'épaule de la main.

Agacé, il s'apprêtait à s'écarter d'elle lorsque plusieurs personnes passèrent entre Kate et lui. Le temps qu'elles s'éloignent, il l'avait perdue de vue.

La subtilité, avec Kimela, n'étant pas de mise, il se contenta de s'excuser avant de lui tourner le dos. Puis, conscient qu'elle le suivait des yeux, il se dirigea vers le bar jusqu'à ce qu'il soit certain de ne plus être dans sa ligne de mire.

— Ah, vous voilà…, dit Rebecca. Je vous cherchais partout. Vous devez tout de suite aller dans les coulisses. Tout le monde se met en place.

Toutefois, alors qu'il lui emboîtait le pas, Kimela surgit de nouveau devant lui pour lui adresser un clin d'œil.

— Allez-y, Liam ! le pressa Rebecca en lui désignant l'entrée des coulisses.

— Oui, vas-y, répéta Kimela. Ton public t'attend.

Liam eut alors le sentiment nauséeux d'avoir croisé un oiseau de mauvais augure…

— Il est ici ? Avec elle ?

Kate se tordit le cou pour tenter de voir au-delà des têtes qui leur bouchaient la vue.

— Mais c'est stupide. Pourquoi viendrait-il à ce genre de cérémonie avec une amie ? Allez, on va s'asseoir. Je ne voudrais pas qu'il nous surprenne en train de chercher à le voir.

— A mon avis, ce n'est pas lui qui l'a amenée, répondit Pepper. J'ai mené ma petite enquête. Et j'ai découvert ce que Kimela a fait pour le rendre aussi furieux.

— Ah oui ? Raconte…

— J'ai une copine qui est au comité directeur de l'école de danse avec elle. Elle m'a raconté que, il y a un an ou deux, Kimela a fait jouer quelques relations pour obtenir que les filles soient acceptées dans le programme résidentiel de l'école du Ballet Randolph à New York.

— Et alors ? Ce doit être le rêve de toute danseuse en herbe, non ?

— Oui, sûrement. Sauf que…

Sa belle-sœur se pencha vers elle et baissa le ton.

— … une des filles a été acceptée pour ses dispositions naturelles, mais pas l'autre, et c'est pour elle que Kimela a dû tirer quelques ficelles. Après ça, je ne sais pas vraiment ce qui s'est passé, mais toujours est-il que ni l'une ni l'autre ne sont finalement parties à New York, et que Kimela s'est retrouvée interdite de séjour chez les Thayer.

— Comme elles ont treize ans, maintenant, elles devaient en avoir onze ou douze, alors. C'est bien trop jeune pour être propulsées seules dans une ville comme New York.

— On peut considérer l'école du Ballet Randolph comme un pensionnat spécial.

— Où on enseigne la danse plutôt que la littérature et les maths, oui. Etant donné la carrière plutôt courte des danseuses, j'avoue que je ne serais pas trop enthousiaste non plus de voir mes filles mettre tous leurs œufs dans ce panier-là.

— Tu sais, bien sûr, que Joy était danseuse, je suppose ? Apparemment, elle a tout abandonné pour Liam. Peut-être qu'elle a ensuite orienté ses filles dans cette direction et ainsi a pu vivre à travers elles le rêve auquel elle avait dû renoncer pour fonder une famille avec lui. Kimela et elle s'entendaient très bien. Mais je me demande maintenant si Kimela n'essayait pas tout simplement de réaliser les souhaits de Joy…

Kate esquissa un haussement d'épaules afin de dissiper le malaise qu'elle éprouvait sitôt que l'on évoquait Joy en sa présence. Cette femme, à chaque mention qu'il était fait d'elle, lui apparaissait toujours plus parfaite.

— Assez parlé de ça, reprit Pepper. Tu ne devrais pas plutôt aller discuter avec cet irrésistible Dr Thayer ? Et, d'abord, pourquoi ne t'a-t-il pas amenée ici ce soir ? Au moins, on ne serait pas en train de spéculer sur ce qu'il fabrique avec Kimela.

Pourquoi ? Tout simplement parce que leur baiser l'avait effrayée. Jamais elle n'avait éprouvé un tel émoi. Elle avait eu comme un avant-goût de ce que pourrait vivre celui qui, dans une relation, aimait le plus.

Ce baiser l'avait fragilisée au point qu'elle avait ensuite fui Liam toute la semaine, mais, à cet instant, alors qu'elle prenait place à la table, elle se sentait idiote. Si Maya n'avait pas appelé les célibataires, elle serait peut-être allée le trouver. Or, elle devrait maintenant attendre la fin de cette enchère pour lui présenter ses excuses.

Son frère vint à cet instant les rejoindre à leur table. Avant de s'asseoir, il se pencha pour effleurer les lèvres de Pepper des siennes. Kate lui sourit, mais, sous l'assaut d'une étrange jalousie, détourna aussitôt la tête. Etait-elle… envieuse ? Oui, elle l'était. C'était stupide. Elle n'allait tout de même pas en vouloir à son frère d'aimer Pepper ? Ils étaient si heureux, tous les deux. Jamais elle n'avait vu son frère aussi radieux…

Une fois de plus, son regard parcourut la salle à la recherche de Liam. En vain. Il devait être dans les coulisses avec les autres. Elle se félicitait d'avoir pris la décision de ne pas l'inclure dans le programme ; il y avait quelque chose d'étrangement intime dans le fait d'être la seule à devoir miser sur lui.

A cet instant, Maya lança une plaisanterie qui fit de nouveau rire la salle.

— Elle est vraiment douée, commenta Pepper. La diffusion de l'émission va sans doute avoir du succès.

Kate était arrivée une heure avant les convives, afin de s'assurer que tout était en place, et elle avait été satisfaite de constater que le décor, tout comme le buffet proposé, étaient prêts.

Bientôt, la salle fut pleine et les enchères purent débuter. Les célibataires défilèrent, donnant parfois lieu à de réelles rivalités entre les femmes. Comme lorsque Kimela Herring se battit à coups d'enchères avec une autre pour Quinn Vogler, l'orthopédiste.

Acharnée, Kimela ne cessait de surenchérir. Il lui fallut atteindre la somme de 7500 dollars pour que sa rivale, enfin, abandonne.

Kate ne pouvait que s'en réjouir. D'une part, parce que, bien sûr, c'était autant d'argent qui permettrait de construire l'aile chirurgicale pédiatrique. Mais aussi, égoïstement, parce que Kimela devait avoir ainsi épuisé son budget. Au cas où Liam lui aurait confié qu'il ferait lui aussi partie de la compétition. Ce qui ne semblait pas être le cas.

— Que celles qui n'ont pas encore pu remporter un de nos candidats se rassurent, annonça bientôt Maya. Nous avons encore un célibataire à vous proposer. Je vous demande d'applaudir le Dr Liam Thayer.

Kate croisa le regard de Liam juste avant qu'il rejoigne Maya.

— Seriez-vous de ceux qui aiment surprendre les femmes, docteur Thayer ? demanda Maya lorsqu'il fut près d'elle. Vous êtes la surprise de la soirée puisque vous n'étiez pas inscrit sur le programme.

— Les surprises sont ce qui donne du piquant à la vie, Maya, répondit-il, aussitôt applaudi par le public.

— Je suis entièrement d'accord avec vous ! Bien, mesdames, à vous de jouer. J'ouvre l'enchère à cinq cents dollars.

Kate leva la main.

— Six cents ici, déclara Maya. Et sept cents à ma gauche.

Kimela Herring. Kate échangea un coup d'œil avec Pepper.

— Bon sang, elle a déjà gagné Quinn Vogler. Qu'est-ce qu'elle cherche ? Tant pis, je me lance…

— Mille cinq cents dollars, annonça-t-elle en levant son écriteau.

Un silence surpris tomba sur la salle.

— Mille cinq cents une fois. Mille cinq cents deux fois…

— Trois mille, dit Kimela.

A l'instar du public, Kate en resta une seconde bouche bée. Comme elle se tournait vers Liam, elle le vit qui la regardait, un large sourire aux lèvres. Avec tous les yeux fixés sur lui, il n'avait pas trop le choix. Tous deux avaient plaisanté sur une possible guerre des enchères, mais n'avaient pas évoqué de tactique au cas où celles-ci franchiraient la barre des cinq mille.

A défaut d'une meilleure idée, elle s'accouda alors sur la table en appuyant le menton sur son poing, le pouce vers le haut que, discrètement, elle pointa ensuite vers le bas.

Comme elle répétait ces signaux, elle le vit hocher la tête devant son pouce levé, ce qu'elle interpréta comme un désir de poursuivre les enchères. Evidemment. Il n'avait pas envie de se retrouver dans les griffes de Kimela…

— Trois mille dollars ? reprit Maya en se tournant vers Kate qui vit tous les regards s'orienter vers elle.

C'était à présent toute la salle qui guettait sa réponse. Elle ne pouvait que surenchérir ou se coucher. Un autre signe entre Liam et elle risquait trop d'être repéré.

— Trois mille dollars une fois…, poursuivit Maya.

Finalement, Kate leva la main, et une salve d'applaudissements accueillit son geste.

Son succès fut de courte durée. Son exaspérante rivale proposa carrément cinq mille dollars.

Atterrée, elle se tourna vers Liam qui la regarda en secouant la tête de droite à gauche. Que voulait-il dire ? « Ne la laisse pas gagner » ou, au contraire, « Ne monte pas les enchères » ? Bon sang, pourquoi n'avaient-ils pas mis une stratégie au point en amont ? En attendant, il n'était pas question de l'abandonner aux griffes de Kimela.

— Six mille dollars…

Finalement, à dix mille dollars, Kimela renonça.

Un abandon qui coïncida avec le moment où Pepper se rendit aux toilettes, et Kate trouva ce timing bizarre. Puis elle la vit s'arrêter en chemin devant la table de Kimela vers qui elle se pencha. Ce qu'elle lui murmura à l'oreille dut être très efficace car, aussitôt, Kimela rabaissa son écriteau et Kate fut déclarée vainqueur de cette enchère.

Assourdie par les applaudissements du public, elle prit alors vraiment conscience qu'elle venait d'acheter la liberté de Liam pour dix mille dollars.

Dix mille dollars…

Heureusement qu'elle était assise ; ses jambes ne pourraient pas la porter.

Mon Dieu, mais qu'avait-elle fait ?

9.

Ils l'appelaient « Monsieur dix mille ». Le surnom avait couru avant même qu'il puisse rejoindre Kate et il faisait de son mieux pour avoir l'air flatté et ému que quelqu'un puisse dépenser une telle somme pour passer une soirée avec lui. Mais où allait-il l'emmener pour ce prix là ?

Et pourquoi ne s'était-elle pas retirée du jeu lorsqu'il le lui avait discrètement conseillé ? En attendant, elle avait fait de son mieux, et il serait inutile de revenir dessus.

Il reçut les félicitations de tout le monde alors qu'il traversait la salle pour la rejoindre. On lui serrait la main, on lui assenait de grandes claques dans le dos, on l'applaudissait… Et quand il arriva enfin près d'elle, leur public, comme un seul homme, se mit à scander « Un baiser ! Un baiser ! Un baiser… »

Quelqu'un la poussa gentiment vers lui. Il l'accueillit dans ses bras qu'il referma aussitôt sur elle.

— Désolée, Liam, murmura-t-elle. Je suppose que je me suis un peu trop emballée ; mais je ne pouvais tout de même pas laisser Kimela gagner. Je vous paierai les cinq mille dollars de dépassement, promis.

— Hors de question. Au moins, vous avez montré à Kimela qu'elle ne peut pas avoir tout ce qu'elle veut.

— D'accord, mais à quel prix !

— Ne vous inquiétez pas pour ça. De toute façon, c'est fait, et on ne peut pas revenir dessus. Par ailleurs, continuez à sourire, tout le monde nous regarde. Sinon, ils vont croire que vous avez des remords.

— Mais pourquoi aussi m'avoir encouragée à continuer à monter les enchères ? chuchota-t-elle après s'être écartée de lui pour le dévisager.

— Je ne vous encourageais pas ; au contraire, je vous faisais signe d'arrêter.

— Oh flûte !… J'ai cru que… On aurait dû se concerter avant. Je regrette, Liam.

— Hé, ce n'est pas grave.

Elle avait l'air si… fragile, à cet instant, qu'il en éprouva un furieux besoin de la protéger. Dix mille dollars ? Et alors ? Il y réfléchirait plus tard. Pour l'instant, voir le sourire revenir sur ses lèvres était tout ce qui lui importait.

— Et je vous serai éternellement reconnaissant de ne pas avoir laissé Kimela gagner.

— Ça n'aurait pas été si terrible que ça, tout de même.

— Oh si !… Je lui ai répété des dizaines de fois que je ne voulais pas m'engager et que je ne le pouvais pas, mais elle continue à manigancer dans son coin. Elle ne veut pas comprendre que mes filles passent avant tout, et je crois que plus je résiste, plus elle insiste. Mais assez parlé d'elle. Vous êtes très en beauté, ce soir…

— Vous aussi. Je finissais par croire que vous n'aviez rien d'autre dans votre garde-robe qu'une collection de blouses blanches. Le smoking vous va très bien.

— Merci. Je le porterai peut-être de nouveau pour notre sortie à dix mille dollars.

Il avait envie de la reprendre dans ses bras, de la cacher aux yeux des curieux qui les observaient. Dans l'immédiat, il dut se contenter de lui relever une mèche de cheveux dorés sur la tempe.

— Donc, après cette fausse enchère, une fausse sortie ? Pourquoi ai-je l'impression qu'on est en train de basculer dans un engrenage infernal de mensonges ?

— C'est vrai. A ce train-là, nous finirons par devoir organiser un faux mariage.

— Il ne manquerait plus que ça ! s'exclama-t-elle. Il y a beaucoup de choses que l'argent ne peut pas acheter, et encore heureux !

A cet instant, il aurait pourtant été prêt à donner très cher pour goûter de nouveau à ses lèvres. Mais il savait que s'il commençait…

— Hé, les amoureux, qu'est-ce que vous fabriquez dans votre coin ? demanda Pepper.

— On discute de notre futur rendez-vous, répondit-il, se ressaisissant.

— Votre choix a intérêt à être bon. Tout Celebration attend de savoir ce que vous allez faire, maintenant.

Pour la première fois depuis longtemps, il se posait la même question.

Alors que le public se dispersait et que Liam avait finalement été entraîné par ses confrères, Kate, qui s'attardait dans la salle presque vide, regretta son impulsivité.

« Mais qu'est-ce qui m'a pris ? » Cinq mille dollars de plus que ce que Liam et elle avaient prévu ? C'était de la folie. Avait-elle réellement voulu le sauver, ou bien ses motivations avaient-elles été plus… égoïstes ? De toute façon, elle n'avait pas une telle somme disponible, et encore moins à dépenser pour passer une soirée avec un homme, fût-il aussi séduisant que Liam.

Liam qui, lui, s'était montré très compréhensif, mais il aurait eu mauvaise grâce à ne pas l'être puisqu'elle lui offrait de régler le surplus de la mise. Ce qui, bien sûr, était tout à fait normal. Il était à cet instant en train de discuter avec Cullen Dunlevy, lequel arborait un sourire qu'elle ne lui avait encore jamais vu.

C'était de toute évidence une victoire pour tous ceux concernés ce soir. A part pour son propre compte en banque, bien sûr. Mais, au moins, Liam était de nouveau dans les bonnes grâces de son chef, et cette enchère avait atteint son but.

— Tu en fais une tête, dit Maya. Tu devrais sauter de joie, au contraire. Tu as harponné le gros poisson de la soirée !

Elle soupira.

— Maya, tu connais la situation… On ne peut pas vraiment dire que j'ai gagné. Si, un jour, on se retrouve à Las Vegas, enferme-moi dans la chambre d'hôtel. Je crois que je dois avoir un gros problème de jeu.

— Tu veux mon avis ? Ton problème, ce n'est pas celui que tu crois. C'est l'amour.

— Oh ! Maya ! se récria-t-elle. J'oubliais que tu es une incurable romantique. Mais ni Liam ni moi ne sommes intéressés par ça.

— Crois-moi, je sais ce que je dis. Je vous ai observés ensemble, tous les deux. Au départ, dans la voiture, ce que j'éprouvais était juste une sensation. A présent, c'est une certitude, et cette soirée avec lui sera pour toi le moyen de la concrétiser.

La sceptique en Kate batailla contre la lueur d'espoir qui cherchait à poindre — et gagna. Il ne s'agissait entre Liam et elle que d'un arrangement. Rien de plus.

Car même s'ils dînaient ensemble — il faudrait bien respecter le contrat jusqu'au bout —, cela n'irait pas plus loin. Liam ne lui avait pas caché qu'il refusait de nouer une relation sérieuse.

Quant à elle, il était hors de question de répéter l'erreur de son père qui avait aimé une femme dont le cœur appartenait à un autre.

— Ah, voilà ton homme… Je vous laisse envisager votre avenir, tous les deux ! lança Maya avec un clin d'œil avant de se fondre parmi la foule.

Avant qu'elle ait pu protester, « Monsieur dix mille » était devant elle, arborant un sourire sexy.

— Quelle soirée…

— On peut le dire, oui.

— Je vais devoir rentrer, maintenant, les filles m'attendent. Mais je voulais savoir si vous voulez que je vous dépose.

Les filles. Liam était manifestement un très bon père qui plaçait ses filles avant tout le reste. Même si les élever seul ne devait pas être facile.

— Merci, mais j'ai ma voiture.

— Très bien. Alors, bonne soirée.

Puis, sans qu'elle s'y attende, il l'attira dans ses bras, et le bien-être qu'elle ressentit contre lui réveilla un puissant désir de l'embrasser de nouveau, de revivre ce qu'elle avait éprouvé dans son bureau…

— Je vous appellerai pour que nous trouvions ensemble une sortie digne de ces dix mille dollars.

Son haleine chaude, qui sentait la menthe, lui caressa l'oreille, et elle eut du mal à ne pas fondre. Puis il s'écarta et elle le regarda s'éloigner. Arrivé devant la porte, il se retourna pour lui sourire, et elle eut le sentiment très fort que, ce soir, elle avait gagné bien plus que ce pour quoi elle avait misé…

Liam était épuisé, mais lorsqu'il poussa la porte d'entrée, ce fut pour être accueilli par ses filles qui, en pyjama, se jetèrent en criant sur lui pour l'embrasser. Sachant qu'il rentrerait tard, il leur avait permis d'inviter chacune une amie pour passer la nuit avec elles.

— T'as gagné, papa ! T'as gagné !

En riant, il leur fit toutefois signe de faire moins de bruit. Inutile de donner à Kimela un prétexte pour venir frapper à sa porte. Rosie intervint heureusement pour ramener un semblant de calme.

— Comment vous savez ça, d'abord ? demanda-t-il alors que les quatre adolescentes le suivaient dans le salon.

— Ben, parce que tout le monde t'appelle « Monsieur dix mille », répondit Amanda.

— C'est nous qu'on a le papa le plus sexy ! s'écria Calee. C'est pas Lacy !

Même s'il ne souhaitait pas qu'elles aillent se vanter auprès de Lacy Vogler — il faudrait d'ailleurs qu'ils en parlent, tous les trois —, il était heureux de la fierté d'Amanda et de Calee.

— *Ay, niñas,* criez un peu moins fort, répéta Rosie en se couvrant les oreilles de ses mains. Je vais devenir sourde, avec vous !

— Allez, les filles, on se calme ! Mais c'est vrai, c'était une très bonne soirée qui a rapporté beaucoup d'argent pour la nouvelle aile de chirurgie pédiatrique.

— Et c'est grâce à celle qu'a misé sur vous, intervint Jane, la copine d'Amanda.

— Pas seulement elle. Dix mille dollars, ce n'est pas grand-chose par rapport aux millions que coûteront les travaux.

En revanche, ce serait une grosse somme à sortir de son compte. Car, bien sûr, il n'était pas question de laisser Kate s'en charger.

Loin d'être contrarié, il était très heureux à la perspective de passer une soirée entière avec elle. Il avait bien l'intention de profiter au maximum de cette sortie à dix mille dollars…

10.

La veille, alors qu'elle était sur le point de dire à Liam qu'il n'était en rien obligé de l'inviter, Kate avait reçu un message de lui :

Après avoir mis sur pied une soirée aussi réussie, vous devez être épuisée. Mais je serais ravi d'honorer ma part du contrat. Donnez-moi deux ou trois jours pour organiser notre soirée et je vous rappelle.

De toute évidence, il n'était pas contrarié par son geste et la somme engagée. Ce qui lui permit de rêver un peu à cette soirée avec lui. Rien que tous les deux… Mais pas question pour autant de trop fantasmer. Liam était émotionnellement indisponible. Et ce simple rappel était encore plus efficace qu'une douche froide.

Du moins voulait-elle s'en convaincre.

Elle venait de s'installer à son bureau quand Rebecca, son assistante, l'appela pour lui demander de venir signer une lettre en recommandé à son nom.

Elle se rendit aussitôt à la réception et étudia l'enveloppe que le coursier lui tendit. Pas d'adresse d'expéditeur. Rien qui puisse indiquer d'où et de qui elle venait. Intriguée, elle l'ouvrit… et y trouva un chèque de 10.000 dollars. Un petit mot l'accompagnait :

« Parce que le Dr Thayer et vous formez le couple parfait, veuillez accepter ce don qui couvrira le montant de votre enchère. Félicitations et passez une très bonne soirée avec votre vainqueur. »

Le chèque était libellé au nom de la fondation MacIntyre. Aucun nom n'y était inscrit hormis celui de la banque. Le mot n'était pas signé et aucune adresse de retour n'était indiquée.

Relevant la tête, elle aperçut le coursier sur le point de sortir.

— Excusez-moi… Vous savez qui vous a demandé de me remettre ça ?

— On me l'a donné à la réception de la banque. Désolé. Je n'en sais pas plus.

— Ce n'est pas grave. Merci.

Rebecca l'observa d'un air inquiet.

— Ça va ? Tu es toute pâle, tout à coup.

— Oui. Enfin… je ne sais pas. J'ignore d'où ça vient.

— Qu'est-ce que c'est ?

— Un gros chèque pour le service de chirurgie pédiatrique envoyé par un donateur anonyme.

— Un bienfaiteur mystère ? C'est plutôt cool, non ?

Kate acquiesça distraitement, en commençant déjà à établir une liste des potentiels bienfaiteurs. Liam ? Pepper et Rob ? Kimela ?… Non, pas Kimela. Cela ne risquait pas. Elle était prête à dépenser une fortune pour s'acheter la compagnie d'un séduisant célibataire, mais certainement pas pour offrir ce plaisir à une autre. Alors qui ?

De retour à son bureau, elle appela son frère qui lui confirma ce dont elle se doutait déjà : ce n'était ni lui ni Pepper.

— Désolé, petite sœur. Tiens-moi au courant. Je suis curieux de savoir qui c'est, moi aussi.

Une salve d'applaudissements accueillit Liam lorsqu'il arriva au poste des infirmières, le lundi matin, et il fut étonné de voir Quinn Vogler mener cet accueil enthousiaste et lui assener une amicale claque dans le dos.

— Bienvenu à Monsieur dix mille ! Et dis donc, ça fait combien de temps que vous êtes ensemble, Kate MacIntyre et toi ? Personne n'avait l'air au courant, mais elle pense visiblement que tu vaux la peine d'investir !

— Ne compte pas sur moi pour te dévoiler les dessous de l'affaire, répondit-il avec un sourire amusé.

— Dis-nous au moins où tu vas l'emmener, insista Vogler.

— Désolé, c'est top secret.

— Hé ! Tout est top secret, avec toi, depuis le début. Tu n'étais même pas inscrit sur la liste. C'est quoi, ce mystère ?

Liam regretta de ne pas s'être préparé pour cet interrogatoire...

— Tu n'as pas de patients à voir, docteur Vogler ? C'est le moment ou jamais de donner le bon exemple au personnel.

Quinn eut heureusement assez d'humour pour partir en riant vers la salle d'attente, laissant Liam entamer sa tournée du matin.

Son dernier patient fut Billy Barret, un garçon de cinq ans admis trois jours plus tôt pour déshydratation et symptômes de grippe, et il espérait pouvoir le faire sortir aujourd'hui, après un dernier contrôle pour s'assurer qu'il allait aussi bien que la veille.

Il trouva Billy assis dans son lit en train de donner de vigoureux coups de crayon sur son coloriage. Sa mère, qui l'élevait seule, était assise dans le fauteuil face à lui ; elle semblait épuisée, mais plus détendue que lorsqu'il s'était entretenu avec elle la veille.

— Bonjour, dit-il, s'adressant à elle avant de s'accroupir devant le lit pour se mettre à la hauteur de Billy.

— Alors, comment ça va aujourd'hui, mon gars ?

— Super ! répondit Billy avec l'enthousiasme de son âge.

Reposant son coloriage, il se redressa à genoux pour sauter sur son lit.

— Je peux rentrer à la maison, maintenant ? Hein ? S'il te plaît, docteur Liam.

— On va voir ça…, répondit-il en ouvrant le dossier. Il faut juste que je vérifie deux ou trois choses pour être sûr que tu es aussi fort que je le pense.

— Oui, je suis très fort ! Regarde !

Il contracta son biceps en se penchant vers lui.

— Tiens… Touche.

Très sérieux, Liam tâta le muscle gonflé de son jeune patient.

— Oui, c'est vrai. Je crois même que tu l'es encore plus qu'à ton arrivée ici. Ça doit être tous les bons plats que tu as mangés chez nous.

— *Beurk*, non ! C'est pas bon ici, déclara le garçon en grimaçant. C'est même pour ça que je veux retourner à la maison. A la maison !… A la maison !… A la maison ! se mit-il à scander en martelant son oreiller en rythme.

— Billy, calme-toi, intervint sa mère d'un ton autoritaire. Le Dr Thayer ne pourra pas faire son travail si tu t'agites comme ça.

Billy s'immobilisa aussitôt. Son petit visage se ferma et Liam le vit combattre une envie de pleurer.

— Je suis sûr qu'on va s'entendre, tous les deux, hein, Billy ? lui lança-t-il avec un clin d'œil.

Il lui offrit sa main ouverte que Billy, après une brève hésitation, vint frapper de la sienne.

— J'en étais sûr.

Il sourit à Billy, puis à sa mère à qui il aurait aimé dire qu'il comprenait la difficulté d'élever seul un enfant, avec tous les soucis, tant émotionnels que pécuniaires que cela imposait de gérer.

— Tu as des frères ou des sœurs, Billy ? demanda-t-il en lui examinant les yeux à l'aide d'une lampe stylo.

— J'ai une petite sœur.

— C'est ma voisine qui la garde en ce moment, précisa Mme Barret.

— D'accord. Et elle ne montre aucun signe de grippe ?

— Pas jusqu'à présent, non.

— Très bien. Et vous ? s'enquit-il en vérifiant les oreilles de Billy avec son otoscope.

Il la vit hésiter avant de soupirer.

— Depuis hier soir, je ne me sens pas très en forme. Mais c'est peut-être simplement de la fatigue.

— Dès que j'aurai terminé avec Billy, je prendrai votre température.

— Merci, mais ce n'est pas la peine.

Il glissa les embouts auditifs de son stéthoscope dans les oreilles de Billy.

— S'il s'agit bien de la grippe, je vous prescrirai un traitement antiviral qui réduira de beaucoup la gravité de la maladie.

— Mais je n'aurai pas de quoi payer. Mon assurance ne couvre pas ce genre de chose, et c'est un médicament très cher, je suis sûre.

— Ne vous inquiétez pas pour ça, la rassura-t-il. Je vous en donnerai une boîte gratuite. La bonne santé de vos enfants passe avant tout par la vôtre, et nous avons ce qu'il faut ici, à l'hôpital, pour vous venir en aide quand vous en avez besoin.

Il pressa le pavillon du stéthoscope sur le dos du garçon.

— Inspire un grand coup.

Billy s'exécuta ; ses poumons étaient aussi clairs que possible.

— Parfait. Tu es prêt à rentrer chez toi. Mais avant, je vais avoir besoin de ton aide.

Il s'accroupit de sorte à pouvoir le regarder dans les yeux.

— Ta maman n'est pas très en forme, Billy. Elle a peut-être attrapé le même virus que toi, et donc, tu peux deviner qu'elle ne se sent pas bien, elle non plus.

Le garçon sortit aussitôt de son lit pour s'approcher de sa mère.

— T'es malade, maman ?

— Ça va aller, poussin. Ne t'inquiète pas.

— Ben si… Tu t'inquiètes bien pour moi, toi.

Liam se releva pour s'approcher de la jeune femme et lui introduire l'embout d'un thermomètre auriculaire dans l'oreille.

— Billy, je te charge de t'assurer que, tous les deux, vous boirez beaucoup d'eau pendant les quelques jours à venir. Tu le feras ? Je peux te faire confiance ?

Le garçon se redressa pour hocher la tête.

Le thermomètre sonna et Liam se pencha pour lire la température indiquée. Presque 39°.

— Je vais vous donner une boîte de remède antiviral, et vous allez en prendre avant de rentrer chez vous, dit-il à la mère. Par ailleurs, vous allez devoir vous reposer autant que possible. Il serait même recommandé que votre fille aille quelques jours chez un voisin le temps que la fièvre retombe. Votre fils a promis de veiller à ce que vous buviez beaucoup. Il est essentiel que vous vous hydratiez régulièrement. D'accord ?

La jeune femme exhala un long soupir, comme si un poids venait de lui être ôté des épaules.

— Merci, docteur. Nous avons beaucoup de chance de vous avoir…

— Et si vous sentez que vous avez besoin d'aide pour les enfants, appelez ce numéro, poursuivit-il.

Il lui inscrivit celui de la ligne directe du service d'assistance spécial « Mères débordées » sur un papier qu'il lui tendit.

— Croyez-moi, je comprends à quel point il est difficile

d'élever deux enfants seule. Alors, surtout, n'hésitez pas à demander de l'aide.

Kate n'avait pas eu l'intention d'écouter aux portes. Elle était venue à l'hôpital juste pour avoir la confirmation que Liam était bien l'auteur du chèque de dix mille dollars. La secrétaire lui ayant dit qu'il faisait ses visites, elle avait espéré le voir entre deux consultations.

Elle passait devant une chambre quand elle entendit sa voix. S'arrêtant devant la porte entrouverte, elle l'écouta parler à un petit garçon et à sa mère, avec une telle patience, une telle douceur, qu'elle en fut émue. C'était un aspect de lui qu'elle n'avait encore jamais eu l'occasion de découvrir. Combien de médecins, aujourd'hui, submergés par une charge de travail trop exigeante, pouvaient encore prendre le temps de se mettre à l'écoute de leurs patients et de leurs proches ? Liam, lui, avait deviné que la mère, épuisée, peut-être souffrante, ne serait pas suffisamment forte pour s'occuper d'un enfant convalescent qui, de ce fait, pourrait fort bien faire une rechute faute de soins appropriés.

— Je vais vous envoyer une infirmière qui vous apportera les remèdes et vous expliquera les instructions quant aux conditions de sortie.

Découvrir la facette tendre de cet homme imprévisible la bouleversa au point qu'elle en oublia de s'éclipser à temps.

— Kate ? dit-il en la découvrant alors qu'il ressortait de la chambre. Que me vaut cette bonne surprise ?

La sensation d'être prise en flagrant délit d'« espionnage » fit monter le rouge à ses joues.

— Bonjour, Liam. Je vous cherchais, justement.

Consciente de son débit un peu précipité, elle se força à se calmer. Au moins avait-il l'air heureux de la voir.

— Ah oui ?

— Mais le moment est peut-être mal choisi. Vous êtes en train de faire vos visites, et…

— Non, non, j'ai terminé. Laissez-moi juste le temps d'aller donner quelques instructions à l'infirmière. Venez avec moi, nous pourrons ensuite aller prendre un café.

Vingt minutes plus tard, ils étaient assis à une table de la cafétéria. Le temps d'y descendre, il lui avait parlé de ses filles et du « pot » que lui avaient offert ses confrères pour fêter sa victoire et d'autres choses encore, mais sans rien dire du chèque.

— Alors ? demanda-t-il. Qu'est-ce qui vous amène ici aujourd'hui ?

— Eh bien, en fait, j'ai reçu ce matin une grosse somme pour financer le projet de l'hôpital. Vous ne sauriez pas qui est le généreux donataire, par hasard ?

— Pourquoi ? Je devrais ?

— Je pensais que vous pourriez avoir une petite idée, oui. Ecoutez, Liam… Je vous ai dit que je paierai la moitié. Vous n'avez pas à débourser plus que ce à quoi vous vous êtes engagé. C'est ma faute si cette enchère est montée si haut. Je me suis laissée emporter et…

— Oui, j'ai vu ça.

Son sourire entendu lui fit presque perdre ses moyens.

— Mais qu'est-ce qui a aiguillonné la joueuse qui sommeillait en vous ? Pourquoi ne pas avoir laissé Kimela gagner ?

Elle haussa les épaules avec une moue fataliste.

— Quelle importance, maintenant ? Ce qui est fait est fait. Et si je suis ici, ce matin, c'est pour vous rendre votre chèque.

Après l'avoir sorti de son sac, elle le poussa vers lui sur la table.

— Vous m'en avez déjà fait un pour couvrir votre part des enchères. Les cinq mille dollars restants sont pour moi.

Visiblement étonné, il ouvrit l'enveloppe et en sortit le chèque.

— Désolé, mais ce n'est pas moi qui vous l'ai envoyé.

A présent franchement déconcertée, elle fronça les sourcils.

— Pas vous ? Mais alors qui ?

— Je n'en sais pas plus que vous. Il n'y avait aucun mot, avec ?

— Si, mais pas signé.

« Parce que le Dr Thayer et vous formez le couple parfait, ce chèque couvrira le montant de votre enchère. Félicitations, et passez une excellente soirée avec votre vainqueur », y était-il écrit.

Evidemment, il était clair que le mot n'était pas de lui. Elle avait été à ce point surprise qu'elle avait survolé le message sans même chercher à le comprendre.

— Qui serait assez riche pour faire ça ? Ce ne pourrait pas être votre « amie » Kimela, par hasard ?

Cette suggestion le fit rire.

— Ça ne risque pas !

— Bon. En attendant, puisque notre « rendez-vous » est intégralement payé, je vais vous faire un chèque pour vous rembourser vos cinq mille dollars.

— Inutile... J'avais l'intention de faire un don pour ce service de chirurgie pédiatrique, de toute façon. Et il m'offre en plus la garantie d'avoir un rendez-vous avec vous.

Elle en resta bouche bée.

— Je croyais que vous ne vouliez pas avoir d'aventure avant que vos filles entrent à l'Université, dans cinq ans ?

— C'est vrai, je l'ai dit. Mais je ne crois pas que je pourrai patienter jusque-là pour vous revoir. Donc, Kate MacIntyre, me ferez-vous l'honneur d'accepter mon invitation pour ce week-end ?

Elle n'avait aucune idée de la direction que prenaient les choses entre eux, mais elle pouvait en revanche imaginer sans mal les regrets qui la tarauderaient si elle refusait...

11.

Liam prit toutes les précautions nécessaires afin que l'endroit où il comptait emmener dîner Kate reste un secret absolu. Y compris pour elle. Des recherches sur sa famille, destinées à la connaître mieux, lui avaient appris que, bien que femme d'affaires très influente aujourd'hui, elle avait, avec son frère, aujourd'hui un magnat du pétrole, grandi dans un milieu très modeste.

Comme lui. Une bourse, des emprunts, et quelques coups de pouce des parents de Joy lui avaient permis de financer ses études et de patienter jusqu'à ce qu'il puisse enfin s'établir. Maintenant, s'il était financièrement à l'aise, il avait, tout comme Kate, connu son lot d'épreuves pour y parvenir.

Kate dont la version d'une soirée de rêve, ainsi que ses propres recherches sur leur passé commun, l'avaient aidé à mettre son plan sur pied.

C'est ainsi que, le samedi après-midi, il passa la prendre dans sa Mustang décapotée pour leur grande aventure…

Il n'avait pas imaginé que Kate serait une excellente cavalière. C'était Amanda qui lui avait suggéré une randonnée à cheval, une passion, pour elle. Mais la danse empiétait beaucoup sur leur temps de loisir et, pour l'instant, ni elle ni sa sœur ne pouvaient s'offrir le luxe d'autres activités. Par ailleurs, c'était aussi comme le dernier lien vivant avec Joy qui avait elle-même choisi leur cours.

Se tournant soudain vers Kate qui chevauchait à côté de

lui, il se sentit coupable d'inviter Joy à partager leur intimité. Mais Kate lui sourit, et il comprit que le temps était peut-être venu pour lui de s'autoriser à revivre.

Alors qu'il raffermissait sa prise sur la bride, le soleil se refléta sur son alliance, un clin d'œil qui lui rappela que le premier pas vers son avenir serait de l'ôter.

Profitant que Kate lançait son cheval au galop, il enroula la bride sur sa main droite pour ôter l'anneau qu'il considéra un instant, en adressant une pensée émue à Joy pour la remercier de toutes ces merveilleuses années passées auprès d'elle, et de son amour qui, il le savait, était assez fort pour l'encourager à aimer de nouveau. Car c'était ce qu'elle souhaitait pour lui ; il le sentait au plus profond de son cœur.

Après avoir glissé l'alliance dans la poche de son jean, il rattrapa Kate qui l'attendait un peu plus loin.

— Ça va ? demanda-t-elle.

— Oui. Tout va bien.

Et tout ira de mieux en mieux…

Tel un mirage à l'horizon, la surprise suivante, réservée par Liam, prit bientôt la forme de deux grandes tentes blanches dressées sur l'oasis herbeuse d'une propriété privée.

Ils s'arrêtèrent devant un couple venu les accueillir et à qui ils confièrent leurs chevaux, puis, à leur invitation, ils entrèrent dans la première tente. Kate suivit la femme jusqu'à une cabine, tandis que l'homme entraînait Liam vers une autre. Après s'être détendue dans un spa aux senteurs de jasmin où elle s'était presque assoupie, elle eut droit à un massage qui lui fit un bien fou.

On vint ensuite de nouveau la chercher pour la coiffer et la maquiller avant de la reconduire à sa cabine. Elle déplorait déjà l'idée de devoir enfiler ses vêtements poussiéreux, quand elle découvrit que de la lingerie en dentelle bordeaux, une robe fourreau noire et des sandales dorées les avaient remplacés.

Il y avait aussi une petite boîte blanche joliment enrubannée. Elle l'ouvrit, le cœur battant, et sourit devant les deux anneaux d'or qu'elle accrocha aussitôt à ses oreilles.

L'image sexy que lui renvoya alors le miroir en pied devant lequel elle s'observa un instant plus tard la surprit elle-même.

Cette soirée s'annonçait très, très bien…

Puis elle fut conduite dans la seconde tente magnifiquement décorée de tissus brillants et chatoyants, d'épais tapis et d'accueillants canapés couverts de coussins brodés d'or. Au centre, une table ronde au plateau en mosaïque était dressée pour le dîner. Des fleurs et des dizaines de bougies votives répandaient un subtil et très agréable parfum.

Un serveur venait de lui offrir une flûte de champagne sur un plateau doré avant de s'éclipser quand Liam la rejoignit. Et le regard qu'il posa alors sur elle valait tous les compliments…

— Vous êtes superbe… Parfaite pour ce pique-nique que nous a préparé la société de restauration de votre belle-sœur.

Elle sourit, amusée.

— Parce que vous appelez ça un « pique-nique » ? C'est drôle, mais je n'ai pas l'impression que nous allons manger du poulet froid et une salade de pommes de terre…

Le repas — saumon fumé, croustade aux champignons, et, pour finir, une incroyable mousse au chocolat, le tout accompagné d'un excellent vin rosé — fut un délice, et Liam se félicita d'avoir fait appel à Celebrations Inc. pour préparer ce « pique-nique ».

— Je crois n'avoir jamais eu droit à repas aussi raffiné et savoureux, dit Kate.

— Et, apparemment ce n'est pas fini. Si nous regardions ce qu'il y a encore dans ce panier ? Oh oh… Une surprise ?

Il posa devant eux une petite boîte empaquetée dans un foulard chamarré qu'elle ôta, visiblement intriguée, pour révéler un minuscule paquet enrubanné et sous lequel se trouvait une petite enveloppe rose.

— Qu'est-ce que c'est ?

— Pour le savoir, le mieux est encore de l'ouvrir. Je nous sers une nouvelle coupe de champagne, pendant ce temps.

Ce faisant, il la regarda parcourir la carte qui lui était adressée, et fut surpris de la voir soudain rire.

— Qu'y a-t-il de si drôle ?

— C'est de Pepper, ma belle-sœur, dit-elle en déchirant le papier argenté. D'après elle, c'est un cadeau traditionnel que ses amies Sydney, Caroline et A.J. se sont mutuellement offert pour… Oh non !

— Quoi ? Qu'y a-t-il ?

Même à la simple lueur des bougies, il put voir son visage s'empourprer.

— Des préservatifs, murmura-t-elle. Ma belle-sœur m'envoie une boîte de préservatifs !

— Eh bien, on peut dire qu'elle ne manque pas d'humour ! s'exclama-t-il en riant.

Elle l'imita aussitôt, ce qui, apparemment, la soulagea.

Peut-être était-ce dû au champagne, mais il sentit à cet instant que Kate était la première, depuis longtemps, capable non seulement de réchauffer son cœur gelé, mais de lui souffler que, qui sait, il pourrait éprouver pour elle plus qu'une simple sympathie…

Son regard s'attarda sur le léger décolleté de sa robe, sur sa peau si blanche, si crémeuse, puis revint à ses yeux.

— Venez… Allons danser.

Elle glissa sa main dans la sienne et il l'enlaça. Il revécut alors ces mêmes sensations que lorsqu'il l'avait embrassée. Ils n'avaient jamais parlé de ce baiser, mais à la façon dont elle se pressait contre lui, il était évident qu'elle était prête elle aussi à enfreindre la frontière de l'amitié…

Il y avait longtemps qu'il n'avait pas pris plaisir à sentir la chaleur d'une femme contre lui. Son corps souple et offert réveillait en lui le désir d'explorer ses courbes sensuelles.

— Tu es si belle, murmura-t-il, alors que sa bouche suivait sur son cou le chemin qu'avaient déjà tracé ses doigts.

Leurs lèvres bientôt se frôlèrent, et il l'embrassa. Très doucement, puis de façon plus pressante…

Et l'étincelle en lui devint flamme ardente. Leur baiser se fit brûlant alors qu'il laissait ses mains courir dans son dos et sur ses reins. La sentir qui enroulait les bras autour de son cou pour l'attirer plus étroitement contre elle attisa son désir.

Une sensation d'autant plus puissante qu'il ne l'avait pas connue depuis longtemps. C'était comme si elle lui insufflait un renouveau de vie. Tout comme l'envie, la force de conquérir le monde. Ses doigts se perdirent dans les cheveux de Kate, lui caressèrent les épaules, les bras…

Peu à peu, ils se rapprochèrent de l'océan de coussins et s'y immergèrent.

Ses mains descendirent de la poitrine de Kate à son ventre, à ses cuisses… jusqu'à ce qu'elles trouvent le bord de sa robe sous laquelle elles se glissèrent. Le gémissement qui s'échappa alors des lèvres de Kate rendit son désir presque incontrôlable.

Ils allaient faire l'amour, et elle avait hâte de découvrir quels autres plaisirs il allait encore pouvoir lui faire découvrir.

Pour Kate, abandonner son corps à un homme était le comble de la confiance qu'elle pouvait lui offrir.

Elle le suivit des yeux lorsque, sans un mot, il se releva pour aller chercher les préservatifs que ses amies avaient eu la bonne idée d'ajouter au pique-nique. Puis il revint s'allonger près d'elle.

Il la déshabilla lentement et elle n'eut d'autre choix que de se soumettre à son regard qui glissait délicieusement sur ses courbes dénudées et où elle pouvait voir son propre désir se refléter.

— Tu es encore plus douce, plus belle que dans mon imagination, murmura-t-il.

Enfin, se penchant, il laissa courir ses lèvres puis le bout de sa langue sur le cou de Kate, sur ses seins, son ventre, puis enfin sur cet endroit si sensible qui l'appelait avec une exigence presque insoutenable.

Très vite, elle gémit sous la vague de plaisir qui déferla dans tout son être. Alors il glissa sur elle, entre ses jambes. Son regard, plus bleu que jamais, accrocha le sien et ne le quitta pas lorsqu'il vint en elle et entama la lente danse de leur union, enflammant son être tout entier.

Une nouvelle fois, il la conduisit au summum du plaisir où il la rejoignit presque aussitôt avec un gémissement et un puissant frisson de tout son corps, avant de s'abandonner enfin sur le sien…

— Oh ! Kate…, murmura-t-il, une éternité plus tard, en se redressant sur ses coudes au-dessus d'elle.

Elle lui repoussa une mèche tombée sur son front.

— Tu es brûlant…

— Normal. Tu me donnes la fièvre, chuchota-t-il d'une voix rauque en l'embrassant tendrement sur la tempe.

Avec ses cheveux en bataille, il était plus sexy que jamais. Surtout quand il roula dans les coussins pour l'attirer sur lui.

Elle se sentait à cet instant délicieusement lasse, vidée de toute énergie. Mais son regard, son sourire, la tendresse avec laquelle il la serrait contre lui nourrissaient son âme.

La sonnerie d'un téléphone vint soudain rompre le

charme. Liam se raidit légèrement contre elle et, en soupirant, se redressa pour attraper l'appareil et lire le nom sur le petit écran.

— Désolé, Kate, je dois prendre l'appel. C'est Rosalinda, ma nounou. Je ne peux pas ne pas répondre.

— Je comprends, bien sûr. Vas-y.

Elle attrapa ses vêtements éparpillés et se rhabilla. Non, elle ne lui en voulait pas. Comment le pourrait-elle ? Les enfants devaient toujours pouvoir joindre leurs parents. Où qu'ils soient. Et quelle que soit leur activité sur le moment…

— Oui ?

Elle vit son visage se fermer.

— Comment va-t-elle ? D'accord, je vous retrouve à l'hôpital. Dites-lui que j'arrive.

— Liam ? demanda-t-elle quand il eut coupé la communication. Que se passe-t-il ?

Il était blême, tout à coup.

— Calee a eu un accident au cours de danse. On l'a conduite à l'hôpital. Je dois y aller.

— Je viens avec toi.

12.

Kate accompagna donc Liam à l'hôpital où Rosalinda et Amanda les accueillirent à la porte des urgences. Etant donné que Rosalinda devait veiller sur son petit-fils pendant que sa fille travaillait, Amanda devrait soit aller chez elle pour y passer la nuit, soit rester à l'hôpital. Spontanément, Kate proposa de les accompagner toutes les deux et de rester avec Amanda chez Liam.

— D'accord, répondit-il après avoir hésité un instant. C'est en effet ce qu'il y a de mieux pour elle.

Alors qu'elles s'apprêtaient à partir, il prit Kate à part.

— Merci de tenir compagnie à Amanda. J'aurais dû me rendre compte qu'elle se sentirait plus en sécurité dans son propre lit.

— Je suis contente de pouvoir t'aider. Y a-t-il quelque chose de particulier que je dois savoir en ce qui la concerne ? Et est-ce qu'elle a mangé ?

— Je n'en sais rien..., soupira-t-il en se passant une main dans les cheveux.

Il lui parut étrange d'avoir à cet instant devant elle non plus le médecin imperturbable, mais le parent inquiet.

— Et toi ? Tu as besoin de quelque chose ?

— Non, ça ira.

— D'accord. Ne t'inquiète pas pour nous, Liam. Concentre-toi sur Calee.

Sa fille était en train de passer des radios. Apparemment, elle avait fait un mauvais rétablissement après une pirouette.

— J'avais prévu une autre fin pour cette soirée...

Kate sentit ses joues s'empourprer alors qu'elle se rappelait leurs étreintes.

— Je m'en doute. Mais j'ai déjà passé des instants merveilleux, et tu dois t'occuper de Calee, maintenant.

Il parut sur le point de se pencher pour l'embrasser, mais ses yeux se portèrent au-delà de son épaule. Se retournant, elle vit Amanda qui posait sur eux un regard qu'elle fut incapable d'interpréter.

— Va rejoindre Calee. Elle a besoin de toi, dit-elle avant de s'éloigner.

Durant le trajet, Amanda garda le silence, mais Rosalinda eut une idée : amener son petit-fils chez Liam.

— Ça ne changera rien pour lui ; à cette heure-ci, il dort. Le mieux serait que je vous dépose d'abord. Amanda est toujours affamée après ses répétitions, et si ça ne vous ennuie pas, vous pourriez lui préparer un petit en-cas. Sauf que… comment rentrerez-vous, après ? Vous n'avez pas votre voiture.

Kate s'empressa de la rassurer.

— Ne vous inquiétez pas pour ça. J'appellerai mon frère. Lui ou ma belle-sœur passera me chercher.

Une fois à la maison — de style colonial, avec des volets noirs et une porte d'entrée rouge sombre —, Rosalinda lui montra la cuisine puis les laissa pour aller chercher son petit-fils.

Tandis qu'Amanda, qui n'avait toujours pas desserré les dents depuis qu'elles avaient quitté son père, était sous la douche à l'étage, Kate ouvrit le réfrigérateur et en sortit un morceau de dinde, du fromage et des fruits qu'elle disposa sur une assiette.

Cet endroit lui semblait hanté par Joy. Une présence qui n'avait rien d'hostile, mais qui évoquait tous les bons moments qu'elle avait dû y passer, seule ou avec sa famille. Un portrait d'elle avec les filles, ses cheveux blond vénitien volant au vent, était suspendu au-dessus d'un buffet. Mais ce n'était pas ici que Kate trouverait les réponses à ses questions. Ce qu'elle voulait vraiment savoir serait probablement caché ailleurs dans la maison.

Comme elle remontait le couloir, elle s'attarda quelques secondes sur les photographies qui y étaient exposées : des portraits des filles en âge décroissant à mesure qu'elle approchait d'une porte ouverte.

La chambre des parents. Celle que, sans en être consciente, elle avait cherchée. Elle pressa l'interrupteur et une lumière douce éclaira la pièce. Deux tables de nuit de style ancien flanquaient le grand lit, avec, sur l'une d'elle, une photographie de leur mariage, où un jeune Liam portait un regard débordant d'amour sur son épouse elle aussi rayonnante de joie.

Après avoir reposé le cadre, Kate remarqua une paire de chaussons de danse suspendus au miroir et liés par un ruban rose qui retombait sur une jolie boîte ancienne de bois sculpté qu'elle effleura du doigt. Une boîte à bijoux, sans doute ; elle souleva le couvercle et découvrit une paire de boucles d'oreilles, des bracelets, une montre.

Après l'avoir refermée avec soin, elle saisit délicatement une bouteille à demi pleine de Chanel n° 5 qu'elle ne put s'empêcher d'ouvrir afin d'humer une délicate bouffée. Elle se promit alors de ne jamais adopter ce célèbre parfum qui, pour Liam, serait certainement à jamais lié au souvenir de sa femme. Elle prit ensuite une brosse au manche en argent où des cheveux blonds étaient encore accrochés. Joy s'en était-elle servie ce dernier matin ?

Quand elle l'eut reposée, elle s'assura de tout remettre bien en place et d'effacer toute trace de son passage avant de ressortir. Désormais, elle n'avait plus de doute… Liam aimait toujours sa femme. Même après deux ans, il gardait près de lui des objets très personnels, intimes, comme s'il attendait qu'elle revienne pour s'en servir.

Et l'avertissement qu'il lui avait adressé lui revint à la mémoire : il ne s'engagerait dans aucune relation tant que les filles n'auraient pas terminé leurs études et ne se seraient pas lancées dans leurs vies à elles. Qui sait si lui-même serait alors prêt pour tourner le dos à son passé ?

La force de sa déception la prit au dépourvu. Oui, elle pourrait aimer cet homme. D'ailleurs, n'était-ce pas déjà le cas ? Toutefois, comme elle s'arrêtait devant le visage radieux de Joy, elle se demanda comment elle avait pu ignorer qu'il était encore amoureux de sa femme…

Des pas résonnèrent au-dessus de sa tête et elle se rendit compte que l'eau, dans la salle de bains, avait cessé de couler. Elle éteignit en hâte la lampe et remontait le couloir lorsqu'elle tomba sur Amanda qui parut surprise de la voir là.

— Vous faites quoi ? demanda l'adolescente.

— Je cherchais les toilettes… Je t'ai préparé une assiette. Tu veux que je te tienne compagnie pendant que tu manges ?

Contrairement à ce qu'elle avait pensé, Amanda hocha la tête.

— Oui, ce serait sympa. Mais vous voulez pas aller aux toilettes avant ? C'est là, ajouta-t-elle en désignant une porte au fond du couloir.

Cinq minutes plus tard, Kate rejoignit Amanda dans la cuisine, et alors qu'elle sortait un verre du placard pour Amanda, elle vit, punaisée à l'intérieur, une photo de Joy et des jumelles, mais ne s'y attarda pas cependant, comme elle l'avait fait un instant plus tôt. Pourquoi ? Avait-elle des remords d'avoir ainsi fouiné dans la chambre de Liam et découvert qu'il était toujours amoureux du souvenir de cette femme souriante ?

Non. Ce n'était pas dans le placard que Joy vivait encore, mais dans le cœur de Liam. C'était *sa* cuisine, ici, *sa* maison, *sa* brosse avec *ses* cheveux. Et c'était *sa* fille assise là, à la table.

Alors non, elle n'avait pas sa place ici.

Après avoir adressé de silencieuses excuses à Joy et à elle-même pour tout ce qu'elle souhaitait et ne connaîtrait jamais, du moins avec cet homme, elle referma la porte du placard et, en même temps, celle des espoirs qu'elle avait naïvement formés.

— Vous avez fait du cheval avec cette robe ? demanda Amanda.

Ah oui, c'est vrai, Liam lui avait dit qu'une de ses filles aimait les animaux…

— Non, heureusement. J'avais un jean et des bottes. C'est toi qui es folle des chevaux, n'est-ce pas ?

Aussitôt, l'adolescente s'anima.

— Je les adore ! Mais j'ai pas souvent l'occasion de les monter.

— Je vis dans un ranch. Ça t'intéresserait de passer un jour et de faire un tour ?

— C'est vrai ? Je peux venir demain ?

— Ça, je ne sais pas. Tu vas devoir en parler à ton père.

Elle avait peut-être manqué une bonne occasion de se taire… Il n'était pas certain du tout que Liam apprécie cette initiative de sa part.

— Vous avez vu que vous avez qu'un anneau ? reprit Amanda.

Portant une main à ses oreilles, Kate se rendit compte que l'une d'elles était en effet nue. Oh ! flûte ! Elle avait les deux lorsqu'elle s'était arrêtée devant le miroir du couloir, elle en était sûre. Donc, elle en avait perdu un quelque part entre la cuisine et… la chambre de Liam.

Mais comment le récupérer sans avoir à fournir une explication ? Elle regretta amèrement sa curiosité. A quoi songeait-elle donc lorsqu'elle s'était lancée dans l'exploration de ces lieux encore habités par l'esprit de Joy ?

13.

A son retour chez lui, Liam fut étonné de trouver Amanda installée devant la télé.

— Tu n'es pas encore couchée ?

Elle se redressa en repoussant les boucles blondes de son visage. Elle avait les cheveux de sa mère. Et les yeux, aussi.

— Je voulais être sûre que Calee allait bien. Elle est où ?

— Elle est restée en observation à l'hôpital parce que, outre qu'elle s'est cogné la tête en tombant, elle a aussi une mauvaise entorse. On ira la voir demain.

— J'ai essayé de t'appeler, mais tu répondais pas.

— Je suis désolé, ma chérie. J'étais coincé aux urgences. Ça va, toi ?

Pour toute réponse, Amanda haussa les épaules avec une moue boudeuse.

— Ne lui en veuillez pas, docteur Thayer, intervint Rosie. Elle s'inquiète pour sa sœur, et c'est moi qui l'ai autorisée à vous attendre.

Liam acquiesça en silence. Il n'en voulait à personne. Seulement la journée avait été longue et stressante, avec beaucoup de choses à traiter. Comme l'accident de Calee. Et ce qui s'était passé avec Kate. A cet instant, il était si épuisé qu'il était incapable de savoir si cette puissante attirance entre eux était ou non une bonne chose.

— Vous savez où est Kate ?

— Elle a appelé quelqu'un pour qu'on vienne la chercher quand je suis revenue ici avec Joaquin.

— Joaquin ?

— Oui. Maria a accepté que je l'amène ici ce soir, afin que je puisse veiller sur lui et Amanda, expliqua Rosalinda. Du coup, ça m'a permis de libérer Mlle MacIntyre.

Il se passa une main sur les yeux pour tenter d'en effacer la fatigue et le stress. Il allait devoir l'appeler pour la remercier et s'excuser d'avoir dû la laisser se débrouiller seule pour rentrer chez elle. Machinalement, il toucha son annulaire gauche nu, et s'efforça de repousser ses remords. Mais que se reprochait-il, exactement ? D'avoir été assez humain pour céder au désir de passer une soirée en compagnie d'une femme qui l'attirait plus que toute autre ?

— Merci, Rosie. Il y a des jours où je me demande ce que je deviendrais sans vous.

— Papa, Kate a des chevaux, chez elle, et elle m'a invitée à venir en monter un, demain, intervint Amanda. Je peux y aller ?

Quoi ? Pourquoi Kate inviterait-elle sa fille chez elle ? Surtout au moment où sa sœur était immobilisée. Etait-ce uniquement dans le but de consoler Amanda et de la distraire le temps qu'il s'occupe de Calee ?

Il avait beau chercher à s'en convaincre, il ne pouvait s'empêcher de songer à la manière dont Kimela, devant ses filles, avait fait miroiter des corps de ballet prestigieux à New York accessibles aux seules danseuses prometteuses. Un moyen pour elle de se débarrasser de Calee et d'Amanda pour l'avoir toute à elle…

S'il était certain que les motivations de Kate n'avaient rien à voir avec celles de Kimela, il savait aussi qu'il risquait d'entrer en conflit avec sa fille car il n'aurait jamais le temps de la conduire là-bas. Mais ce n'était pas le moment d'en parler à Amanda. Pas quand ils étaient tous deux épuisés et irritables. La seule chose raisonnable à faire à cet instant était de se coucher et de dormir.

— Alors ? Je pourrai y aller ? insista Amanda.

— On verra ça plus tard, d'accord ? Pour l'instant, il est

l'heure d'aller se coucher, répondit-il avec un sourire en lui relevant une mèche sur le front.

— Oh ! Papa…

— Va dormir, Amanda.

— Tu m'aimes pas ! s'écria-t-elle alors en se levant d'un bond. Tu t'en fiches, de moi ! Y a que Calee qui compte, pour toi ! T'as même pas répondu à mes appels, ce soir ! ajouta-t-elle avant de quitter la pièce d'un pas rageur.

— Amanda !

Rosie s'avançait déjà vers l'escalier.

— Je vais aller lui parler, docteur. A mon avis, vous devriez lui laisser le temps de se calmer, tout comme vous, avant d'aller lui dire bonsoir. Il faut comprendre… Elle s'inquiète surtout pour sa sœur.

Il acquiesça en soupirant. Rosie avait raison. S'il avait appris une chose en perdant Joy, c'était que la vie était quelque chose de fragile et qu'une colère était du temps et de l'énergie gâchés inutilement. Il remit donc au lendemain le problème de la proposition de Kate à sa fille et ce fut beaucoup plus serein qu'il put aller embrasser Amanda.

Dix minutes plus tard, assis sur son lit, il se penchait pour délacer ses chaussures quand il remarqua quelque chose par terre. Un anneau doré ? Il se leva pour le ramasser et l'étudier. Il ressemblait à ceux qu'il avait offerts à Kate ce soir. Tiens, tiens… Serait-elle entrée ici ? Mais comment ? A moins que Rosie l'ait fait tomber en faisant le ménage ? Oui, mais comment l'aurait-elle eu ? Non. Cela ne tenait pas debout. Posant alors l'anneau sur la table de chevet, il vit que le ruban rose ne retombait pas sur la boîte à bijoux de Joy, comme d'habitude. Il remarqua aussi qu'il ne voyait pas l'étiquette de la bouteille de Chanel n° 5, — comme d'habitude — et la retourna vers lui.

Quelqu'un, c'était indéniable, était venu ici. Demain, donc, quand il appellerait Kate pour refuser la proposition qu'elle avait faite à Amanda d'une randonnée à cheval, il lui demanderait par la même occasion si elle n'avait pas perdu une des boucles d'oreilles qu'il lui avait offertes — et ce qu'elle était venue chercher dans sa chambre…

Kate regretta de ne pas porter un chapeau et des lunettes noires. Acheter des condoms n'était pas franchement une habitude, pour elle, les hommes qu'elle avait connus s'étant chargés de ce genre de détail.

Par ailleurs, il y avait un choix incroyable pour ce genre d'article, et même si elle avait une bonne mémoire, elle était soudain incapable de se rappeler à quoi ressemblait la boîte qu'elle cherchait. Pourquoi n'avait-elle pas pris une photo avec son Smartphone ? Quelle idiote…

Le plan qu'elle avait conçu de remplacer la boîte que Pepper avait glissée dans le panier de pique-nique par une autre, identique mais neuve, pour la lui rendre tout à l'heure, ne semblait pas aussi facile à réaliser.

Même si elle avait choisi exprès ce drugstore en dehors de Dallas.

Voir un grand type surgir à cet instant dans l'allée lui donna un coup au cœur. Non, ce n'était pas Liam. Ouf… Il ne manquerait plus qu'il la découvre dans ce rayon. Elle n'arrêtait pas de le voir, ces derniers jours. Enfin, d'avoir l'impression de le voir.

Après son coup de fil, la veille… Amanda avait mal compris lorsqu'elle l'avait conviée à venir un jour faire du cheval au ranch, et Kate avait dû se défendre d'avoir en plus voulu l'inviter sans l'autorisation de son père. En fait, il aurait tout intérêt à attendre que ses filles volent de leurs propres ailes et aient quitté la maison, pour avoir une relation saine avec une femme qui n'était pas « sainte Joy ».

« C'est injuste d'en vouloir à Joy. » Oui, c'était certain, et c'est en pleine connaissance de cause qu'elle était allée fouiner dans la chambre de Liam. Mais elle n'avait pas prévu de perdre un anneau pendant qu'elle y était. Evidemment.

Flûte !... Elle aurait dû le prévoir. Il fallait toujours qu'elle commette une erreur quand elle cherchait à être discrète, et elle sentait encore ses joues s'empourprer en revivant cet instant pitoyable où elle avait eu droit au ton glacial de Liam à l'autre bout du fil...

— Tu n'aurais pas perdu un anneau, Kate ? J'en ai trouvé un près de ma table de nuit...

La honte...

— Je suis désolée, Liam, avait-elle répondu, incapable de trouver quelque chose pour sa défense. J'étais... curieuse.

A présent, elle regrettait de ne pas avoir eu la présence d'esprit de lui dire qu'elle lui renverrait l'autre par courrier. Tout comme de ne pas lui avoir demandé pourquoi il lui avait offert cette petite robe noire sexy et ces bijoux ? Et pourquoi il lui avait fait l'amour ? Elle aurait également dû lui recommander, s'il voulait vraiment aider Calee et Amanda, de continuer ses séances de psychothérapie pour personnes endeuillées. Cela ne pourrait que profiter à tous, à lui comme à ses filles. Comme à elle par la même occasion...

Mais si elle avait pu trouver une réponse autre que « Désolée, Liam. J'étais curieuse », cela n'aurait pas été plus mal non plus. *Oh ! flûte !...*

— Si vous voulez un conseil, ma femme, elle, préfère ceux-là.

Elle sursauta presque, puis se ressaisit devant l'homme, apparemment aussi gêné qu'elle, qui lui montrait une boîte noire et jaune.

— Et je n'ai jamais eu à m'en plaindre, ajouta-t-il.

— Merci, dit-elle, en prenant la boîte en question sans plus réfléchir avant de se diriger vers les caisses afin d'en finir au plus vite.

En espérant que sa belle-sœur ne se souviendrait pas de celle qu'elle lui avait offerte...

Vingt minutes plus tard, enfin, elle s'engageait dans l'allée de la propriété qu'elle partageait avec son frère et Pepper, et s'arrêta devant chez eux. Elle-même vivait dans un confortable petit bungalow deux pièces cinquante mètres plus loin. Attrapant sa bouteille de vin, elle gravit les quelques marches du porche de la grande maison de style colonial.

— Ah ! Enfin…, s'exclama sa belle-sœur. Je désespérais de te voir et, surtout, de t'entendre nous raconter cette histoire de rendez-vous à dix mille dollars ! Profitons-en avant que Rob arrive.

Elle n'y couperait pas…, songea Kate, découragée. Sitôt qu'elle flairait une possible histoire d'amour, Pepper devenait aussi têtue qu'un rottweiler. Or, comme elle était convaincue que Liam et elle étaient destinés l'un à l'autre, Kate avait conscience qu'elle devait être très circonspecte dans ses propos…

— C'était bien, répondit-elle. Mais maintenant que c'est fait, nous avons tous les deux repris nos vies respectives.

— Bien ? répéta Pepper, visiblement déçue. Pas plus ? Oh ! toi, avec la mine que tu fais, tu me caches quelque chose ! Allez, raconte…

— Je te dis qu'il n'y a rien. D'ailleurs, je voulais te rendre ça.

Elle ouvrit son sac et en sortit la boîte de préservatifs neuve qu'elle poussa vers Pepper, en priant pour qu'elle ne se souvienne pas de l'autre…

A cet instant, Cody arriva en courant du couloir et Pepper fit aussitôt disparaître la boîte dans sa poche.

— Tante Kate ! s'exclama-t-il en enroulant les bras autour de sa taille.

Elle était ravie de voir que Cody avait regagné des forces. Il avait subi une série d'opérations qui lui avaient permis de retrouver l'usage de ses jambes après le tragique accident de voiture qui avait coûté la vie de leur père à Rob et à elle.

Après sa fausse couche, Kate s'était consolée en se disant que, si elle ne pouvait pas avoir d'enfants, au moins avait-elle ce neveu qu'elle adorait. Et ne disait-on pas que les gens les plus heureux étaient ceux qui savaient se contenter de ce qu'ils avaient ?

— Hé, poussin ! Regarde ce que j'ai trouvé pour toi…

Elle sortit une grande sucette de son sac et la lui tendit.

— Mais tu ne la manges pas avant le dîner, d'accord ?

En fait, Cody n'était pas le fils de Pepper. Sa vraie mère avait quitté le domicile conjugal en abandonnant son fils sans un regard en arrière. Mais Rob, après ce désastreux premier mariage, avait rencontré Pepper qui, par son affection pour le garçon, témoignait que d'autres, en revanche, pouvaient faire preuve d'un amour inconditionnel.

Kate savait toutefois qu'il n'en allait pas de même pour Liam. Son cœur restait attaché à sa femme dont la vie avait été trop tôt et trop brutalement fauchée et à ses filles, et mieux valait qu'elle ne l'oublie pas avant de s'enfoncer toujours plus profondément dans les sables mouvants d'un amour non partagé…

— Maman ! T'as vu ce que tante Kate m'a donné ?

— Elle a l'air drôlement bonne, cette sucette… On va la garder pour le dessert, d'accord ? Tu n'as qu'à aller jouer ; on a encore un peu de temps avant de dîner.

Dès qu'elles furent seules, Pepper sortit la boîte de condoms de sa poche.

— Quoi ? Tu ne les as pas utilisés ? Tu veux dire que le Dr Thayer et toi n'avez pas…

— Je veux dire que le Dr Thayer a un passé trop lourd.

Sous le regard trop perspicace de sa belle-sœur, elle se sentit comme transparente.

— En fait, il est indisponible émotionnellement.

— Accorde-lui un peu de temps. J'ai vu, moi, comment il te regardait après l'enchère.

— Ça t'étonne ? J'avais dépassé de cinq mille dollars

son budget prévu. Il avait sans doute envie de m'étrangler, oui…

— T'étrangler ? Ah non, ça, je ne crois pas. Je pense plutôt qu'il imaginait quelque chose de plus… sensuel ! Et maintenant tu reviens avec une boîte flambant neuve de préservatifs… Franchement, Kate, qui essaies-tu de convaincre, avec cette version qui ne tient pas debout ?

Sa question resta suspendue entre elles quelques secondes, avant que Pepper ne se penche pour lui tapoter le genou.

— Hé ! Ne fais pas cette tête-là ! Tout va bien ! En fait, tu sais quoi ? Cet homme-là est ce qui pouvait t'arriver de mieux…

14.

Samedi matin, Liam crut qu'il allait devoir sortir de force Amanda de la voiture. Depuis que Calee s'était blessée, elle rechignait à aller à ses cours de danse parce qu'elle préférait rester avec sa jumelle, et Liam se demandait si ce problème n'avait pas réveillé le traumatisme de l'accident de leur mère. Il avait beau la rassurer, lui dire que ce n'était pas grave, rien ne semblait pouvoir la réconforter.

Il l'aurait bien laissée à la maison, mais elle aurait manqué les dernières répétitions pour le spectacle de fin d'année. Comme l'immobilisation de Calee, qui jouait à elle seule plusieurs rôles, avait déjà bouleversé le programme, il n'était pas question pour lui de céder. Elle devrait y aller. Point final.

— Tu n'as plus que quelques semaines à tenir, dit-il en s'arrêtant sur le parking du studio de danse. Tu dois aller au bout de tes engagements, Amanda. C'est le contrat que nous avons tous les trois passés entre nous, d'accord ?

— Mais je pourrai arrêter l'année prochaine ?

La question le prit au dépourvu car, selon lui, elle adorait danser. Sans doute était-ce un caprice…

— C'est vraiment ce que tu veux faire ? Tu sais que Calee, elle, continuera. Tu as vu le mal que j'ai eu à la convaincre de rester à la maison, aujourd'hui ? Elle voulait y aller, même pour simplement regarder.

Amanda éluda sa question d'un haussement d'épaules.

— Mais tu n'es pas obligée de te décider maintenant, ma chérie. En fait, tu as jusqu'au moment de l'inscription, en automne, pour y réfléchir. Qui sait ? Peut-être que tu te rendras compte, pendant l'été, que ça te manque.

— Je pourrais pas faire de l'équitation, à la place ?

Ah. Etait-ce le vrai problème ? Depuis que Kate l'avait invitée à venir faire du cheval au ranch MacIntyre, Amanda semblait ne penser qu'à ça. Ce qui agaçait Liam prodigieusement.

— Ecoute, on verra. Pour l'instant, ne te mets pas en retard.

Attrapant son sac de danse, Amanda sortit de la voiture sans l'embrasser et claqua la portière. Il ferma les yeux en soupirant. L'attitude de sa fille commençait à lui porter sur les nerfs. Il faudrait qu'ils en reparlent demain.

Comme il posait les mains sur le volant, il vit la marque blanche sur son annulaire, celle de son alliance qu'il n'avait pas remise. Pas depuis ce soir-là…

En fait, c'était peut-être lui qui avait le plus besoin de temps pour voir clair dans sa tête. De toute évidence, il était aussi embrouillé et tourmenté que sa fille…

Comme tous les derniers samedis du mois, le ranch MacIntyre ouvrait ses écuries aux enfants de la région ayant des difficultés d'apprentissage. Cette journée, sponsorisée par la fondation MacIntyre, était très bien accueillie par la communauté et vivement encouragée en tant qu'aide à la prévention d'actes d'intimidation dans les écoles et à l'acceptation d'enfants nécessitant une attention particulière.

Tout était si bien rodé que Kate pouvait d'habitude s'en remettre à ses assistants et se contenter de passer une heure ou deux avec ses jeunes visiteurs. Aujourd'hui, toutefois, le groupe étant plus important, Rebecca était venue les seconder.

Ils venaient de finir une promenade dans la propriété et se dirigeaient vers un poulain quand elle crut apercevoir

Amanda près de la porte de l'écurie. Cependant, elle dut répondre à la question d'un enfant, et quand elle regarda de nouveau, l'adolescente avait disparu. Voilà qui devenait pathologique… D'abord, elle avait des visions presque fantomatiques de Liam et, à présent, c'était Amanda qui lui apparaissait ?

A propos de Liam, il y avait une semaine qu'elle n'avait pas eu de ses nouvelles. Huit jours depuis qu'il lui avait dit fermement sa position. En l'occurrence qu'il n'y avait rien entre eux.

Le cœur lourd, elle reporta son attention sur les enfants qu'elle fit entrer dans l'écurie où Caleb, un des aides, s'occupait d'un poulain bai. Soudain, un mouvement attira son attention, et, cette fois, elle vit clairement Amanda. Avec son T-shirt rose et son short en jean qui dénudait ses jambes trop fines, elle avait l'air mal à l'aise. Que faisait-elle ici ?

Aussitôt, Kate parcourut l'écurie des yeux à la recherche de Liam, mais il n'était nulle part, ce qui l'étonna car jamais il n'aurait déposé sa fille sans l'en avertir. Comme l'adolescente se tournait dans sa direction, Kate lui adressa un signe de la main auquel elle répondit aussitôt.

— Comme tout se passe sans problème, Rebecca, je peux te laisser un moment ?

— Bien sûr. Vas-y, j'ai la situation en main !

Elle rejoignit Amanda qui l'accueillit d'un sourire timide.

— Ça va, Amanda ? Je ne m'attendais pas à te voir, aujourd'hui.

— Vous avez dit que je pouvais venir et que je pourrais même faire du cheval.

— C'est vrai.

— Est-ce que je… je pourrais en faire maintenant ?

— Le problème, comme tu le vois, c'est que je suis occupée.

Elle l'invita à la suivre et, assise avec elle sur les marches du porche, lui expliqua en quoi consistait cette opération mensuelle.

— C'est super..., commenta Amanda. Je pourrai vous aider avec les enfants et faire un tour à cheval après ?

— Amanda... Est-ce que ton père sait que tu es ici ?

Le hochement de tête de l'adolescente fut un peu trop enthousiaste pour être honnête...

— Oui ? Et comment es-tu venue ?

— A pied.

— De chez toi ? Mais c'est loin. Je suis surprise que ton père t'ait laissée faire tout ce trajet seule.

D'autant plus que la route à trois voies entre la maison de Liam et le ranch était particulièrement dangereuse. Ce qui l'intriguait aussi était qu'Amanda était coiffée avec son petit chignon de danseuse...

Il y avait de toute évidence un problème. Elle sortit son téléphone pour le lui tendre.

— Je crois que tu devrais appeler ton père pour le rassurer, Amanda. Il ne sait pas que tu es ici, n'est-ce pas ?

L'adolescente regarda longuement ses mains avant de soupirer.

— Non.

— Tu es censée être au cours de danse, je suppose ?

— Oui, dit Amanda en haussant une épaule.

— Et tu ne crois pas que les autres vont s'inquiéter en voyant que tu as disparu ?

— Ils s'en fichent. Tout le monde s'en fiche ! Ils verront même pas que je suis plus là.

— Ça, ça m'étonnerait. Ils doivent même être déjà en train de te chercher. Mais pourquoi penses-tu ça ?

— Je suis pas douée pour la danse, c'est Calee qui l'est. Ils s'affolent en cherchant quelqu'un pour la remplacer dans le spectacle, et moi, je suis invisible. Mais je m'en fiche parce que j'aime pas danser.

— Pourquoi ?

Haussement d'épaules…

— J'aime pas ça, c'est tout. Et puis… les autres, elles sont méchantes avec moi. Surtout quand Calee est pas là. Elles sont furieuses depuis que Mme Herring m'a inscrite dans le programme Randolph. C'est Calee qui voulait y aller, pas moi. Alors, quand papa a dit que j'étais pas obligée, j'étais contente.

— Et Calee ? Elle t'en voulait de ne pas avoir envie d'y aller ?

— Non. Elle est jamais en colère, Calee. Sauf quand les autres m'embêtent. Elle me protège toujours.

Kate lui sourit. Sans doute Amanda n'avait-elle pas grand monde à qui pouvoir se confier, et Kate était heureuse de lui permettre de se soulager ainsi de ce qu'elle avait sur le cœur.

— Tu as de la chance de t'entendre aussi bien avec ta sœur. Ne t'occupe pas de ce que disent les autres. Ça n'a aucune importance. Tu connais Eleanor Roosevelt ?

— Ben oui… C'était la femme du président.

— Exactement. Eh bien, elle disait que les autres arrivent à te donner l'impression que tu es moins bien qu'eux seulement si tu les laisses faire. C'est logique, non ? Mais si tu leur montres que leurs remarques ne t'atteignent pas, alors ils perdent leur pouvoir sur toi, et ils s'arrêtent d'eux-mêmes.

— C'est pas facile…

— Je sais, Amanda. Crois-moi, je le sais.

Kate songea alors à la façon dont elle s'était sentie mortifiée lorsqu'elle avait dû répondre à la question de Liam et admettre qu'elle s'était introduite dans sa chambre. Bien sûr, s'intéresser à sa vie et à son mariage avec Joy n'avait pas été une idée géniale, mais, après tout, la curiosité n'était pas un crime. Soudain, une pensée plus désagréable s'imposa à elle. En fait, ce n'était pas cela, le problème. Liam avait tout simplement peur. Oui, il n'était pas prêt pour une autre relation, et elle n'avait aucune intention d'attendre en priant le ciel qu'il change d'avis.

— As-tu déjà dit à ton père que tu n'aimes pas la danse ?

— Pas vraiment. On a parlé un peu et il est d'accord pour que je n'aille pas aux cours pendant l'été. Mais je crois pas qu'il voudra que j'arrête complètement.

Kate réfléchit un instant puis elle posa une main sur le bras de l'adolescente.

— La vie est trop courte pour se torturer à faire quelque chose qui ne nous convient pas. Ton père ne souhaite que votre bonheur à toutes les deux. Je suis sûre que si tu lui dis ce que tu viens de me confier, il comprendra et il te laissera choisir ce que tu aimes.

— Comme l'équitation ?

— Ou autre chose, répondit-elle, prudente.

A cet instant, sans qu'elle s'y attende, Amanda fondit en larmes.

— Hé ! Qu'est-ce qui t'arrive ? demanda-t-elle en la prenant dans ses bras.

Au bout de quelques minutes, Amanda parvint à recouvrer un semblant de calme. Suffisamment pour expliquer la raison de ses pleurs.

— Je me suis disputée avec maman le soir où… où elle est morte, à cause de la danse, justement.

« Oh ! non… » songea Kate, atterrée. Amanda se sentait-elle responsable de la mort de sa mère ?

— Je lui ai dit que je voulais plus en faire, et elle m'a répondu qu'elle serait très déçue si je laissais tomber les cours, parce qu'elle, elle avait été obligée d'arrêter d'être ballerine pour avoir des enfants. Comme elle pouvait plus danser, elle disait que Calee et moi on pourrait la rendre heureuse en le faisant pour elle.

Kate ne put s'empêcher de penser qu'elle avait enfin découvert une faille dans la personnalité si parfaite de « sainte Joy ». Une faille qui la rendait enfin plus humaine à ses yeux, ce dont elle éprouva un réel soulagement.

Toutefois, ce n'était pas d'elle qu'il s'agissait, à cet instant, mais d'Amanda.

— … Et on n'a pas eu le temps de se réconcilier parce qu'elle est partie faire une course et que… elle n'est jamais revenue.

Elle se remit à sangloter convulsivement, et Kate la serra plus fort contre elle.

— C'était un accident, Amanda. Tu n'y es pour rien. Ça n'a rien à voir avec ce que tu lui as dit. Tu dois t'ôter cette idée de la tête… Je suis certaine que ta mère n'aurait jamais voulu te forcer à faire quelque chose que tu n'aimes pas.

— Mais elle disait qu'elle était heureuse de me voir danser. Alors je me dis que là où elle est, elle sera contente que je continue. Même si je ne suis pas douée.

— Et moi, je suis certaine qu'elle ne le serait pas si elle savait que ça ne te plaît pas et que tu ne le fais que pour elle. Elle n'a jamais voulu que ton bonheur, j'en suis sûre.

Amanda se redressa en reniflant.

— Vous croyez ?

En fait, elle n'en avait aucune idée. Joy avait espéré vivre son rêve à travers ses filles. Mais qui sait ? Elle aurait peut-être, et même sûrement, compris ensuite qu'on ne force pas quelqu'un à pratiquer contre son gré une discipline aussi exigeante.

— Oui, dit-elle pourtant. Et je pense que tu devrais en parler honnêtement à ton père. Mais, pour l'instant, je meurs de soif. Tu veux venir boire un verre de citronnade avec moi ? Ensuite, tu pourrais te passer le visage à l'eau froide et nous donner un coup de main. Lorsque les enfants seront repartis, tu pourras rester un moment et même monter à cheval si ton père est d'accord. Il faudra de toute façon l'appeler pour le rassurer et lui dire que tu vas bien. Mais on va attendre un peu…

15.

Quand Kate l'appela, peu après midi, Liam se retrouva face à un choix : soit exploser, soit serrer les dents en encaissant le coup.

Amanda était allée à pied au ranch, et en longeant la route ! Pourquoi ne l'avait-on pas averti de son absence au cours de danse ? Il avait fallu que ce soit Kate qui s'en charge, et elle avait su le rassurer et apaiser sa colère née avant tout de son angoisse, mais aussi de la situation dans laquelle cette désobéissance le plaçait. De quoi avait-il l'air ? D'un père dépourvu de toute autorité, ni plus ni moins, et donc d'un idiot.

— Liam, je sais que ça ne me regarde pas, mais ne sois pas trop sévère avec elle, lui conseilla Kate. Je crois qu'il y a plus qu'une simple rébellion d'adolescente dans son attitude.

Sa sollicitude le toucha. Mais après les manipulations de Kimela, il se méfiait instinctivement de tous ceux qui se mêlaient de leurs vies.

— Elle a manqué un cours, aujourd'hui, et elle a pris de gros risques en marchant le long de la route. Il n'est pas question que je cède devant l'indiscipline, et je regrette vraiment que tu l'aies invitée à venir voir les chevaux et à les monter sans m'en parler avant.

— Je comprends, répondit-elle d'un ton froid. En fait, c'était surtout une tentative pour moi de briser la glace entre nous deux pendant que tu t'occupais de Calee, et ce qui me gêne, ce n'est pas de t'avoir aidé, mais que tu me fasses endosser le rôle du méchant.

— Je serai là dans vingt minutes.

Comme elle lui raccrochait brutalement au nez, il fixa un instant le téléphone avec le sentiment très net d'avoir été remis à sa place.

Calee, coincée sur le divan du salon à cause de son entorse, sans doute abrutie par les antalgiques, réagit à peine lorsqu'il lui annonça qu'il s'absentait.

Kate était furieuse. A l'entendre, c'était sa faute à elle si Amanda avait séché son cours de danse ! Il allait devoir apprendre à écouter les autres… Et avant tout ses filles. S'il avait su percevoir ce qu'Amanda cherchait à lui dire, ils n'en seraient pas là.

Elle n'avait rencontré Amanda que deux fois, mais elle avait compris néanmoins que l'adolescente avait du cœur. Un cœur qui avait enduré de douloureuses épreuves en peu de temps.

Elle-même n'avait que quinze ans à la mort de sa mère, et elle comprenait ce qu'il en était de subir le fardeau des secrets maternels. Amanda était liée par l'obligation de vivre contre son gré ce rêve qui ne lui appartenait pas et que sa mère avait souhaité réaliser à travers elle.

Etant donné que Liam n'avait aucun scrupule à porter des jugements blessants sur son compte, Kate avait bien l'intention de laisser Amanda s'occuper comme elle l'entendait, tandis qu'elle-même irait conseiller à Liam de prêter une oreille très attentive à sa fille avant de la punir.

Elle l'attendait devant le bureau quand il arriva.

Le hochement de tête qu'il lui adressa n'était en rien chaleureux.

— Où est-elle ?

— Dans l'étable, en train d'aider les enfants en difficulté d'apprentissage que nous recevons aujourd'hui. Elle est très douée, pour ça. Elle a toute la patience et la douceur qu'il faut, et je voudrais que tu la voies à l'œuvre avant d'aller la chercher. Ne sois pas trop dur avec elle, d'accord ?

Il haussa les sourcils.

— Je n'ai jamais porté la main sur mes filles, si c'est ce qui te tracasse.

— Non, ça, je suis sûre que tu ne le ferais pas… Ecoute, je sais comment Kimela Herring a essayé d'utiliser tes filles pour t'atteindre et qu'elle a même tenté de les envoyer à New York. Mais je ne suis pas Kimela, Liam, je n'ai aucune intention de me glisser de force dans ta vie, et encore moins en m'interposant entre elles et toi. Mais tu disais que le problème avec Kimela, c'était qu'elle n'entendait pas ce que tu disais. Eh bien, rassure-toi, moi, j'ai parfaitement saisi que tu ne cherches pas à avoir une relation avec moi, ce que je comprends. En revanche, si tu réprimandes Amanda, tu risques de ne pas entendre la chose très importante qu'elle a besoin de dire…

Elle vit aussitôt sa colère se dissiper pour céder la place à l'inquiétude.

— Quoi ? Qu'est-ce que c'est ? s'enquit-il d'une voix presque blanche.

Elle dut se retenir pour ne pas l'attirer contre elle afin de le tranquilliser ; elle avait conscience qu'un tel geste n'aurait pas sa place entre eux à cet instant.

— C'est à Amanda que tu dois t'adresser, Liam, répondit-elle d'une voix apaisante. Vous devez parler, tous les deux. Demande-lui simplement pourquoi elle ne veut plus suivre les cours de danse.

— Kate… Est-ce que… Est-ce qu'elle va bien ?

Son anxiété à présent confinait presque à la panique.

— Elle traverse une période de gros remous psychologiques. Alors, encore une fois, sois patient et attentif. Par ailleurs, je sais aussi qu'elle s'en veut de ne pas faire ce que tu attends d'elle. Bon, viens avec moi une minute…

L'entraînant vers l'étable, elle s'arrêta devant la porte.

Amanda aidait un jeune garçon atteint du syndrome de Down à traire une vache. A cette seconde, un jet de lait jaillit, l'éclaboussant, et elle rit avec lui.

— C'est pas grave, Brian ! lui dit-elle. Tu t'en sors comme un chef. Continue comme ça, c'est très bien.

— Je t'aime, Manda, dit le garçon en se levant pour enrouler les bras autour de sa taille.

Comme elle lui retournait son étreinte, elle releva la tête et aperçut son père qui la regardait. Une expression de peur figea alors son visage.

Le dimanche suivant, Judy, la mère de Joy, vint leur rendre visite et donner un coup de main pour Calee. Même si Judy et son mari Walt vivaient en Floride, ils étaient régulièrement en contact avec eux depuis la mort de leur fille, et Liam avait toujours plaisir à les voir.

— Ça va ? demanda Judy en levant les yeux de son magazine alors qu'il entrait dans la cuisine.

— Très bien. Et toi, Judy ? Bonne journée ?

— Oui, j'ai passé de bons moments avec les filles avant de les conduire à l'école.

En fait, sa présence était la bienvenue. Comme toujours, elle lui permettait de souffler, ce qui s'appliquait aussi aux jumelles. C'était un peu une récréation pour tout le monde. Surtout après ce qui s'était passé avec Amanda.

Mais tout était rentré dans l'ordre, et grâce à Kate. Elle l'avait aidé à éviter une erreur désastreuse qui aurait pu creuser un fossé entre Amanda et lui. Pourtant, tout ce qu'elle lui avait dit était : « Tu dois l'écouter, Liam ».

Pour finir, la punition d'Amanda — si toutefois on peut l'appeler ainsi — fut de consacrer un peu de son temps pour le programme mensuel du Jour des Enfants en aidant à l'élaboration des activités. Même s'il s'agissait d'un travail communautaire, il se doutait que ce ne serait en rien insurmontable.

Grâce à Kate, il se sentait plus proche que jamais d'Amanda. Qui, elle aussi, s'ouvrait à lui comme elle ne l'avait encore jamais fait, et acceptait la surveillance qu'il continuait malgré tout à exercer sur elle, mais à distance.

— Je te sers du thé glacé ? proposa Judy.

A son expression, il était clair que sa belle-mère souhaitait lui parler. Les filles étaient au cours de danse. Amanda avait consenti à terminer la saison, mais elle lui avait arraché la promesse de ne pas avoir à y revenir l'année suivante, et Calee, elle, y assistait dans son fauteuil roulant.

— Alors, parle-moi un peu de cette Kate dont Amanda me rebat les oreilles…

Sans pouvoir se l'expliquer, Liam se sentit comme mis au pied du mur. Le ton de Judy n'était cependant en rien accusateur et n'exprimait pas la moindre contrariété. Non, en fait, c'était la lueur qui brillait dans son regard bleu qui le décontenançait.

Après avoir hésité un instant quant à la façon de la lui décrire, il se lança.

— Elle s'occupe de la fondation qui a financé en partie la nouvelle aile chirurgicale pédiatrique de l'hôpital. Elle est devenue très proche de la famille.

Et c'est grâce à elle que j'ai découvert que ma propre fille détestait danser. Que je devais écouter plus et moins juger. Que je devais m'autoriser à débrider mes sentiments…

Il ne pouvait cependant pas s'ouvrir de tout cela à la mère de Joy.

— Elle te plaît plus qu'une amie ? insista Judy, les yeux brillant de curiosité. Amanda, en tout cas, semble l'adorer.

Cette question fit tiquer Liam, mais il espéra que Judy ne l'avait pas remarqué. Il pouvait être si transparent, parfois…

— Amanda l'aime bien parce qu'elle a des chevaux. Au fait, t'a-t-elle dit qu'elle veut abandonner la danse ?

— Oui. Et aussi qu'elle souhaiterait aider Kate pour les journées « portes ouvertes » qu'elle organise. Si tu veux mon avis, ce serait une excellente occupation. Quand comptes-tu me présenter cette femme qui m'a tout l'air de quelqu'un de bien ?

Liam se figea.

— Oh ! ça... Je ne sais pas.

En d'autres circonstances, il aurait peut-être admis qu'il s'intéressait plus qu'en simple ami à Kate, mais, entre son travail et ses filles, quand pourrait-il trouver du temps à consacrer à une relation amoureuse ?

— Les filles sont ce qui m'importe en priorité, Judy. Du moins jusqu'à ce qu'elles entrent à l'Université.

— Autrement dit, ce sera dans cinq ans au mieux. Or nous savons tous les deux qu'on ne peut pas miser sur l'avenir.

— Oui. Et c'est bien la raison pour laquelle je leur consacre tout mon temps libre.

Judy secoua la tête avant de se pencher vers lui.

— Liam... Tu ne comprends pas ce que je veux dire. Mais avant, je voudrais savoir... Joy et toi avez-vous été heureux ?

— Oui, répondit-il sans hésitation. J'aimais ta fille. Et je l'aime toujours.

— Je le sais, et ce n'est pas parce que tu aimeras quelqu'un d'autre que ton amour pour elle s'effacera. Je pense même que ce serait lui faire honneur que de te remarier. Parce que tu lui prouverais ainsi que, pour toi, un mariage reste synonyme de bonheur. Par ailleurs, je voulais aussi te dire que notre affection pour toi n'en sera en rien entamée. Walt et moi ferons toujours partie de ta vie et de celles des filles.

Cette fois, l'émotion qu'il éprouva ne fut pas de la tristesse. Pour la première fois depuis qu'il avait perdu Joy, une nouvelle vie s'ouvrait à lui. Parce qu'il était de nouveau libre d'aimer.

C'était comme une renaissance. Il réapprenait tout à

la fois à marcher, à parler et à ressentir. Un sentiment incroyablement puissant. Au milieu de ce tourbillon, il prit conscience que la seule façon de trouver son équilibre était d'écouter son cœur…

16.

Kate se rendit dans le parc où elle devait retrouver Liam, ainsi qu'il le lui avait demandé le matin, au téléphone. Il voulait lui parler.

Comme elle l'attendait près du majestueux saule pleureur, elle se sentait aussi nerveuse que lors d'un premier rendez-vous. Il voudrait sans doute évoquer le problème d'Amanda qu'elle avait accepté de laisser venir tout l'été pour les aider au ranch. Elle envisageait même de lui faire la surprise de la payer officiellement. Mais, d'abord, il faudrait qu'elle en parle à son père…

Deux femmes la saluèrent en passant devant elle avec leurs bambins dans des poussettes, et le cœur de Kate se serra aussitôt. Les petites filles avaient environ cinq ans — l'âge qu'aurait dû avoir son enfant s'il avait vécu. Pour la première fois depuis cette fausse couche, elle s'interrogea sur la façon dont un bébé aurait pu changer sa vie.

Que se serait-il passé si elle avait épousé Gibson, même si elle ne l'avait pas aimé comme un mari méritait de l'être ? Auraient-ils tenté à tout prix d'avoir ces enfants dont elle avait tant envie ? Aurait-elle appris à être heureuse avec lui ? Aurait-elle fini par l'aimer, ou, comme sa mère, aurait-elle rendu son mari malheureux au point de le faire sombrer dans l'alcoolisme ?

Elle aimait Liam, mais elle refusait de le partager avec sa femme disparue. *Non, pas question*, songea-t-elle en contenant mal les larmes qui montaient à ses yeux.

Elle s'apprêtait à revenir sur ses pas quand elle sentit

une main se refermer sur son épaule. Liam lui souriait, et elle n'aurait su dire si c'était un sourire d'excuse ou de simple séduction. Instinctivement, elle s'écarta de lui.

— Kate…

— Désolée, Liam, je… Il faut que je rentre. Je ne peux pas revivre ça.

Elle s'apprêtait à s'éloigner, mais il la retint de nouveau.

— Attends. C'est ce dont justement je voulais te parler.

— Non. Je t'ai très bien entendu quand tu m'as dit la première fois que tu ne voulais pas t'engager tant que les filles ne seraient pas assez grandes. Je ne suis pas Kimela, Liam. Je comprends. Ensuite, nous nous sommes clairement expliqués quand tu es venu chercher Amanda, l'autre jour.

— Kimela et toi êtes le jour et la nuit, Kate. Et oui, nous en avons déjà discuté. Mais les choses sont différentes, aujourd'hui.

Il s'exprimait avec calme, sans la moindre agressivité ou impatience. Mais elle ne pouvait tout à fait se fier à cette main qu'il semblait lui tendre…

— Liam, je sais ce qu'il en est de vivre une relation bancale, quand tu es incapable de répondre à l'amour de quelqu'un. Je refuse de tomber amoureuse d'un homme qui reste attaché au fantôme de sa femme.

— Ne pourrais-tu apprendre à aimer un homme qui a assez d'amour pour les deux ? Je t'aime, Kate. Avant de te rencontrer, j'étais certain d'être incapable d'aimer de nouveau, mais tu m'as prouvé que j'avais tort. Tu m'as sauvé, et je suis prêt à attendre aussi longtemps qu'il le faudra pour que tu m'aimes à ton tour et que tu me fasses confiance.

Kate eut la sensation que son cœur avait cessé de battre. Avait-elle bien entendu ? Au regard de Liam, elle sut que oui.

— Kate, je t'en prie, donne-nous une chance.

— Et les filles ? demanda-t-elle, hésitant encore à

complètement baisser sa garde. Es-tu sûr qu'elles sont prêtes à m'accueillir parmi vous ?

— Amanda t'aime, n'en doute pas, et Calee aime tout le monde. En fait, je devrais plutôt dire que Calee aime la danse, et c'est ce qui la rend heureuse. Quant à moi, je t'ai aimée au premier regard, ce jour où tu as tenté de m'entraîner dans cette enchère farfelue, et je ne regrette pas que tu te sois montrée aussi pugnace.

Elle lui répondit d'un baiser qui exprima bien plus qu'elle n'aurait pu le dire, et il l'étreignit comme s'il ne voulait plus jamais la relâcher… jusqu'à ce qu'ils se rappellent l'un et l'autre qu'ils se trouvaient dans un lieu public, fréquenté surtout par des femmes et leurs enfants…

— Je t'aime, Liam, murmura-t-elle. Je t'ai toujours aimé, et je t'aimerai toujours.

Dix jours plus tard, Liam dansait avec Kate dans la grande salle de bal du Hilton de Dallas.

— Je suis l'homme le plus heureux du Texas, murmura-t-il à son oreille.

Les bénéfices de ce dîner annuel organisé par le Celebration Memorial profiteraient cette année à la nouvelle aile chirurgicale pédiatrique.

Même si le président d'honneur n'était autre que Hugh Newman, l'acteur que le magazine *People* considérait comme l'homme le plus sexy du monde, Kate n'avait d'yeux que pour lui, Liam, qui se sentait au comble du bonheur.

— Hé, mais c'est notre « Monsieur dix mille », dit Cullen Dunlevy qui dansait à côté d'eux avec Maya LeBlanc. Je vois que vous ne vous êtes pas fait prier pour venir à ce dîner, cette fois. On dirait que cette enchère des célibataires a un bon dénouement, non ?

— Eh oui. Cette expérience est ce qui m'est arrivé de

mieux depuis longtemps. Ce qui est intéressant aussi, c'est que vous et nos autres confrères, qui étiez tous pour cette enchère, êtes encore ici ce soir en célibataires.

Cullen partit d'un rire franc.

— On n'a peut-être pas eu autant de chance que vous, mais on n'a pas dit notre dernier mot !

Liam se pencha pour embrasser tendrement Kate sur la tempe.

— Heureusement pour moi, je ne suis plus dans la course.

— Et c'est moi qui ai organisé cette rencontre avant même de vous connaître, Liam, intervint Maya. N'est-ce pas, ma chérie ?

— C'est vrai, Maya, dit Kate. Tu es une femme très avisée. Une sage… Et je reconnais volontiers tes dons d'entremetteuse.

— Quand je pense au temps que vous avez perdu à combattre votre attirance, tous les deux… Si seulement vous m'aviez écoutée. Enfin…

— Mais, si je ne suis pas indiscret, comment savez-vous ces choses, Maya ? demanda Liam.

Elle secoua lentement la tête.

— Ah, ça… Je le ressens, c'est tout. Pour vous deux, j'ai su tout de suite que vous connaîtriez une longue vie de bonheur. C'est pour ça aussi que je n'ai pas hésité à parier dix mille dollars que vous étiez faits l'un pour l'autre.

Il écarquilla les yeux.

— Quoi ?

— C'était donc toi ? dit Kate, visiblement aussi étonnée que lui. Ce fameux chèque anonyme à la fondation MacIntyre, c'était toi ?

Maya se contenta d'un léger haussement d'épaules et d'un sourire énigmatique, avant de se retourner vers son partenaire qui l'entraîna vers le centre de la piste.

— Ainsi, c'était elle, notre bienfaitrice…, murmura Kate.

Avec tendresse, Liam la serra contre lui.

— Et elle a su miser juste. Mais au bout du compte, nous sommes les gagnants de cette histoire. Je t'aime, Kate.

— Et je t'aime aussi, Liam. Comme je n'avais encore jamais aimé personne…

BLANCHE

Retrouvez prochainement, dans votre collection

BLANCHE

La surprise d'un chirurgien, d'Annie O'Neil - N°1551

SÉRIE : DOUBLE MIRACLE À ROME - 1/2

Elle attend le bébé de Leon Cassanetti. Sous le choc, Lizzy se rappelle la nuit que tous deux ont passée dans une chambre d'hôtel de Manhattan. Grisés par leurs retrouvailles lors d'une conférence médicale, ils avaient évoqué le bon vieux temps, puis cédé au désir. Mais, aujourd'hui qu'ils doivent collaborer sur une chirurgie complexe à l'hôpital Nicolino de Rome, Lizzy se demande comment Leon réagira à sa paternité inattendue…

Passion à l'hôpital Nicolino, de Scarlet Wilson

SÉRIE : DOUBLE MIRACLE À ROME - 2/2

Une opération de pointe dans un hôpital réputé de Rome ? Le défi est trop beau, et le Dr Autumn Fraser est ravie de le relever. Mais, arrivée à l'hôpital Nicolino, elle comprend qu'il lui faudra redoubler de professionnalisme afin d'ignorer l'attirance qu'elle ressent pour son confrère, le Dr Giovanni Lombardi. Bien que cet homme soit un talentueux médecin et un père dévoué pour sa fille, il n'est que de passage dans sa vie…

Le héros d'une île grecque, d'Annie Claydon - N°1552

Suivre son instinct et sauter. Alors qu'il n'était qu'un enfant, Ben Marsh s'est jeté à l'eau pour sauver une petite fille de la noyade. Le temps a passé et, bien qu'il n'ait jamais revu Arianna Petrakis, il ressent soudain un besoin impérieux de faire sa connaissance. Peut-être parce que leur rencontre singulière a scellé sa vocation de médecin ? De retour à Ilaria, l'île où tout a commencé, Ben part à la recherche de celle qu'il n'a jamais oubliée…

Deux médecins à Miami, d'Ann McIntosh

Pour le Dr Regina Montgomery, ce remplacement dans un hôpital de Miami est une belle opportunité. Un pas de plus vers son objectif : devenir chef de service. Pourtant, elle déchante en découvrant qu'elle doit collaborer avec le Dr Mateo Herrera, l'homme qui autrefois nourrissait ses fantasmes… S'il ne s'est jamais rien passé entre eux, le désir est toujours là, et Mateo ne lui cache pas son envie de voir leur relation devenir plus intime…

HARLEQUIN

Leur mission : sauver des vies.
Leur destin : trouver l'amour.

HARLEQUIN
www.harlequin.fr

BLANCHE

Un domaine en héritage, de Becky Wicks - N°1553

De retour dans le Dorset avec sa fille, Jodie découvre qu'elle hérite la moitié d'un somptueux domaine ainsi que les parts d'une clinique vétérinaire. Hélas, son nouveau partenaire n'est autre que Cole Crawford. Douze ans plus tôt, alors qu'elle l'aimait de tout son cœur, celui-ci l'a abandonnée sans explication… Or, si le beau docteur éveille toujours en elle des sentiments troublants, elle doit protéger son cœur – et son enfant – d'une histoire sans avenir…

Troublante mission en montagne, de Susan Carlisle

Il y a des années de cela, Dana et Travis ont passé un été inoubliable. Un été au goût d'inachevé car, alors qu'elle tentait de l'embrasser, il l'avait repoussée. Aujourd'hui, pas question pour Dana de laisser ces souvenirs compromettre sa mission. Devenue pompier-parachutiste, elle doit conduire le Dr Russell jusqu'à l'un de ses patients fragiles, qui refuse d'être évacué malgré l'incendie qui fait rage à Mount Bachelor. Une tâche ardue qui exclut toute distraction…

Un bébé pour le Dr White, de Sue MacKay - N°1554

Jusqu'à présent, le Dr Harper White considérait Cody Brand comme un infirmier sympathique et consciencieux. Pas comme son sauveur potentiel ! Pourtant, le jour où il la protège d'une agression, elle se découvre des sentiments inédits pour lui – qu'elle tente d'étouffer. En effet, Cody est le genre d'homme à vouloir fonder une famille… Ce que, à son désespoir, elle ne pourra jamais lui offrir.

L'incertitude au cœur, de Robin Gianna

Bree n'a aucun regret d'avoir rompu ses fiançailles avec le Dr Sean Latham : malgré des débuts dignes d'un conte de fées, elle s'est rendu compte qu'il y avait trop de différences irréconciliables entre eux… Seulement, quand elle apprend que Sean s'est inscrit sur un site de rencontres, Bree a l'impression de recevoir un coup de poignard en plein cœur. Se pourrait-il qu'elle ait pris la mauvaise décision en le quittant ?

HARLEQUIN

Leur mission : sauver des vies.
Leur destin : trouver l'amour.

HARLEQUIN
www.harlequin.fr

Une passion imprévue, de Lucy Ryder - N°1555

Elle qui pensait passer des vacances de rêve dans le Pacifique, la voilà coincée sur une île déserte en compagnie d'un rustre ! Furieuse, le Dr Eve Carmichael tente de se reprendre : elle n'a d'autre choix que de supporter Chase Gallagher, le maudit pilote qui les a fait se poser au milieu de nulle part. À mesure que les jours passent, toutefois, Chase se révèle très protecteur envers Eve… au point de la conquérir ?

Un papa pour Zoe, de Fiona Lowe

Seule… et enceinte d'une petite fille, qu'elle prénommera Zoe. Une situation terrible que Meredith doit affronter depuis la mort tragique de son mari. En s'installant à la campagne, c'est un peu de sérénité qu'elle recherchait. Jamais elle n'aurait imaginé tomber amoureuse ! Pourtant, le charme de Rafael, son voisin, agit bientôt comme un baume sur son cœur. Mais est-il prêt à aimer l'enfant d'un autre ?